RAINER WÜRTH

Das tote Herz

GOLDMANN
Lesen erleben

Buch

Solveig Jacobsen wird nackt und schwer verletzt im Kofferraum eines Autos gefunden, das auf der Flucht vor einer Polizeistreife verunglückt ist. Der Fahrer erliegt wenig später im Krankenhaus seinen Verletzungen. Fotos, die ebenfalls im Wagen entdeckt werden, deuten darauf hin, dass es sich um den Fotografen handelt – einen seit Jahren gesuchten Frauenmörder, der seine Opfer fotografierte, bevor er sie tötete.

Glück, Erfolg, Geld – der Architekt Nikolas Kober gehört zu den Menschen, die es geschafft haben. Bis sein Herz den Dienst verweigert. Aber für ihn wird ein geeignetes Spenderherz gefunden. Die Transplantation ist erfolgreich, und Kober kehrt ins Leben zurück. Doch er weiß nicht, dass ihm das Herz eines Serienmörders verpflanzt wurde. Schon bald nimmt Kober irritierende Veränderungen an sich wahr. Und er hat sonderbare Träume, die er sich nicht erklären kann.

Dann lernt Kober Solveig Jacobsen kennen. Es ist Liebe auf den ersten Blick. Kobers Fantasien und Halluzinationen nehmen jedoch zu, und er verliert zunehmend die Kontrolle über sich ...

Informationen zu Rainer Würth
finden Sie am Ende des Buches.

Rainer Würth

Das tote Herz

Psychothriller

GOLDMANN

Dieses Buch ist auch als E-Book erhältlich.

Der Verlag weist ausdrücklich darauf hin, dass im Text enthaltene externe Links vom Verlag nur bis zum Zeitpunkt der Buchveröffentlichung eingesehen werden konnten. Auf spätere Veränderungen hat der Verlag keinerlei Einfluss. Eine Haftung des Verlags ist daher ausgeschlossen.

FSC www.fsc.org
MIX
Papier aus verantwortungsvollen Quellen
FSC® C014496

Verlagsgruppe Random House FSC® N001967

1. Auflage
Originalausgabe September 2016

Neumarkter Str. 28, 81673 München
Dieses Werk wurde vermittelt durch die Literarische
Agentur Thomas Schlück GmbH, 30827 Garbsen.
Umschlaggestaltung: UNO Werbeagentur München
Umschlagfoto: plainpicture/Helge Sauber
Redaktion: Karin Ballauff
BH · Herstellung: Str.
Satz: omnisatz GmbH, Berlin
Druck und Bindung: GGP Media GmbH, Pößneck
Printed in Germany
ISBN: 978-3-442-48450-8
www.goldmann-verlag.de

Besuchen Sie den Goldmann Verlag im Netz:

Und als er dies gesagt hatte, rief er mit lauter Stimme: Lazarus, komm heraus! Und der Verstorbene kam heraus,
an Füßen und Händen mit Grabtüchern umwickelt,
und sein Gesicht war mit einem Schweißtuch umbunden.

Johannes 11, 43

... und einen Augenblick stand der Maler entzückt vor dem Werk, das er geschaffen hatte. Im nächsten Augenblick aber begann er zu zittern und erbleichte und rang nach Atem, und ohne den Blick von seinem Werke abzuwenden, schrie er laut auf: Wahrlich, das ist das lebendige Leben selber! Und er wandte sich um, seine Geliebte anzusehen. – Sie war tot.

Edgar Allan Poe, »Das ovale Porträt«

PROLOG

Der Sprung im Spiegel zieht sich fast diagonal durch sein Gesicht. Es ist ein tiefer, farbloser Schnitt, der vom linken Unterkiefer bis zum rechten Ohr reicht.

Er kann es nicht fassen, wie schön sie ist.

Wie perfekt.

Die Tage hier unten haben ihn müde gemacht. Seine Haut ist blass, und er hat dunkle Ringe unter den Augen. Die Arbeit im Studio verlangt ihm alles ab. Es ist eine Tortur.

Doch am Ende ist es so, wie er es will.

Ganz besonders sie.

Die Ähnlichkeit ist schier unglaublich.

Das Studio ist ein Käfig aus Glas. Ein Uterus, in dem er sie ungestört betrachten kann. Er zeichnet mit der Hand die Konturen ihres Körpers auf dem Tisch nach. Auch sie fürchtet sich vor dem Tisch. Alle haben sich vor dem Tisch gefürchtet. Dabei gibt es keinen Grund, sich zu fürchten. Auf diesem Tisch ist schon lange niemand mehr seziert worden.

Sie ist in den letzten Tagen ruhiger geworden. Sie hat losgelassen. Sie wehrt sich nicht mehr gegen das Gas. Sie macht sich leicht, wenn es kommt und sie hinüberträgt.

Die Zeit des Abschieds ist gekommen. Auch wenn er sich immer noch kaum sattsehen kann an ihr. Nackt und rein liegt sie vor ihm. Die Beine leicht angezogen. Der Rücken gekrümmt. Den Kopf in eine Hand gebettet.

Ein Tier, ein Embryo, eine Skulptur. Sie ist von allem etwas und so unglaublich schön in ihrem tiefen Schlaf.

Er setzt sich die Maske auf. Er öffnet das Ventil und lässt den künstlichen Atem in seinen Mund strömen. Er presst ihn in die Lunge. Atmet langsam aus. Dann wieder ein. Aus, ein, aus. Es dauert ein paar Sekunden, bis er sich an das Gemisch aus der Flasche gewöhnt hat.

Er schaut auf die Uhr.

Zehn Minuten.

Zeit genug.

Er öffnet die Tür. Das Studio empfängt ihn mit seinem grellen, kalten Licht, der abgestandenen Wärme, dem Geruch ihres Körpers. Und mit ihm selbst, dutzendfach gespiegelt. Dutzendfach kann er sich dabei zuschauen, wie er sie vorsichtig von der Seite auf den Rücken dreht und dann ihre Beine geradezieht.

Er streicht ihr zärtlich übers Gesicht.

Das eigene Atmen hört sich fremd an unter der Maske. Ihre Lider zittern kurz, als der Schwamm ihre Haut berührt. Wie die Oberfläche eines Sees, wenn ein leichter Wind über das Wasser streicht.

Dann beginnt er, sie zu waschen. Das Wasser ist warm. Es muss angenehm warm sein. Nicht zu heiß, aber auch nicht zu kalt. Er achtet immer sehr genau auf die richtige Temperatur.

Ihre Lippen.
Die Nase.
Ihre Wangen.
Die Stirn.

Er macht sie bereit. Für die Schienen. Für ihre letzte Reise.

Ihre Schultern.
Die blassen Arme.
Ihre Hände.
Behutsam wäscht er Finger für Finger.

Es ist eine Reise ins Licht. Eine Heimkehr. Weil sie ein Wesen ist, das für das Licht gemacht ist. Nicht für die Dunkelheit.

Ihre Beine.
Die Schenkel.
Hinab zu den Füßen.
Er wäscht ihre kleinen Zehen.

Vor ihm liegt ihr Leib, von dem er sie in den letzten Wochen befreit hat. Indem er zu ihrer Essenz vorgedrungen ist. Zu dem, was die Menschen die Seele nennen. Man kann sie auffangen. Wie eine Flüssigkeit.
Er kann sie auffangen.
Und das hat er getan.
Tropfen für Tropfen.
Fotografie für Fotografie.

Ihre Brustwarzen richten sich auf, als er mit dem Schwamm darüberwischt.

Ihr Bauch.

Der kleine, herzförmige Nabel.

Der weiche Mund zwischen ihren Beinen.

Ihre Essenz ist nun voll und ganz in den Fotografien. Das ist alles, was zählt. Er hat sie geborgen. In seiner Galerie. Er hat sie unsterblich gemacht.

Was nun vor ihm liegt, ist nur noch ihre Hülle. Totes Fleisch, Gewebe, Knochen, Muskeln, Wasser.

Chaotisch wuchernde Zellen.

Der Zug wird alles zerstören.

Der Zug wird sie befreien.

ICH

1

Die Anhöhe, auf der sie sich befinden, ist kein Hügel. Eher eine Hochebene – weitläufig und dicht bewachsen. Über die Kronen der Bäume hat sich bereits die fahle, geisterhafte Helligkeit des neuen Tages gelegt. Zwielicht. Dämmerung.

Einer kalten Nacht folgt ein kalter Morgen. Später Frost. Es ist Anfang März. Er stopft sich Erdnüsse in den Mund und zerkaut sie zu einem zähflüssigen Brei. Salz und Kalorien. Das hält wach. Das ist besser als Süßigkeiten. Als Zucker. Auch weil man davon trinken muss. Viel trinken muss. Aber immer Wasser, keinen Kaffee. Kaffee dehydriert nur, er trocknet den Körper aus.

Der Schrei eines Vogels. Er hört auf zu kauen. Eine Eule? Ein Käuzchen? Wieder der Schrei. Weiter entfernt jetzt als eben noch. So kommt es ihm zumindest vor. Der Vogel bewegt sich durch den Wald. Durch die Nacht. Ist es der Schrei eines Jägers oder der Schrei seiner Beute?

Er kaut weiter. Der Brei in seinem Mund wird weicher. Er schaut auf die Uhr. Noch knapp drei Stunden bis zum Ende ihrer Schicht.

Der Streifenwagen steht nahe der Fahrbahn auf einem Waldweg. Von der Landstraße aus kann man ihn nicht sehen. Es ist zu dunkel und der Bewuchs zu dicht. Ein Dickicht aus Brombeerhecken, Farnen und Holunder, durch das schlanke Triebe von Eichen und Birken wachsen.

Sie stehen oft hier. Bis zu ihrem Standort steigt die Landstraße in mehreren ausladenden Kurven etwa dreieinhalb Kilometer an. Ziemlich gleichmäßig. Autofahrer nehmen die Steigung kaum wahr.

Die Straße ist von hier aus fast nicht zu erkennen. Der Asphalt ist nur eine andere Dunkelheit. Ein anderes Grau, nicht von der Schraffur des Dickichts durchsetzt. Er kann die Konturen des Waldweges vor ihnen nur mit Mühe ausmachen. Und das auch nur zwei oder drei Meter. Die tiefen Reifenspuren am Wegesrand. Das dünne, hochgewachsene Gras in der Mitte. Der Umriss einer länglichen Pfütze, die wahrscheinlich ausgetrocknet ist. Weil es seit Tagen nicht geregnet hat. Und auch nicht geschneit. Es ist zu kalt.

Der Waldweg dient zur Holzabfuhr. Dort, wo der Streifenwagen steht, ist die Landstraße relativ breit, eben und kerzengerade. Ein übersichtlicher Abschnitt, der zum Rasen verführt. Einen halben Kilometer weiter endet die Gerade. Die Fahrbahn verschmälert sich und geht in eine lange, in ihrem Verlauf noch enger werdende Rechtskurve über. Dazu das starke Gefälle. In zum Teil sehr scharfen Kurven verläuft sie dann die nächsten sieben Kilometer hinunter bis nach Kronbach. Ein Weiler mit nicht mal mehr siebzig Einwohnern. Eine Handvoll Häuser, wie geklebt an eine Hangseite des engen Tals.

Die Strecke ist ein Unfallschwerpunkt. Meist sind es junge Leute. Halbe Kinder oft noch. Und meist passiert es um diese Zeit herum. An den Wochenenden. Frühmorgens. Auf der Heimfahrt von der Disko, von Partys. Übermüdete Fahrer – oft Führerscheinneulinge –, manchmal besoffen, unter Drogen, unerfahren, leichtsinnig. Junge Kerle, die die Mädels auf dem Rücksitz beeindrucken wollen. Da ist Testosteron im Spiel, Adrenalin, und ganz einfach auch pure Dummheit. Es kann so verdammt schnell gehen.

Er kaut gleichmäßig weiter und fügt dem Nussbrei in seinem Mund Speichel hinzu. Kramer ist eingenickt. Er schnarcht leise. Wach sein und weg sein. Bei dem ist das, wie wenn man einen Schalter umlegt, denkt er. Kein richtiger Schlaf. Nur ein kurzes Wegnicken. Und da ist er irgendwie trotzdem. Immer wachsam. Wie ein Hund. Man muss nur mit dem Finger schnippen, und schon macht er genau da weiter, wo er vorher aufgehört hat. Wobei er den ganzen Scheiß, den Kramer von sich gibt, nicht mehr hören kann. Sie sind einfach schon zu lange zusammen auf Streife. Irgendwann hat man sich alles erzählt und fängt wieder von vorne an. Er schluckt einen Teil des Nussbreis hinunter. Aber es gibt Schlimmere als Kramer. Viel Schlimmere. Kramer hat seine Macken, aber man kann mit ihm auskommen. Und den Beruf und das Private muss man sowieso voneinander trennen. Ein Kollege muss nicht dein bester Freund sein. Er schluckt den Rest des Nussbreis hinunter.

*

Ich habe das schwarze Loch nicht kommen sehen.

Es ärgert mich, dass ich nicht aufgepasst habe. Ich muss es kommen sehen. Ich muss Zeit haben, um mich darauf zu konzentrieren. Sonst funktioniert es nicht.

Es darf nicht überraschend kommen.

So wie jetzt.

Ich muss ganz bewusst hineingehen. Schritt für Schritt – so hat man es mir beigebracht. Und es hilft. Man muss sich konzentrieren. Man muss den Ablauf exakt einhalten. Das ist wichtig. Man kann es nicht abstellen, aber man kann es unterdrücken, dämpfen.

Ich habe gelernt, meine Panik zu beherrschen. Auch weil ich heute weiß, was die Ursache für die Attacken ist. Für meine Angst vor Enge und Dunkelheit – enge Räume, Schächte, Höhlen, Tunnel.

In der Therapie bin ich immer wieder in diesen kleinen Raum im Dachgeschoss unseres Hauses gegangen. Ich war noch ein Kind damals. Der kleine Raum, das war sein Reich. Und zugleich meine einzige Verbindung zu ihm. Diese dunkle, enge Kammer, wo er immer saß. In der Dunkelheit. Und draußen war immer Nacht. Ich kann mich nicht erinnern, dass er jemals tagsüber in dem Raum gewesen ist. Immer nur nachts. Es gab dort oben ein schmales Dachfenster, durch das er die Sterne beobachtete. Heute glaube ich, dass es ein Vorwand war. Er hatte kein Interesse an Astronomie. Das Teleskop war nur eine Ausrede. Um für sich zu sein und allein und im Dunkeln in der Kammer sitzen zu können. Es wurde nie geredet über seine Depressionen. Bis zum Schluss nicht. Der Mond, die Sterne – sie zusammen mit ihm durch das Teleskop zu betrachten, das war die einzige Möglichkeit für mich, meinem Vater nahe zu sein. In Wahrheit war das gemeinsame Beobachten der Gestirne nur eine Metapher für sein Schweigen, für seine Einsamkeit und seine tiefe Verzweiflung.

Ich habe das immer gespürt als Kind. Das weiß ich heute. Die Angst, ihn zu verlieren, war immer da, wenn ich bei ihm in der engen, dunklen Kammer unter dem Dach war. Und ein paar Jahre später ist es dann geschehen. Ich habe ihn verloren. Daher kommt meine Panik vor Enge und Dunkelheit. Die Angst wiederholt sich. Die Angst ihn zu verlieren. Räume, Höhlen und Tunnel werden zu dieser Kammer meiner Kindheit. Sie lösen dieselbe Angst, Hilflosigkeit und Verzweiflung aus, die ich als Kind innerlich immer empfunden habe, wenn ich mit meinem Vater zusammen war.

Aber es ist besser geworden. Viel besser. Ich kann mich ablenken, indem ich positive Empfindungen abrufe. Aber ich muss darauf vorbereitet sein. Ich muss die Panik kommen sehen. Sie darf mich nicht überfallen.

Jetzt ist es zu spät.

Es ist zum Kotzen!

Das Schwarz umfasst meinen ganzen Körper. Die Dunkelheit. Die Enge. Ich bin in einem Schraubstock gefangen, der mehr und mehr zugedreht wird. Ich krampfe. Bekomme keine Luft mehr. Schwitze. Angstschweiß. Dann kommt das Zittern. Das ganze Programm. Keine Chance. Ich habe die Kontrolle verloren.

Ich will nicht, dass der Fahrer etwas davon mitkriegt. Ich achte auf meine Atmung. Versuche tief, gleichmäßig und ruhig zu atmen. Und mir die Bilder vorzustellen. Rebecca, wie sie sich eine Haarsträhne aus dem Gesicht streicht. Ihre langen, schlanken Finger. Die Kleine, die über die Wiese vor dem Haus torkelt. Vergnügt und völlig hingerissen vom Zwitschern der Vögel, vom Wind, der über ihr in den Zweigen der alten Kastanie raschelt und den sie auf der Haut spürt. Die Freudenschreie, die sie während ihrer unbeholfenen Gehversuche ausstößt. Ich sehe die Bilder. Sie laufen vor meinem inneren Auge ab. Aber sie beruhigen nicht. Sie dämpfen die Panik nicht. Auch das Bild von dem See nicht. Die Stille. Der Geruch von Schilf. Das Kräuseln des Wassers. Libellen, die darüber hinweggleiten.

Es ist zu spät. Die Bilder dringen nicht mehr zu mir durch. Sie helfen mir nicht mehr. Ich treibe mehr und mehr hinein in den Strudel. Sein Sog zieht mich hinunter. In die Panik. In die Angst.

Es ist nur eine Unterführung. Ich kann mir das tausendmal sagen. Es ist nur eine Unterführung. Nicht mal eine halbe Minute, dann sind wir durch. Aber es bringt nichts. Ich kann mich nicht beruhigen. Es wird immer schlimmer.

Ich versuche, stur geradeaus zu schauen. Nicht auf die Wände links und rechts. Die Dunkelheit. Die Enge. Ich schaue auf das Helle in der Mitte der Windschutzscheibe. Das Tageslicht. Auf das Ende des Tunnels. Ein pulsierender Fleck, der ganz langsam größer wird. Ich wische mir den kalten Schweiß von der Stirn. Er ist überall. Ich bin vollkommen nass geschwitzt. Mein Hemd kann man auswringen.

Der Fahrer dreht sich zu mir um. Fragt mich etwas. Er muss mich im Rückspiegel beobachtet haben. Ich verstehe ihn zuerst nicht. Ich höre nur mein Blut rauschen. Meinen Herzschlag: galoppierend, unregelmäßig.

Was will er von mir?

Schau nach vorn, Mann, denke ich nur. Schau nach vorn! Konzentriere dich auf die Straße. Mach, dass wir aus diesem schwarzen Loch herauskommen.

Der Fahrer lässt nicht locker.

Endlich wird mir klar, was er meint.

Er fragt mich, wann das Boarding meiner Maschine ist.

»Enough time«, gebe ich zurück.

Ich versuche, sicher und ruhig zu klingen. Aber wahrscheinlich habe ich zu laut gesprochen. Aufgekratzt und hysterisch geklungen. Vielleicht habe ich meine Antwort auch geschrien. Im Rückspiegel kann ich den überraschten Ausdruck auf seinem Gesicht sehen.

Schau auf die Straße, verdammt!

Ich habe mich nicht mehr im Griff. Diese Scheißpanik! Ich muss wie ein dämlicher Clown aussehen. Ein Zombie. Das Helle, das Offene. Es kommt näher. Es ist schon fast da. Ein paar Sekunden noch. Ich zähle. Von zehn rückwärts. Um mich zu beruhigen.

»Enough time«, sage ich wieder.

Neun.

Und jetzt in der angemessenen Lautstärke. So scheint es mir zumindest.

Acht.

Der Fahrer nickt.

Sieben.

Sechs.

Fünf.

Das Glitzern auf seinem Nacken kommt von den Lichtern an den Wänden der Röhre.

Vier.

Ein Stiernacken.

Drei.

Kein Fett, pure Muskulatur. Der Truck. Verdammt, siehst du den roten Truck nicht? Will der uns etwa überholen? Hier drin, im Tunnel? Das ist doch viel zu eng!

Komm, schneller. Gib Gas, Mann! Lass dich nicht überholen!

Das ist so krank. Der Truck überholt uns. Im Tunnel. Ich sehe ihn aus den Augenwinkeln. Er ist jetzt direkt neben uns.

Ich schaue nicht hin.

Ich kann nicht.

Es sind nur Zentimeter. Zwischen dem Truck und dem Taxi. Und zwischen den Wänden der Tunnelröhre. Ich schließe die Augen. Ich bin mir sicher, dass der Truck uns jeden Moment rammen wird. Er muss nur minimal aus der Spur kommen. Ein, zwei Zentimeter. Dann ist es passiert. Aus, vorbei. In einem Tunnel. Ich will nicht in einem Tunnel sterben. Kreischend zieht der rote Truck an uns vorbei. Das Taxi vibriert. Raus hier. Ich will raus hier!

Dann ist es endlich vorbei.

Das Offene.

Man kann bereits die Lichter des Terminals sehen. Ich bin

völlig erschöpft. Ich konzentriere mich auf ruhiges, gleichmäßiges Atmen. Es ist vorbei! Ich lasse mich zur Seite kippen und schaue nach draußen. Die Sonne ist inzwischen untergegangen. Die Wolken sehen aus wie Glut. Und darunter die Silhouetten der Flugzeuge. Nicht nur drei oder vier. Es sind mehr als ein Dutzend. Die Flugzeuge sind pulsierende, dunkle Punkte am Abendhimmel, denen wir uns langsam nähern.

2

Es ist kaum Verkehr an diesem Morgen. Eine halbe Stunde lang hat sich überhaupt nichts gerührt. Fast wäre er auch eingeschlafen. Jetzt nähert sich ein Wagen. Bevor er ihn hören kann, sieht er das Licht der Scheinwerfer durch die Bäume. Fernlicht – in Wellen streift es über die Stämme. Der Wagen ist schnell, das realisiert er sofort. Der Wagen ist viel zu schnell. Man bekommt ein Gefühl dafür im Laufe der Jahre. Er stößt Kramer leicht in die Seite.

»Was gibt's?«

»Arbeit.«

Kramer nickt. Voll da. Wach. Konzentriert. Dabei hat er eben noch geschlafen. Der Mann ist ein Phänomen. Das Licht der Scheinwerfer lässt ihre Gesichter kurz aufleuchten und streift dann über seine linke Hand auf dem Lenkrad, ehe es sich wieder draußen im Dickicht verliert.

Dann ist der Wagen schon auf ihrer Höhe und rauscht mit hoher Geschwindigkeit an ihnen vorbei.

Er lässt den Motor an.

Der Streifenwagen schießt aus dem Waldweg heraus und dreht sich mit quietschenden Reifen auf der Fahrbahn in Richtung der roten Bremslichter. Das Fahrzeug erreicht bereits das Ende der Geraden. Man sieht die Rücklichter nicht mehr.

»Bis Kronbach kriegen wir ihn«, sagt Kramer.

Er nickt.

Während er das Gaspedal voll durchdrückt, ertastet er mit der Zunge die Reste des Nussbreis an der rechten oberen Reihe seiner Backenzähne. Aber er zieht die Zunge schnell wieder zurück. Er will nicht darauf beißen. Nicht beim Beschleunigen oder wenn er stark abbremsen muss. Er muss sich konzentrieren.

Das plötzliche hohe Tempo drückt die beiden Polizisten in die Sitze. Dann sind die Rücklichter des Wagens wieder vor ihnen. Die Bremsen leuchten auf. Wenn auch verschwommen. Zwischen Stämmen, Zweigen und Buschwerk. Hang abwärts. Zwei oder drei Kurven vor ihnen.

*

Dunkelheit. Dunkelheit, die sich nass anfühlt. Das nimmt sie plötzlich wahr: etwas Nasses. Blut? Urin? Hat sie sich eingenässt? Die Geräusche sind anders als sonst. Und warum ist es überhaupt dunkel? Wenn sie wach ist, muss es hell sein. Und sie muss sich in den Spiegeln sehen. So war es immer. Aber es ist dunkel. Und es ist nass. Das ist nicht richtig. Aber sie ist nicht wach. Als Solveig die Enge um sich herum spürt und realisiert, dass sie sich nicht bewegen kann, treibt sie schon wieder zurück in ihren Schlaf. Zurück in die Bewusstlosigkeit.

*

Was habe ich mir bloß eingefangen? Ich bin jetzt nur durchs Flughafengebäude in Richtung des Abflugschalters gegangen und davon vollkommen fertig. Total kaputt. Das kann nicht nur eine banale Erkältung sein. Eine Grippe. Wahrscheinlich habe ich Fieber. Ich fasse mir an die Stirn. Sie fühlt sich nicht heiß an.

Ich bleibe stehen und stütze mich auf meinen Koffer. Ich

betrachte die Struktur des Steinbodens. Eine cremefarbene Fläche, die von einem dunkelgrauen Geflecht durchzogen ist wie dünne Adern.

Um mich herum die vielen Menschen. Die vielen Sprachen. Stimmen. Schritte. Das Scharren der Rollkoffer auf dem Boden. Musikfetzen. Durchsagen. Das Rauschen einer Kaffeemaschine. Es kommt aus einer kleinen Bar, die in einem grellen Orange leuchtet.

Plötzlich sehe ich den Stiernacken des Taxifahrers wieder vor mir. Den glitzernden Schweiß darauf. Verschwitzt wie ich selber heute Morgen. In meinem Hotelzimmer. Als ich aufgewacht bin, war ich nass geschwitzt. Das Leintuch, das Bettzeug. Alles war klatschnass. Und wie ich gefroren habe. Ich habe richtig gezittert. Schüttelfrost. Erst unter der heißen Dusche hat es wieder aufgehört. Die vier Tage in Chicago haben mir zugesetzt. Weil ich vorher schon angeschlagen war. Seit ein paar Tagen. Eigentlich die letzten beiden Wochen. Ich muss mir einen ziemlich heftigen Infekt eingefangen haben.

Dabei war das Programm in Chicago dieses Mal wirklich relaxed gewesen. Sehr relaxed! Weil ja alles bereits geregelt war. Der Etat, die Pläne, der Ablauf der Bauarbeiten. Alles war fix. Es war nur noch um die Unterschriften gegangen. Meine Unterschrift. Und die der Erben. Dieses wahnsinnige Projekt in trockene Tücher zu bringen. Nur darum war es noch gegangen. Und das habe ich gemacht. Ich habe meinen Namen unter die Verträge gesetzt. Das erste Projekt von »Kober & Lang« in den USA. Wir sind auf der internationalen Bühne der Architektur angekommen und werden ab sofort in einer ganz anderen Liga spielen. Das habe ich gedacht, als ich unterschrieben habe. Schade, dass Christoph nicht mit dabei sein konnte. Denn dieser Erfolg – das sind wir beide. Von jetzt an steht uns die Welt offen. Wir haben es geschafft.

Dubai, New York, London – von jetzt an können wir überall bauen. Denn das Glen-Smith-Memorial-Museum ist nicht einfach nur ein neues Museum und ein sehr weitläufiges noch dazu, weil die Kunstsammlung des verstorbenen Firmengründers riesig ist. Das Gebäude am Ufer des Michigansees setzt jedoch vor allem auf die Architektur. Eine, die Museen von Grund auf neu denkt. Und eine, die von Kober & Lang ist.

Innen gibt es kein Kunstlicht. Die Glasfassaden sorgen für natürliches Licht. Wenn man durch dieses Museum geht und hinausschaut, wird klar, dass es keine Grenze mehr zwischen den Innenräumen und der Umgebung draußen gibt. See, Wasser, Weite und Horizont werden eins mit den Räumen des Museums. Es ist ein Gesamtkunstwerk.

Ich atme, als wäre ich ein Kettenraucher. Bin ich aber nicht. Ich habe schon vor Jahren damit aufgehört. Noch während des Studiums. Wobei ich eigentlich immer nur gepafft habe. Wenn ich mit Leuten unterwegs war. Auf Partys. Ganz selten allein. Ich war nie ein starker Raucher, und ich hatte auch kein Problem damit, von den Zigaretten loszukommen.

Aber fit bin ich nicht. Wenn ich schon eine Pause brauche, um vom Taxistand zum Abflugschalter zu kommen. Ich muss schlafen im Flugzeug, denke ich. Und wenn ich zu Hause bin, einen Gang runterschalten. Den Rest der Woche nicht ins Büro und morgen früh gleich zum Arzt gehen.

Ich schaue wieder zu der orange-rot beleuchteten Bar hinüber. Ein Espresso? Aber dann kann ich im Flieger wahrscheinlich nicht mehr schlafen. An der Bar sitzt eine dunkelhaarige Frau. Groß, schlank. Eine Model-Figur. Sie sitzt leicht schräg auf dem Barhocker, die Beine übereinandergeschlagen. Graues Kostüm. Ziemlich knapper Rock. Pinkfarbener Rollkoffer, der nicht ins Bild passt.

Ich schaue auf die Uhr. In einer knappen Stunde soll ich schon im Flugzeug sitzen.

Ich bin spät dran.

*

Die Reflektoren auf den Leitpfosten werfen das Licht der Scheinwerfer des Streifenwagens in einem nervösen Stakkato zurück.

Er konzentriert sich auf die roten Bremslichter vor ihnen. Die Kurven sind viel enger, als er sie in Erinnerung hat. Denn er kennt die Strecke. Die Landstraße ist hier sehr abschüssig. Was ihn wundert, ist der schlechte Zustand der Straße. Bodenwellen, Schlaglöcher – hier scheint nicht nur nach diesem, sondern schon seit ein paar Wintern nicht mehr viel gemacht worden zu sein.

»Nach Kronbach«, wiederholt Kramer.

Ist der Kollege in der Leitstelle schwer von Begriff?

Kramer klingt ruhig. Aber er kennt ihn. Er hört, wie Kramer sich zusammennimmt. Die Anspannung ist enorm. Beschleunigen. Abbremsen. Beschleunigen. Es gibt nur noch die roten Lichter vor ihnen. Nur nicht aus der Kurve fliegen, denkt er.

»Sofort«, sagt Kramer scharf. »Wie gesagt. Entweder sofort oder gar nicht. Wenn kein Wagen in der Nähe ist, dann eben nicht. Eine halbe Stunde bringt uns gar nichts.«

Ihre Blicke treffen sich.

»Halbe Stunde!« Er tippt sich mit dem Zeigefinger an die Stirn.

Kramer grinst.

»Sofort! Verstanden? Oder gar nicht!«

Kramer schüttelt den Kopf und schlägt entnervt mit der Hand aufs Armaturenbrett.

»War doch klar!«

»Schlafmützen.«

»Ohne Verstärkung wird's haarig«, sagt Kramer. »Der ist ziemlich schnell unterwegs.«

»Nicht schnell genug.«

Ein Stück geradeaus. Er tritt das Gaspedal wieder voll durch.

»Den haben wir noch vor Kronbach. Wetten?«

Kramer räuspert sich. Der Wagen geht ab.

90, 100.

Fast bis zum Anfang der Kurve.

110.

Sie halten den Atem an.

120.

Dann steigt er brutal in die Eisen. Nur so geht es. Die Bremsen blockieren. Er reißt das Steuer nach links. Der Wagen rutscht nach rechts. Schlittert über das Bankett. Dann nimmt er den Fuß von der Bremse. Steine spritzen weg.

Er reißt das Lenkrad nach rechts und erwischt nur haarscharf die Einfahrt in die Kurve. Er weiß, dass diese nicht ganz so eng ist. Volles Risiko jetzt, anders packen sie das nicht. Er lässt den Wagen bis knapp an den Rand der Gegenfahrbahn gleiten.

»Scheiße!«, zischt Kramer.

Dann tritt er das Gaspedal wieder durch. Sie rasen pfeilschnell aus der Kurve.

»Was nicht passt, wird passend gemacht.«

»Ja, ja. Ich möchte halt, wenn's geht, nachher noch heil nach Hause kommen.«

»Wird schon.«

Der andere Wagen ist jetzt nicht mehr weit von ihnen entfernt. Und wieder muss er sehr stark abbremsen. Mit quietschenden Reifen nimmt er die nächste Kurve. Er stellt sich fast quer dabei.

»Wir holen auf.«

Meter für Meter. Kramer schweigt. Das letzte Stück hinunter nach Kronbach ist verdammt eng und steil. Und der da vorne ist wahnsinnig schnell unterwegs!

Im Licht der Scheinwerfer, die durch den Wald streifen, leuchtet plötzlich etwas auf. Ein Augenpaar. Ein Tier. Vielleicht ein Fuchs. Heilige Scheiße, denkt er. Dämmerung. Wildwechsel. So kann man natürlich auch draufgehen. Roadkill. Wenn dir bei dem Tempo ein Tier in die Quere kommt, dann ist aber Schicht im Schacht.

3

Die Enge. Dass sie sich kaum rühren kann. Dass sie eingesperrt ist. Und dass sie durchgerüttelt wird. Das nimmt sie jetzt wahr. Wie durch einen Nebel. Und einen Geruch. Gummi. Quietschende Reifen. Abbremsen. Beschleunigen. Dann knallt sie mit dem Kopf gegen etwas Hartes, und alles um sie herum wird wieder weich. Gedämpft. In einem Auto, denkt sie noch. Ich muss in einem Auto sein. Um sie herum verschwimmt alles. Es wird schwarz.

*

Ein verdammt fieser Virus, denke ich. Ich schleiche durch das Terminal wie ein alter Mann. Ich fühle mich sogar noch schlechter als heute Morgen. Und jetzt? Ich hätte mich nicht beeilen müssen. Ich hätte alle Zeit der Welt gehabt. »Technical« – mehr verraten sie nicht. Mit jeder Durchsage verschiebt sich das Boarding nach hinten. Die Maschine ist noch nicht einmal am Gate. Aktueller Stand: Um 21.30 Uhr soll die Maschine nach Frankfurt starten. Das wäre schon eine Verspätung von zwei Stunden. »Technical« kann alles sein. Und es kann dauern. Dass die Airline schon Gutscheine verteilt, ist ein schlechtes Zeichen. Hunger habe ich nicht. Eher Durst. Die Auswahl um mich herum ist außerdem ziemlich bescheiden. Hamburger mit Fritten, irgendeine Reispampe vom Chinesen oder etwas Klebrig-Süßes. Regt meinen Appetit nicht an. Wenn ich fitter wäre – es gibt sicher ein paar Alternativen hier. Aber ich habe keine Lust, noch einmal durch den gesamten Abflugbereich zu marschieren. Das schaffe ich auch nicht mehr, ich bin viel zu kaputt. So erledigt, als hätte ich einen Marathonlauf hinter mir. So müde. Ich will nur noch meine Ruhe. Und schlafen. Vor allem schlafen! Aber dazu müsste ich erst einmal in einem Flugzeug sein. Und das kann dauern. Kaum denke ich das, wird es auch schon durchgesagt. Das Meiste geht in der Geräuschkulisse unter, aber 22.30 Uhr, das verstehe ich. Alles klar. Also noch eine Stunde. Dann sind es schon drei Stunden Verspätung.

Mir kann es egal sein. Es ist ein Direktflug. Die Leute zücken ihre Handys. Ich würde gerne Rebeccas Stimme hören. Ich überlege, wie spät es bei uns ist. Sie schläft. Und auch die Prinzessin. Ich sehe ihr Gesicht vor mir. Im Schlaf. Zart, entrückt, wunderschön. Sie wird bei Rebecca im Bett schlafen. Warum soll ich die beiden wecken? Nur weil mir langweilig ist?

Die harte Sitzbank gibt mir den Rest. Ich stehe auf. Mir ist es egal, wenn der Platz nachher weg ist. Er ist zu unbequem. Da wird es sogar auf dem Boden besser sein.

Im Stehen fällt mir auch das Atmen leichter. Meine Bronchien müssen vollkommen zu und verklebt sein. Ich recke und strecke mich, gehe ein paar Schritte. Hamburger und Fritten? Irgendwie muss ich die Zeit ja herumbringen. Und außer Frühstück habe ich heute noch nichts gegessen. Ein warmes Getränk wäre gut. Tee oder heiße Schokolade. Der Chinese drüben hat sicher Grüntee. Irgendeine Reispampe dazu. Vielleicht krieg ich ja doch ein paar Bissen runter. Und etwas im Magen zu haben ist sicher nicht verkehrt. Schon wegen des Kreislaufs. Ich schaue auf die Uhr. Eigentlich müsste ich jetzt schon im Flugzeug sitzen!

*

Ist es Instinkt? Vorahnung? Dass man es immer einen Tick früher wahrnimmt. Dass man innerlich schon weiß, dass es passiert, bevor es passiert.

So wie jetzt.

Vor ihren Augen.

Die Dunkelheit ist nicht mehr ganz so dicht. Die Schwärze der Nacht ist in ein mattes, metallisches Grau übergegangen. Am Himmel zeichnen sich bereits die Umrisse der Wolken ab.

Was die beiden Polizisten nicht sehen.

Der anbrechende Tag gibt dem Wald seine Farben zurück. Dunkle Grün- und Brauntöne.

»Scheiße!«

In diesem Moment bremst er.

Es ist eine lange Linkskurve. Das Heck des Wagens vor ihnen bricht aus. Schlittert mit der rechten Seite über den Randstreifen der Straße. Sie können die Erschütterungen sehen. Die Stöße, die das Fahrzeug abbekommt, wie es ausbricht, ins Schlingern gerät, und wie der Fahrer verzweifelt versucht, die Kontrolle über den Wagen zurückzugewinnen.

Steine stieben auf. Grasbüschel. Erdklumpen.

Etwas bricht.

Dem Fahrer gelingt es, seinen Wagen wieder in die Mitte der Fahrbahn zu bringen. Radkasten, Aufhängung, Kotflügel – die hintere rechte Seite wirkt verschoben, sie ist demoliert. Einer der Hinterreifen steht nach außen ab.

Er fährt immer noch viel zu schnell. Auch wenn die Straße hier nur einen kurzen Knick nach rechts macht. Breit genug ist. Übersichtlich. Aber mit dieser Geschwindigkeit. Das ist nicht zu schaffen.

Der Rest ist Physik. Kinetische Energie.

Er sieht das Merkblatt vor sich. Aus der Polizeiausbildung damals: Autounfall – »die letzten Sekunden des Lebens«. Er weiß es immer noch fast auswendig. Wie das Ende abläuft. Der letzte Countdown. Das Sterben.

... Die Bremsen blockieren. Er kann nicht mehr ausweichen. Vor Schreck wie gelähmt umklammert er mit weißen Knöcheln das Lenkrad. Dann der Baum. Der Aufprall. Stoßstange und Kühlergrill werden zerdrückt. Der Fahrer wird mit dem x-Fachen seiner Gewichtskraft nach vorne geschleudert und aus dem Sitz gehoben. Die Beine brechen am Lenkrad in Höhe der Kniegelenke und werden gegen das Armaturenbrett gepresst. Das Lenkrad biegt sich unter seinen Händen. Die Karosserie ist vollkommen verzogen. Der Motor kracht jetzt mit vollem Gewicht gegen den Baum. Die Hände des Fahrers verkrallen sich im Lenkrad. Seine Gelenke und Unterarme brechen wie Strohhalme. Der Oberkörper wird von der Lenksäule durchbohrt. Stahlsplitter dringen in den Brustkorb ein, zerreißen die Lunge und zerfetzen die Schlagadern. Blut dringt in die Lungenflügel ein. Das Bremspedal bricht ab, das Chassis knickt in der Mitte ein. Der Kopf des Fahrers donnert gegen die Windschutzscheibe. Die Sitze lösen sich aus der Verankerung und schnellen nach vorne. Der Oberkörper des Fahrers wird gegen die geborstene Lenksäule gequetscht. Aus seinem Mund schießt Blut. Er stirbt an einem Herzstillstand durch den Schock ...

Gut, die Unfallfolgen. Das Merkblatt. Das war noch vor den Zeiten des Airbags. Der macht die Sache weniger blutig. Aber die Physik lässt sich trotzdem nicht austricksen. Bei dieser Geschwindigkeit und dem entsprechenden Aufprall wirken immer dieselben enormen Kräfte. Durch den Airbag werden die Überlebenschancen nicht unbedingt höher. Man stirbt nur anders. Wenn einem das Gehirn mit einer derartigen Wucht gegen die Schädeldecke kracht, ist man entweder sofort tot oder im besten Fall Gemüse und stirbt dann wenig später im Krankenhaus.

Der Streifenwagen ist zum Stehen gekommen.

Es ist totenstill.

*

Da war ein lauter Knall. Und dann der Schmerz. Es ist ein dunkler, stechender Schmerz. In den Beinen. Im Kopf. Überall. Ist sie wach? Oder träumt sie das gerade? Sie realisiert, dass das Rütteln weg ist. Das Abbremsen und Beschleunigen. Dass es still ist. Vollkommen still. Und auch der Geruch nach Gummi ist nicht mehr da. Es riecht jetzt anders. Solveig braucht eine Weile, bis sie darauf kommt, was es ist. Es riecht nach Benzin. Und auch nach Erde. Nach Nässe. Als sie versucht, sich zu bewegen, trifft sie der Schmerz wie eine riesige Welle. Ihr bleibt die Luft weg, und in der aufkommenden Panik verliert sie wieder das Bewusstsein.

*

Eine Böschung. Dicht bewachsen. Sträucher. Hohes Gras. Bäume. Farn. Das Fahrzeug hat eine Schneise ins Dickicht geschlagen. Den Aufprall haben die beiden Polizisten gehört. Der Wagen ist von der Landstraße aus nicht zu sehen.

Der Typ kann das nicht überlebt haben, denkt er. Der muss dabei draufgegangen sein. Alles andere wäre ein Wunder!

4

»Rebecca?«

»Du? Was ist?«

»Tut mir leid, wenn ich dich geweckt habe.«

»Das macht nichts. Was ist, Nikolas, ist etwas passiert?«

»Nein, nichts. Alles gut. Nur diese Erkältung, die macht mir nach wie vor zu schaffen.«

»Hast du nichts dabei?«

»Zumindest nichts, was hilft.«

Ich höre, wie sie sich aufrichtet und ein wenig nach hinten rutscht. Sie lehnt mit dem Rücken am Kopfende, wenn sie im Bett telefoniert.

»Soll ich dir morgen früh gleich einen Termin ausmachen?«

»Nein, lass mal. Ich gehe einfach so zu ihm. Ich hab Zeit.«

»Und wie war Chicago?«

»Sehr entspannt.«

»Gut. Es ist kurz nach vier.«

»Es tut mir leid. Ich wollte einfach deine Stimme hören.«

Sie sagt nichts darauf. Ich glaube, dass sie sich zu der Kleinen hinunterbeugt und ihr übers Haar streicht.

»Ist die Prinzessin bei dir?«

»Ja. Sie schläft tief und fest.«

»Gib ihr einen Kuss von mir.«

»Ja«, flüstert Rebecca.

»Der Flug hat Verspätung. Ich hocke jetzt schon seit drei

Stunden hier am Gate rum. Vor Mittag bin ich bestimmt nicht zu Hause.«

»Das ist ärgerlich. Du, wir machen jetzt besser Schluss. Lara wacht sonst noch auf.«

»Ich hab dich lieb.«

»Ich dich auch.«

»Und nochmal sorry, dass ich dich geweckt habe.«

»Alles okay. Hab einen guten Flug, Schatz!«

»Ciao!«

Dann ist Rebecca weg. Und Lara mit ihr. Schlaf, Kindlein, schlaf ... Dann wieder eine Durchsage. Und Bewegung am Gate. Das Boarding beginnt. Endlich!

*

Ein kaltes, diffuses Licht. Raureif. Verdammt frisch, denkt er, und dass der Boden eigentlich nicht nass sein kann. Es hat seit Tagen nicht geregnet. Und es ist zu kalt.

Die Schneise, die der verunglückte Wagen durch das Unterholz geschlagen hat, ist etwa zwanzig Meter lang. Abschüssig. Eine Rutschbahn. Nichts zu sehen, was den Wagen abgebremst haben könnte. Keine Hindernisse. Der muss hier durchgeflogen sein wie ein Geschoss, denkt er.

Dann sehen sie ihn. Und sie riechen ihn. Der Geruch frisst sich im Kopf genauso fest wie das, was man sieht. Jedes Mal. Benzin. Metall. Kühlflüssigkeit. Öl. Der sandige Geruch des Airbags. Auch die Nässe, die Feuchtigkeit riecht man. Holz, die Wurzeln, das Gras, Erde. Und dann das Blut. Am Ende riecht man immer das Blut. Der Geruch nach Blut legt sich über alles.

Die Karosserie ist nur noch ein unförmiger Klumpen.

Kramer gibt die Daten durch.

»Verkehrsunfall. Eine eingeklemmte Person.«

Seine Stimme klingt stumpf. Metallisch.

»Nicht ansprechbar.«

Kramers Stimme hallt zwischen Gestrüpp und Bäumen wider. So still ist es hier. So still ist es immer.

»So eine Scheiße«, sagt er.

Ihre Blicke treffen sich kurz.

Kramer nickt nur.

Man darf das nicht zu nah an sich rankommen lassen, denkt er. Und jetzt kann man sowieso nichts mehr machen. Nur warten. Und beim Sterben zusehen. Ein Hubschrauber oder gleich der Sarg – das wird hier die Frage sein.

Angeschnallt war der Fahrer jedenfalls. Und der Airbag hat ausgelöst. Er leuchtet dem Mann mit der Taschenlampe in die Augen.

Die Pupillen reagieren. Puls. Er fühlt ihn. Am Hals. Ganz schwach, aber er ist da. Der Hals ist voller Blut. Auch am Kopf ist Blut. Massive Kopfverletzungen. Und wahrscheinlich innere Verletzungen. Aber er lebt.

Bei der Geschwindigkeit und dem Abflug, den er hingelegt hat, ist das mehr als erstaunlich.

»Der Notarzt muss gleich da sein«, sagt Kramer.

Er geht in die Hocke und wischt seine Hand im Gras ab.

»Wenn er uns bis dahin nicht wegstirbt«, antwortet er.

Seine Hand ist immer noch blutig vom Pulsfühlen.

»Noch ist er da«, sagt Kramer.

Er beobachtet Kramer dabei, wie der sich zu dem Verletzten in den Wagen beugt.

Es riecht verbrannt. Fackelt uns die Karre jetzt auch noch ab? Verschmorte Elektrik – das kann ganz schnell gehen. Er hält den Feuerlöscher über den Motorblock. Aber da ist nichts. Kein Rauch, kein Qualm.

»Können Sie mich hören?«, fragt Kramer.

Er dreht sich um und geht ein paar Schritte vom Unfallort weg. Atmet die feuchte Waldluft ein. Will den Blutgeruch aus der Nase kriegen. Aber es hilft nicht viel. Die kalte Luft. Das Gras, die Erde, die Bäume. Man kriegt das Blut trotzdem nicht aus der Nase. Und auch den Geruch nach Erbrochenem nicht. Nach Kot, Urin. Öl.

»Er reagiert!«

In der Ferne hört man die Sirenen. Der Notarzt.

»Er atmet!«

Klar atmet der, denkt er. Er ist ja nicht tot. Noch nicht.

Er geht zu Kramer zurück. Es ist eine Art Seufzen, das der Verletzte von sich gibt. Ein Seufzen, das nass und schmierig klingt. Als hätten seine Lunge und die Bronchien sich mit Blut vollgesogen. Als wären sie schon aufgedunsen wie ein Schwamm.

»Bleiben Sie ganz ruhig.«

Die Sirenen kommen näher.

»Ich gehe zurück zur Straße«, ruft er Kramer zu.

Der reagiert überhaupt nicht und redet weiter auf den verletzten Fahrer ein.

»Der Notarzt ist jeden Moment da.«

Bald kann er die einzelnen Worte nicht mehr verstehen. Es bleibt ein weicher, heller Singsang zurück, der erst aufhört, als er die Straße oben erreicht hat.

An die Berichte muss er denken, die zu schreiben sind. Für die Vorgesetzten. Den Staatsanwalt. Die Leute halt, die jeden Tag bequem ihren Arsch plattsitzen und am Ende trotzdem alles besser wissen. Er denkt an die Fragen, die kommen werden. An den Druck, den Ärger, die schlechte Presse. Es ist ja nicht gerade alltäglich, dass die Verfolgung eines Wagens so endet. So enden muss, weil der Idiot nicht anhält. Und es bleibt immer etwas an einem hängen nach so einer Geschichte, das kann man drehen und wenden, wie man will.

Zwischen den Bäumen ist jetzt Blaulicht zu sehen.

*

Steigflug. Das monotone Dröhnen der Turbinen. Draußen ist pechschwarze Nacht, bis die Maschine dreht und Chicago plötzlich unter uns liegt. Eine gigantische Ansammlung von Lichtern. Das chaotische Gebilde wird vom See abgeschnitten, dessen Oberfläche wie frischer Teer aussieht. Dann verwischen Wolken das Lichtermeer.

Ich habe gedacht, es wird besser, wenn ich im Flugzeug sitze. Aber es ist nicht besser geworden. Es ist sogar noch schlimmer geworden. Diese Erschöpfung. Ich kann mich nicht daran erinnern, dass ich so etwas jemals hatte. Schlafen, denke ich. Ich muss schlafen. Die Zeit herumkriegen. Wie viele Marathons muss man wohl laufen, um so fertig zu sein?

Ich richte mich in meinem Sitz auf und atme. Mein Gott! Es wird immer schlimmer. Vor allem auch mit dem Atmen. Ohne mich aufzurichten, funktioniert es fast nicht mehr. Nur so bekomme ich noch Luft. Und immer nur so viel, dass ich das Gefühl habe, dass es nicht genug ist. Und dann atme ich schnell und flach.

Gleichzeitig krampfe ich, weil ich zu wenig Luft bekomme. Wie soll man da schlafen?

»Ist alles in Ordnung, Sir?«, fragt mich die Stewardess.

Ich nicke.

Sie deutet auf das Glas Champagner vor mir, das ich nicht angerührt habe.

»Wollen Sie etwas anderes?«

Sie lächelt mechanisch und streift sich dabei eine rote Haarsträhne aus dem Gesicht.

»Nein, danke.«

Als ich wieder aus dem Fenster sehe, sind wir bereits über den Wolken. Ich überlege, wann ich das nächste Mal in Chicago sein werde. Wahrscheinlich schon in zwei bis drei Wochen. Dann wird es weitere Besprechungen und Meetings geben. Mein Terminkalender ist ziemlich voll in diesem Jahr. Und Anfang Mai dann wieder: zum Spatenstich. Und während der Bauarbeiten auch immer wieder. Wobei ich mich hierbei mit Christoph abwechseln werde. Das ist auch sein Projekt. Aber alle sechs bis acht Wochen werde ich in den nächsten eineinhalb Jahren hier sein. Wenn wir unser erstes Büro im Ausland eröffnen, dann ist Chicago sowieso die erste Wahl.

Ich versuche, ruhig und gleichmäßig zu atmen.

Am Horizont ist die dürre Sichel des Mondes zu sehen.

5

»Wo?«, fragt der Notarzt nur.

Er zeigt auf die Schneise vor ihnen im Wald.

»Zwanzig Meter weiter unten«, fügt er hinzu.

Er kennt ihn. Den Arzt. Es gibt zwei. Ihn, und eine Sie. Ziemlich jung noch. Hübsch. Nicht die Figur unbedingt – aber das Gesicht. Und sie hat Humor. Ziemlich deftig. Makaber. Aber was bleibt einem anderes übrig bei so einem Job. Er ist dagegen eher zugeknöpft. Der unterkühlte Typ. Reserviert. Ruhig. Lässt sich nichts anmerken. Man kann nicht in ihn hineinschauen. Dass es rutschig ist, hatte er noch sagen wollen. Abschüssig. Aber da war der Arzt schon weg.

In derartigen Situationen funktioniert man bloß. Man denkt nicht. Das ist auch gut so. Sonst würde es nicht gehen. Alles andere kommt später. Die Bilder, die Gerüche, die Gefühle. Und dann wird es gefährlich. Das darf man nicht zu nahe an sich rankommen lassen. Besonders schlimm ist es, wenn Kinder betroffen sind. Das steckt man nicht so leicht weg. Das macht fertig. Zerfrisst einen innerlich. Einmal war es so. Nachts auf der Autobahn. Zwei Kinder. Vier, fünf Jahre alt. Es war bis jetzt das Furchtbarste, was er erlebt hat. Kann es etwas Schlimmeres geben, als die eigenen Kinder begraben zu müssen? Obendrein hat er die Eltern flüchtig gekannt. Er ist auch bei der Beerdigung gewesen. Das muss inzwischen zehn Jahre her sein. Aber die Bilder jener Nacht haben ihn nie mehr losgelassen, bis heute nicht.

Ein Krankenwagen und der PKW mit dem Einsatzleiter der Feuerwehr kommen gleichzeitig an. Die Sanitäter laufen an ihm vorbei. Kurzer Blickkontakt. Er zeigt nur auf die Schneise. Ein Löschfahrzeug trifft ein. Wenig später das zweite. Absperrungen werden aufgebaut, Scheinwerfer installiert.

*

Es muss am Licht liegen, denke ich zuerst und starre mein Gesicht im Spiegel an. Aber es ist nicht das Licht. Ich bin leichenblass und habe dunkle Ringe unter den Augen. Als hätte ich seit Tagen nicht mehr geschlafen. Ich habe keine Kraft mehr. Ich kann nicht mehr. Mich zu dem kleinen Waschbecken hinunterzubeugen und wieder aufzurichten, schon das überfordert mich. Ich kriege kaum noch Luft. Meine Haut ist seltsam grau. Und meine Lippen haben einen bläulichen Farbton. Ich sehe aus wie ein Zombie.

Der Weg von der Toilette zu meinem Platz zurück ist eine einzige Tortur. Meine Beine sind bleischwer. Als wäre alles Blut jetzt in ihnen. Wie zwei prall gefüllte Schläuche, die gar nicht zu mir gehören.

Als ich endlich wieder sitze, sehe ich auf dem kleinen Bildschirm vor mir, dass wir schon über dem Atlantik sind. Wir fliegen auf die Küste Grönlands zu. Gletscher, Eisberge. Schlafen kann ich nicht. Ich bin extrem unruhig. Sehe auf die Uhr und versuche zu rechnen. Fünf oder sechs Stunden wird der Flug noch dauern. Ob ich das durchstehe? Ganz sicher bin ich mir da nicht.

Eine der Stewardessen spricht mich an. »Geht es Ihnen gut?«

Ich zucke mit den Schultern.

»Es geht so. Ich habe Probleme mit dem Atmen.«

Zuerst denke ich, dass die Stewardess Rebecca ähnlich

sieht. Und dann, dass es Rebecca ist. Ich muss schon durcheinander im Kopf sein. Halluzinieren. Vielleicht habe ich Fieber. Ich spüre ihre Hand auf meiner. Das kann nicht sein. Aber es ist ihre Hand. Ich sehe die Stewardess an. Es ist Rebecca.

»Das ist aber gar nicht gut.«

Ich habe das Gefühl, nach hinten weggezogen zu werden. Ich verliere den Boden unter meinen Füßen.

»Rebecca!«

Ich bekomme keine Luft, versuche mich aufzurichten. Aber mir fehlt die Kraft. Es zieht mich immer weiter nach unten. Meine Beine sind jetzt ganz taub. Ich kann nicht mehr aufstehen.

»Wir brauchen einen Arzt!«

*

Insekten umschwirren die Scheinwerfer, obwohl sich schon die graue Helligkeit des neuen Tages durchsetzt. Der Wald hebt sich scharf vom bewölkten Himmel ab.

Man kann erkennen, dass der Asphalt der Straße an mehreren Stellen aufgebrochen ist. Tiefe Schlaglöcher, teilweise fast bis zum Kiesbett. Der Winter hat ganze Arbeit geleistet, denkt er. Fliegen, Nachtfalter, Käfer. So viele Insekten.

Verkehrsunfall, Person eingeklemmt. Fahrzeug stark deformiert. Fahrer war angeschnallt. Airbag hat ausgelöst.

Erster Blick: Patient nicht ansprechbar. Kontrolle der Pupillen- und Schmerzreaktion. Sichtbare Massenblutung. Atmung nicht ausreichend.

Vollsperrung. Davor hat sich bereits ein Stau gebildet. Und auch Kramer ist dort. Redet mit ein paar Leuten, die neben ihren Autos stehen, rauchen, sich die Beine vertreten. Er glaubt, von dort einen Song zu hören. Aus einem Autoradio. Welcher, das hört er nicht. Es ist zu weit weg. Und dann geht die Musik vollends unter im Sirren der Säge, mit der die Feuerwehrleute sich durch die Karosserie schneiden, um den Verletzten zu bergen. Sie nehmen das Dach ab. Also auf jeden Fall Sofortrettung. Das heißt, die Kacke ist am Dampfen, denkt er.

Schockbehandlung eingeleitet. Polytrauma. Deutliche Dyspnoe. Patient scheint starke thorakale und abdominelle Schmerzen zu haben. Befund: Hinweis auf kombiniertes Thorax-, Abdominal- und Beckentrauma. Ebenso Anhalt für schweres Schädel-Hirn-Trauma.

Eine Stunde wird das hier mindestens noch dauern, bis der Verletzte raus ist. Und versorgt. Abtransportiert.

Wieder die Säge.

Bis dann die Fotos gemacht sind. Die Spuren gesichert. Das Wrack aus dem Wald gezogen ist. Und abgeschleppt. Und bis die Straße wieder gereinigt ist – die Unfallstelle. Wobei auf der Straße nicht viel zu sehen ist. Die Sauerei ist ja unten im Wald. Also dauert es wahrscheinlich eher zwei Stunden als eine, bis der Verkehr sich wieder normalisiert.

Für die auf der anderen Seite der Absperrung ist das hier nur eine Unterbrechung der morgendlichen Routine. Man wird ein paar Minuten zu spät kommen. Zur Arbeit oder wohin auch immer. Mehr nicht. Man macht einen Anruf, vertritt sich ein wenig die Beine, genehmigt sich eine Zigarette mehr. Und da es auf der Straße sowie nichts zu sehen gibt, setzt man sich wieder in sein Auto, wendet und fährt den Berg hinauf. Ein kleiner Umweg – mehr nicht.

Für den da unten, den sie gerade aus dem Autowrack schneiden, sieht die Sache allerdings anders aus. Für den gibt es keine Routine mehr. Jetzt nicht, und vermutlich nie mehr. Am seidenen Faden, denkt er. Zwischen Leben und Tod. Manche holen sie zurück. Von der anderen Seite. Aus dem Tunnel. An dessen Ende sie schon das Licht gesehen haben. So soll es doch angeblich sein mit dem Licht. Und dass man sich an alles erinnert. Dass das Leben wie ein Film vor einem abläuft. Heißt es. Es passiert öfter, als man denkt, dass sie einen zurückholen. Sie sind absolute Profis. Dazu die Technik, die Maschinen.

Aber manche bleiben auch dazwischen. Zwischen Leben und Tod. Auf Dauer. Kein Kontakt mehr. Koma. Man ist nur noch Gemüse. Bis einer den Stecker zieht.

So viele Insekten. Es sind ganze Schwärme. Er nimmt sie erst jetzt richtig wahr, weil es hell geworden ist. Wieder die Säge. Noch haben sie den Typen nicht draußen.

Was er dann hört, ist der anfliegende Hubschrauber.

6

Stimmen. Da sind Stimmen. Und dann ein Geräusch. Laut, kreischend. Es zerrt an ihr. Der Schmerz ist immer noch da. Aber gedämpft. Deshalb rührt Solveig sich nicht. Sie hält still. Wenn sie sich bewegt, wird der Schmerz erneut aufflammen. Wieder dieses Geräusch. Das Zerren. Und die Stimmen. Da ist jemand, oder sogar mehrere, denkt sie. Aber vielleicht ist alles nur ein Traum.

*

Das Erste, was ich wahrnehme, als ich wieder zu mir komme, ist das Leuchten des Bildschirms vor mir. Und Island. Wir überfliegen Island. Ich fühle mich wie in Watte. Ich weiß, dass ich nicht geschlafen habe. Ich war ohnmächtig.

»Wie geht es Ihnen?«

Ich sehe den Mann an, der neben mir sitzt. Wer ist das? Das Dröhnen der Triebwerke lullt mich wieder ein. Ich habe Mühe, die Augen aufzuhalten. Ich nicke nur.

»Haben Sie Schmerzen?«

Ich schüttle den Kopf. Der Mann neben mir redet weiter. Ich kann sehen, wie seine Lippen sich bewegen. Aber ich höre ihn nicht mehr. Es fängt wieder an. Ich tauche unter. Plötzlich sitze ich im Auto. Ein Tunnel. Lichter. Wände. Der Nacken des Fahrers. Dann beginnt sich alles zu drehen. Aber ich habe keine Angst. Ich weiß, dass ich nicht in dem Tunnel bin. Sondern in einem Flugzeug. Und dass wir Island überflogen haben.

»Wie geht es ihm?«

»Sein Zustand ist stabil.«

»Sehr gut.«

»Der Sauerstoff hat ihm gutgetan. Ich habe ihm auch eine Dosis Dobutamin gespritzt. Es erhöht das Schlag- und Herzzeitvolumen und verbessert die Durchblutung der lebenswichtigen Organe.«

»Sie glauben also, dass es geht? Dass wir nicht außerplanmäßig landen müssen?«

»Ja. Er hatte einen kardiogenen Schock. Dass ein Herzinfarkt die Ursache dafür war, halte ich aber für unwahrscheinlich.«

»Was macht Sie da so sicher?«

»Er hat keine Schmerzen.«

»Und das reicht aus?«

»Starke Schmerzen würden auf einen Infarkt hindeuten. Ich kann natürlich nicht in ihn hineinschauen, aber ich schätze, dass es sich hier um Herzrhythmusstörungen oder eine akute Myokarditis handelt.«

»Die nächste Möglichkeit für eine außerplanmäßige Landung wäre Shannon.«

»Und regulär sind es noch drei Stunden?«

»Höchstens zweieinhalb.«

»Bleiben Sie oben. Wir können das riskieren, denke ich. Sein Kreislauf ist stabil, seine Atmung hat sich verbessert, und er ist ruhig.«

»Ist er ansprechbar?«

»Nicht wirklich. Aber das ist normal, ich habe ihm etwas zur Beruhigung gespritzt.«

»Also sicher nicht Shannon?«

»Nein. Wir wissen nicht, wie es mit der Versorgung in Shannon aussieht. Einen Herzinfarkt würden die dort sicher hinkriegen. Aber das hier ist etwas anderes. Der Mann muss intensiv untersucht und versorgt werden, er braucht Spezialisten, die so schnell wie möglich die Ursache erkennen. Er muss stabilisiert werden. Wichtig ist, dass ein Notarztwagen da ist, wenn wir landen. Der Mann muss umgehend in eine Klinik.«

»Ist schon verständigt. Frankfurt weiß Bescheid, dass wir einen Notfall an Bord haben.«

Der eine scheint Arzt zu sein, der andere wahrscheinlich einer der Piloten. Und der Notfall bin ich. Scheiße! Ich werde also nach der Landung nicht in mein Auto steigen und nach Hause fahren. Aber wer verständigt Rebecca? Sie muss es wissen. Ich will sie bei mir haben. Vor meinen Augen verschwimmt wieder alles. Es ist nicht mehr weit, denke ich noch.

*

Der Strahler auf dem Einsatzwagen beleuchtet das Autowrack am Ende der Böschung. In der Nähe haben die Rettungskräfte zwei weitere Scheinwerfer aufgestellt. Gedämpft dringen Stimmen herauf, immer wieder übertönt vom schrillen Kreischen der Säge.

»Das Dach ist ab.«

»Wir können ihn rausholen.«

»Alles klar.«

Die Fliegen überall. Die Strahler locken sie an. Es sind Tausende.

Maßnahmen zur Blutstillung durchgeführt. Sauerstoff verabreicht. Intravenösen Zugang gelegt. Analgosedierung wurde eingeleitet. Patient immobilisiert. Sofortrettung wurde angeordnet.

»Jetzt hoch!«

»Sein Zustand ist alles andere als stabil.«

»Vitalparameter?«

»Sacken uns in den Keller.«

Der Geruch nach Verbranntem.

Nach Benzin. Blut. Schweiß. Urin. Erbrochenem.

»Auf jetzt, holt ihn raus! Ich muss an ihn ran!«

»Verdammte Scheiße!«

»Jetzt! Hoch mit ihm.«

Das Dröhnen der Rotoren wird lauter.

»Vorsichtig.«

Der Hubschrauber kreist kurz über der Unfallstelle. Der Lärm ist ohrenbetäubend. Die Einsatzkräfte schreien jetzt.

»Was soll der Scheiß? Hier kann er doch gar nicht landen!«

»Wo dann?«

»Kurz vor Kronach gibt es eine Haltebucht. Dort ist Platz.«

Der Hubschrauber dreht ab.

»Wie weit ist das von hier?«

»Kein halber Kilometer.«

»Gut.«

Der Arzt ist blass.

»Warum geht es nicht vorwärts?«

»Wird schon.«

»Wird auch Zeit!«

»Jetzt, Achtung!«

»Ich muss endlich an ihn rankommen.«

»Wir haben ihn.«

Der Patient ist frei.

Überall ist Blut. Im Gesicht des Arztes. An seinen Händen. Auf der Karosserie, an der Tragbahre, an der Rettungsdecke. Im Innenraum des Fahrzeugs. Wo der Fahrer saß, ist alles schwarz und klebrig.

»Ablegen. Jetzt!«

»Vorsichtig!«

Man hört den Hubschrauber in unmittelbarer Nähe landen.

*

»Noch eine Stunde. Sie haben es bald geschafft«, sagt der Mann zu mir.

Ich habe geschlafen. Bestimmt nicht lange. Wahrscheinlich nur ein paar Minuten. Was der Mann dann zu mir sagt, verstehe ich wieder nicht. Der Ton ist abgestellt. Ich sehe nur, wie seine Lippen sich bewegen. Ich spüre die Müdigkeit, die Erschöpfung. Dann etwas Kaltes auf der Brust. Metall. Es ist ein Stethoskop. Der Mann hört mich ab.

»Viel besser«, sagt er.

Der Ton ist wieder da. Nicht nur die Stimme des Mannes neben mir, auch das monotone Dröhnen der Triebwerke. Die Geräusche aus der Bordküche. Leise Stimmen.

»Ich werde Ihnen noch mal etwas zur Beruhigung geben«, sagt der Mann.

Dann spüre ich schon den Stich. Wenige Reihen vor mir wird eine Jalousie hochgelassen. Sonnenlicht fällt herein, auf die Hand des Mannes und den runtergeklappten Tisch, auf dem er die Spritze ablegt. Ich habe das Gefühl, dass wir mit dem Landeanflug begonnen haben. Immer mehr Jalousien werden jetzt hochgelassen. Immer mehr Sonnenlicht fällt herein. Das Licht ist so grell, dass ich die Augen schließe. Dann merke ich, dass ich sie nicht mehr öffnen kann. Die Spritze. Die Beruhigungsmittel. Schlaf übermannt mich. Ich wehre mich nicht dagegen. Ich lasse es zu.

*

Patient ist frei und wurde auf Vakuummatratze immobilisiert. Vitalparameter nach wie vor auffällig. Endotracheale Intubation. Kontrollierte Beatmung. Volumentherapie. Thoraxdrainage. Herstellung der Transportfähigkeit. Aufgrund des schweren Verletzungsmusters – Thorax-, Abdominal- und Beckentrauma, Verdacht auf schweres Schädel-Hirn-Trauma – wurde angeordnet, dass der Patient mittels RTH in eine Klinik mit Maximalversorgung geflogen wird.

*

Solveig öffnet die Augen.

*

Im Landeanflug. Das Schwanken des Flugzeugs. Windböen. Wie geht es mir? Hat der Mann neben mir mich das gefragt? Ich weiß es nicht. Ich komme mir vor wie hinter Glas. Ich habe keine Schmerzen. Auch keine Panik. Das Atmen scheint wieder normal zu funktionieren. Ich sehe Wolken, und dann taucht eine Landschaft vor mir auf. Felder. Siedlungen. Waldstücke. Ein sichelförmiger See. Es ist nicht gut. Das weiß ich. Es ist ganz und gar nicht gut, was mit mir ist. Ich bin nicht richtig da. Nicht wirklich wach. Aber wie auch? Ich bin vollgepumpt mit Beruhigungsmitteln.

Ich schaue nach draußen und sehe Bäume. Dann ein paar Häuser. Ein umgepflügtes Feld. Hangars. Den Asphalt der Landebahn. Ich will ankommen. Ich will Rebecca sehen. Ich habe keine Lust darüber nachzudenken, was mit mir ist und was mit mir passiert.

Ich spüre, wie das Flugzeug am Boden aufsetzt.

»Wir haben es geschafft«, sagt der Mann neben mir. »Wir bringen Sie jetzt sofort in ein Krankenhaus.«

Ich will, dass Rebecca kommt. Das will ich dem Mann neben mir sagen. Aber ich kann nicht sprechen. Ich habe keine Stimme mehr. Alles, was jetzt kommt, will ich nicht. Was mit mir passiert, wo sie mich hinbringen, was sie mit mir machen. Das alles will ich nicht.

*

Um sie herum ist es schwarz.

*

Der Hubschrauber hebt ab.

Er sieht ihm nach, wie er aufsteigt, über dem Wald für einen Moment fast stillsteht, dann abdreht und rasch aus seinem Blickfeld verschwindet. Das Dröhnen wird immer leiser, und plötzlich ist es ganz still.

Eine Stille, die er körperlich spüren kann. Die sich mit ungeheurem Gewicht auf ihn legt. Er fürchtet, dass sie ihn dieses Mal erdrückt. Aber er weiß, dass das nicht passieren wird. Auch dieses Mal nicht. Alles ist wie immer.

Die Stille ist in Wahrheit ein sehr kurzer Moment – nur der Bruchteil einer Sekunde wahrscheinlich. Es ist auch gar nicht absolut still. Das kann nicht sein. Weil die Klangkulisse um einen herum ja immer da ist. Die hört nicht einfach auf. Nur sein Gehirn gaukelt ihm eine absolute Stille vor.

Die Stille setzt den Schlussstrich. Unter die Ausnahmesituation – Unfall, Rettungsarbeiten, Stress. Das alles ist jetzt vorbei. Danach beginnt die Zeit der Bilder und Erinnerungsschleifen, denen man sich nicht entziehen kann. Es ist, als würde man einen Schalter umlegen. Die Anspannung fällt ab. Nicht mehr reagieren, nicht mehr funktionieren müssen. Der Einsatz, die Abläufe, die Muster – all das ist plötzlich vorbei.

Nur die Stille bleibt. Bis sich alles um einen herum wieder

mit Geräuschen füllt. Und mit Farben: die dunklen Grün- und Brauntöne des Waldes, das milchige Weiß des Himmels. Mit Gerüchen: feuchte Erde, Gras, Moos, nasses Laub. Aber auch die anderen Gerüche sind noch da: Blut, Metall. Brandgeruch, Benzin, Öl. Aber sie sind nicht mehr so dominant. Man riecht nun wieder mehr und mehr den Wald.

Die Stimmen der Feuerwehrleute unten beim Fahrzeug haben einen eigenartigen Hall. Er kann nicht hören, was gesprochen wird. Das Summen eines Generators übertönt sie.

Dann nimmt er die Vögel um sich herum wahr. Ihr Gezwitscher kommt ihm auf einmal ohrenbetäubend laut vor.

*

Solveig schreit.

7

Sie haben mir noch eine Spritze gegeben. Sie macht mich sehr müde. Ich habe Aussetzer. Filmrisse. Nehme wahr, dass ich verkabelt bin. Der Schlauch in meiner Nase. Damit ich besser Luft bekomme, haben sie gesagt. Er ist mir unangenehm. Aber ich muss all das mit mir geschehen lassen. Es geht nicht anders.

Auf einem Stuhl werde ich aus dem Flugzeug getragen. Kühle Luft plötzlich. Der Geruch nach Kerosin. Das Dröhnen von Triebwerken. Hinter dem Krankenwagen rollt ein Flugzeug vorbei.

Ich sehe hinauf in einen bewölkten Himmel. Grautöne, viel Weiß, nirgendwo Blau. Die Konturen der Wolken sind kaum zu erkennen. Ich realisiere, dass ich auf einer Bahre liege. Und dass ich festgegurtet bin. Dass ich mich nicht mehr bewegen kann.

Über mir erscheint ein Gesicht. Eine Frau. Sie redet auf mich ein. Ihre Stimme ist beruhigend. Von dem, was sie sagt, bekomme ich nur Fragmente mit – »Krankenhaus«, »Zehn Minuten«, »Werte sind stabil«, »Wahrscheinlich kein Infarkt«, »Machen Sie sich keine Sorgen« und »Wir verständigen Ihre Frau« …

Wir verständigen Ihre Frau. Das ist gut. Dass Rebecca weiß, was passiert ist. Ich will, dass sie da ist. Wie weiß der Himmel plötzlich ist. So grell. Flächig. Die Konturen der Wolken sind verschwunden. Dann wird mir klar, dass es nicht mehr der Himmel ist, den ich sehe. Es ist das Weiß der Decke über mir. Ich bin im Krankenwagen. Wir fahren.

*

Was dann geschieht, wird er sein Lebtag nicht vergessen. Die Bilder werden sich in sein Gehirn einbrennen wie Tätowierungen. Grell, bedrohlich und verstörend. Dabei hat er schon viel gesehen. Schwerste Verletzungen, Verbrennungen, Verstümmelungen, unglaubliches Leid und Menschen, die vor Schmerz gebrüllt haben. Die Panik, die Angst, die Verzweiflung in den Augen. Und den Tod.

Immer wieder den Tod. Er ist ein erfahrener Polizist. Und trotzdem ist das, was er an diesem Morgen im Wald sieht, schlimmer als alles bisher.

Die Scheinwerfer sind abgebaut. Die Straße ist gereinigt. Wobei es dort nicht viel zu reinigen gab, weil die Unfallstelle ja unterhalb der Landstraße am Ende einer Böschung ist. Eine Fahrspur ist schon wieder frei.

Er ist auf dem Weg zur Unfallstelle. Er erinnert sich später daran, dass er in dem Moment, als es passierte, über sich mehrere Fahrzeuge hörte und realisierte, wie langsam sie an dem Einsatzwagen der Feuerwehr vorbeifuhren. Der war quer zur Böschung geparkt und verhinderte so die Sicht auf das Autowrack. Man muss das machen. Weil die Leute so sind. Weil sie glotzen. Weil sie sich aufgeilen. Gaffer!

Die Feuerwehrleute sind dabei, das Wrack aus dem Unterholz zu ziehen. Das Stahlseil ist gespannt. Dann ist zum ersten Mal das Geräusch da. Es muss vom Abschleppseil kommen, ist sein erster Gedanke. Oder von der Winde? Oder die Karosserie macht das Geräusch. Weil sie sich durch das Herausziehen des Fahrzeugs verschiebt.

Die beiden Kollegen von der Streife, die man hinzugerufen

hat, kommen ihm entgegen. Sie haben fotografiert. Die Unfallstelle vermessen. Den Unfallwagen nach persönlichen Gegenständen des Fahrers durchsucht. Das Kennzeichen durchgegeben. Den Halter ermittelt. Alles Routine – das ganze Programm.

Er und Kramer mussten die Finger davon lassen, weil sie in den Unfall verwickelt waren. So sind die Vorschriften, und Ärger genug haben sie beide wegen der Geschichte sowieso schon an der Backe.

Er kennt die Kollegen vom Sehen. Hat bisher noch nichts mit ihnen zu tun gehabt. Sie sind noch nicht lange dabei. Keiner sagt ein Wort, als sie auf seiner Höhe sind. Sie nicken ihm nur kurz zu. Der Kleinere von ihnen grinst unsicher. Er hat eine durchsichtige Plastiktüte in der Hand, in der sich eine braune Mappe aus Leder und ein Geldbeutel befinden. Der andere trägt ein weiß-blaues Sweatshirt in Folie verpackt über dem Arm. Wahrscheinlich alles, was sie in dem Autowrack gefunden haben.

Das komische Geräusch ist noch immer da. Es klingt stumpf und ein wenig so, als wenn es aus der Erde käme. Er sieht, wie das kaputte Auto nach hinten ruckelt. Dann liegt es wieder ruhig.

»Was ist das?«, fragt einer der Feuerwehrmänner.

»Was ist was?«

»Das Geräusch.«

»Ich hör nichts.«

»Das da!«

Es kann nicht die Winde sein, denkt er. Es klingt eher wie ein Tier. Ein Tier, das unter dem Wrack eingeklemmt ist. So hört es sich an. Wie Schreie. Aber das kann doch nicht sein? Dass unter dem Wagen was ist?

»Stopp!«, ruft ein Feuerwehrmann.

Für einen Moment ist es still. Dann hört man wieder das Geräusch. Da schreit jemand. Es kommt aus dem Kofferraum des Wagens. Man hört es ganz deutlich. Jemand ist da noch drin. In dem verdammten Wagen. Im Kofferraum. Da schreit jemand um Hilfe und schlägt von innen dagegen.

»Scheiße!«

»Ein Brecheisen, schnell!«

»Das gibt's nicht!«

»Wir brauchen ein Brecheisen!«

Unruhe plötzlich. Nervosität. Hektik. Ein Feuerwehrmann rennt an ihm vorbei.

Sie öffnen den Kofferraum.

Es ist eine junge Frau. Er kann ihr Gesicht erkennen. Es scheint nur aus Augen zu bestehen. Weit aufgerissene, blaue Augen voller Panik und Angst. Dünne Brauen darüber, die ins Rötliche gehen. Die rechte Braue ist blutverschmiert. Darüber, an der Stirn, ist ein grünblaues Hämatom zu sehen.

»Mein Gott!«, entfährt es einem der Feuerwehrmänner.

Das Brecheisen fällt zu Boden.

Er hat noch nie so viel Angst in einem Gesicht gesehen.

»Es ist alles gut.«

Er spürt, wie er zu zittern beginnt. Wie sein Herz rast. Dann erst realisiert er, dass die Frau nackt ist.

»Sind Sie verletzt?«

Für einen Moment schieben sich die Rücken zweier Feuerwehrleute vor die Frau.

Sie schreit.

»Ruhig, ganz ruhig!«

Ihr Schreien übertönt alle anderen Geräusche.

»Es ist vorbei, Sie sind in Sicherheit.«

Panik, Todesangst. Schmerzen.

»Beruhigen Sie sich.«

»Eine Decke!«

»Es wird alles gut.«

»Wir brauchen eine Decke!«

»Wo ist der Arzt?«

»Der ist schon weg.«

»Dann holt ihn wieder her!«

Das Schreien der Frau geht über in ein Jammern, doch dann beginnt sie zu schluchzen. Sie hat einen Weinkrampf. Ihre Arme, die einer der Feuerwehrmänner vorsichtig abtastet, zittern. Sie hat Blutergüsse an den Armen.

»Haben Sie Schmerzen?«

Sie schüttelt den Kopf.

»Der Arzt ist schon unterwegs.«

Ihre Haut. Ihr ganzer Körper. Sie ist blass wie Milch.

»Wo bleibt die Decke?«

Wurde sie geschlagen? Oder rühren die Verletzungen von dem Unfall her?

»Können Sie Ihre Beine anwinkeln?«

Man hilft ihr, sich aufzusetzen.

»Nichts gebrochen, wie es scheint.«

Sie heben die Frau vorsichtig aus dem Kofferraum. Sie stöhnt, wahrscheinlich doch Schmerzen. Sie wirkt benommen. Eine junge Frau. Mitte, höchstens Ende 20. Er starrt auf ihre Brüste, auf ihre Scham. Sie ist rasiert. Und so blass. So dünn. Halb verhungert. Und schwach. Sie kann nicht alleine stehen, sondern muss gestützt werden. Speichel. Blut. Einer gibt ihr ein Taschentuch und bedeutet ihr, sich das Gesicht abzuwischen. Aber sie kann es nicht. Sie verschmiert sich nur damit, und das Taschentuch fällt ihr aus der Hand.

Ein Feuerwehrmann bückt sich nach dem Taschentuch, hebt es auf und hält es der Frau wieder hin. Sie reagiert nicht.

Wieder wird sie von einem Weinkrampf geschüttelt.

Er wendet sich von der Szene ab und sieht in den Himmel zwischen den Bäumen. Der Tag verspricht, klar und sonnig zu werden. Aber eisig kalt.

Die Frau verschwindet jetzt fast unter der Decke. Als sei sie unter Wasser. Eine Ertrinkende.

»Es wird alles gut.«

Nichts, denkt er. Nichts wird gut! Nicht, nachdem so etwas passiert ist. Was ist das bloß für ein Mensch, der eine Frau nackt in den Kofferraum seines Autos sperrt? Ein Monster? Ein Sadist? Er kann seinen Blick kaum abwenden von der Frau. Ihre riesigen Augen. Die Angst darin. Das Zittern. Das Schluchzen. Die absolute Hilflosigkeit.

»Der Arzt wird jeden Moment da sein.«

8

Der Anruf hatte Roland Bruckner aus dem Schlaf gerissen. Zuerst hatte er nur einen Gedanken: Kaffee, und zwar viel und stark und süß.

Aber jetzt ist er hellwach. So wach wie vielleicht seit Wochen nicht mehr. Das wäre der absolute Wahnsinn, denkt er. Aber erst mal abwarten, was der Kollege da rüberschickt. Seine Handschrift ist nicht so leicht zu erkennen, wie der Kollege das vielleicht meint. Eine Viertelstunde würde er brauchen, hat er gesagt. Er werde ihm die Fotos, die er habe, scannen und mailen. Die Bilder hätten ihn ziemlich geschockt.

Bruckner ist sich fast sicher, dass die Bilder von ihm sind, von dem Fotografen. Die Frau, die sie im Kofferraum des Wagens gefunden haben, ist Solveig Jacobsen. Seit drei Wochen war sie spurlos verschwunden. Sein neuntes Opfer und das bislang einzige, das überlebt hat. Sie scheint nur leicht verletzt worden zu sein. Körperlich. Psychisch und seelisch wird es anders aussehen. Die Frau muss ziemlich durch den Wind sein. Schwer traumatisiert, kaum ansprechbar. Sie hat gesagt, wer sie ist, mehr aber auch nicht. Sie ist jetzt in stationärer Behandlung.

Wenn der Fahrer des Wagens wirklich der Fotograf ist, dann will ich zuerst ihn sehen, denkt Bruckner. Und dann sie.

Er ist nervös. Aufgekratzt. So einfach soll das plötzlich sein? Ein Unfall. Eine Polizeistreife, die zufällig zur richtigen Zeit am richtigen Ort ist. Fast drei Jahre Ermittlungsarbeit, die zu nichts geführt haben. Und dann kommt einfach ein bisschen Glück dazu – Kommissar Zufall – und das war's?

Bruckner hat den Bildschirm die ganze Zeit im Blick. Noch ist keine Mail eingegangen. Er schüttelt den Kopf. Eine unbewusste Reaktion. Dann geht er zum Fenster. Eine breite Front im dritten Stock des Präsidiums. Sein Blick fällt auf den morgendlichen Park. Draußen ist es nebelig und nass. So wie es schon seit Ende Oktober ist – jeden Tag. Und ziemlich kalt. Viel zu kalt für März. Er sieht einen alten Mann, der mit seinem Hund Gassi geht. Eine Joggerin in giftgrünen Leggins kommt ihnen entgegen. Ihre langen, dünnen Beine erinnern an Halme von Gras oder Schilf. Der Hund kläfft sie an. Irgendeine Promenadenmischung. Ein Schwarm Tauben fliegt durch das Bild.

Dann hört Bruckner, dass eine E-Mail eingegangen ist. Er geht zurück zu seinem Schreibtisch. Es ist die Mail, auf die er gewartet hat. Er überfliegt das Blabla und öffnet die Anhänge. Es sind vier Fotos. Detailaufnahmen von einem Frauenkörper. Eine rasierte Achselhöhle. Ein Teil des Bauches. Ein Stück Hals – seitlich. Die Frau hat an der Stelle ein kleines Muttermal. Eine Großaufnahme des Bauchnabels. Die Bildqualität ist ziemlich schlecht. Aber es sind seine Motive. Es ist seine Handschrift. Und die Originale werden spätestens heute Nachmittag mit dem Boten kommen.

Bruckner greift zum Hörer und wählt die Nummer von Peter Stein. Polizeipsychologe, sein Vize, seine rechte Hand und sein wichtigster Mann im Leitungsteam der Soko Fotograf, die es seit heute Morgen eigentlich schon gar nicht mehr gibt.

*

Warten. Auf was eigentlich? Dass er über den Jordan geht? Warten auf das Ende? Auf die Katastrophe? Die Ärzte sind bei ihm. Es ist klar, dass es schlecht steht um ihn. Das tut es schon die ganze Zeit.

Auf dem Display ihres Handys sieht Rebecca, dass jemand versucht hat, sie zu erreichen. Es war Christoph. Sie ruft ihn zurück.

»Ich hab's nicht gehört.«

Vor ihr geht die Tür auf, und eine Schwester kommt heraus. Sie wirkt gestresst und gibt ihr zu verstehen, dass sie noch nicht zu ihm reingehen kann.

»Derselbe Stand der Dinge wie heute Morgen. Beschissen. Ich hab so verdammte Angst, dass er …«

Rebecca kann nicht weitersprechen. Ihr kommen die Tränen. Christoph sagt, er werde kommen.

»Ich kann nichts tun. Nur hier rumsitzen und warten.«

Er sei in einer halben Stunde wieder da, sagt Christoph und beendet das Gespräch.

Warten. Warum dauert es so lange? Was, wenn er jetzt einfach wegstirbt. In dem Moment. Wenn gleich die Ärzte rauskommen und »Es tut uns leid, Frau Kober, wir konnten nichts mehr für ihn tun« sagen. Wie soll es weitergehen, wenn Nikolas nicht mehr da ist?

Rebecca denkt an seinen Anruf letzte Nacht. Das war noch vor seinem Abflug aus Chicago gewesen. Am Gate. Er hat sich da schon nicht gut gefühlt. Aber sie war zu müde und zu überrascht gewesen, um nachzufragen, was mit ihm los war. Es war mitten in der Nacht. Er hatte sie geweckt. Außerdem lag die Kleine neben ihr. Hätte sie ihn doch nur gefragt! Nikolas muss geahnt haben, dass es etwas Schlimmes ist, denkt sie. Deshalb hat er mitten in der Nacht angerufen.

Eine SMS kommt herein. Sie ist von David, ihrem Bruder.

Er ist seit zwei Tagen geschäftlich in Kopenhagen. Er fliege schon heute zurück, schreibt er. Er sei bereits auf dem Weg zum Flughafen. Um 13.20 Uhr werde er landen. Er komme dann direkt zum Krankenhaus.

David. Christoph, der schon stundenlang bei ihr gesessen hat. Ohne die beiden wäre sie vollkommen aufgeschmissen. Lara ist bei Kerstin, Davids Frau. Sie war noch nie so lange von Rebecca weg. Aber dort ist sie abgelenkt. Sie hat die Zwillinge, die mit ihr spielen werden. Und den Hund, sie ist verrückt nach ihm.

Nur gut, dass Lara bisher von allem fast nichts mitbekommt. Und dass sie in guten Händen ist. Auch wenn sie spürt, dass etwas nicht stimmt. Dass ihre Mama komisch ist.

*

Es regnet in Strömen. Roland Bruckner und Peter Stein sind auf dem Weg ins Krankenhaus. Die Scheibenwischer schieben ihnen ganze Sturzbäche aus der Sicht. Bruckner schert auf die mittlere Spur aus und überholt einen Lastwagen. Aber es ist nicht nur einer – es ist eine ganze Kette von Lkws, an der sie jetzt vorbeimüssen.

»Alles dicht heute Morgen«, schimpft Bruckner.

Stoßstange an Stoßstange. Er gibt Gas. Eine Limousine überholt sie auf der linken Spur. Peter Stein sieht ihr erstaunt nach. Es schüttet wie aus Kübeln, und es ist neblig. Die Sichtweite liegt bei fünfzig Metern, wenn überhaupt. Aber du hast Augen wie ein Adler, denkt Stein, oder kannst hellsehen.

Dann folgt ein riesiger schwarzer Kasten der Limousine, so zügig, dass er ein paar Sekunden später an ihrer Stoßstange klebt.

»Ich hab's immer noch nicht so ganz auf dem Schirm«, sagt Stein.

Bruckner sieht ihn von der Seite an.

»Dass wir auf dem Weg zum Fotografen sind?«

Peter Stein nickt.

»Allzu viel beigetragen dazu haben wir allerdings nicht«, meint Bruckner.

Er überspielt das gut, denkt Peter Stein. Die Anspannung und auch die Frustration. Dass es so ausgegangen ist. Eine Polizeistreife, die den Fotografen ziemlich beherzt verfolgt hat. Man könnte es auch so interpretieren, dass die Kollegen ein wenig übermotiviert waren. Wahrscheinlich so eine Nacht, wo absolut nichts los war. Jedenfalls kommt der Wagen während der Verfolgungsjagd von der Straße ab und kracht gegen einen Baum. Im Kofferraum findet man Solveig Jacobsen – sein neuntes Opfer.

»Hauptsache, es ist vorbei«, sagt er.

Bruckner antwortet nicht. Er schaut stur geradeaus.

»Und Solveig Jacobsen ist am Leben.«

»Ja. Zumindest werden wir durch sie wahrscheinlich erfahren, was mit den anderen Opfern passiert ist.«

Innerhalb von knapp drei Jahren neun Frauen, plötzlich wie vom Erdboden verschluckt. Vier bis fünf Wochen lang fehlt von ihnen jede Spur. Die Soko ermittelt fieberhaft, aber ohne jeden Erfolg. Man weiß nur, dass er seine Opfer fotografiert. Bevor er ihrer offenbar überdrüssig wird. Denn dann legt er sie in bewusstlosem Zustand und nackt auf Bahngleisen ab, alle hier in der Umgebung.

»Er hätte weitergemacht.«

»Das hätte er«, sagt Bruckner.

Der Regen hat etwas nachgelassen.

Er hätte immer weitergemacht, denkt Peter Stein. Er muss sich seiner Sache absolut sicher gewesen sein. Seine Tatwaffen waren Züge. Um die Opfer herum verteilte er die Fotos.

Wenige Minuten später wurden ihre Körper dann überrollt. Der Täter hat die Orte sehr sorgfältig ausgesucht: weit entfernt von Gebäuden oder Wohnhäusern, schlecht einsehbar, trotzdem immer in der Nähe einer Straße. Er ist nie gesehen worden, wenn er die Opfer dorthin schleppte. Er wusste immer genau, wann die Züge kamen.

»Viel erzählen wird der uns heute Morgen nicht. Muss wohl ein Horror-Crash gewesen sein.«

»Ich will auch nicht mit ihm plaudern, Peter. Ich will ihn nur sehen«, sagt Bruckner.

*

»Frau Kober?«

Rebecca schreckt auf. Sie muss eingenickt sein. Sie schaut zuerst in das grelle Licht der Neonröhre an der Decke und dann in das Gesicht des Arztes. Jahnke oder Jansen. Sie hat seinen Namen vergessen. Er ist der behandelnde Arzt von Nikolas. Er wirkt jugendlich. Ein blasses, teigiges Gesicht. Schlaksiger Typ.

»Es hat jetzt doch länger gedauert.«

Er spielt mit einem Kugelschreiber vor ihrem Gesicht herum.

»Kann ich zu ihm?«

»Ja, aber wir gehen bitte vorher kurz in mein Büro.«

Rebecca steht auf.

»Aber er …«

»Kommen Sie, Frau Kober.«

Er dreht sich nicht zu ihr um.

Als sie ihn eingeholt hat, hält er ihr bereits eine Tür auf und zeigt auf den Stuhl vor seinem Schreibtisch.

»Setzen Sie sich.«

Er geht um den Schreibtisch herum. Aber er setzt sich

nicht, sondern legt nur den Kugelschreiber auf einen vollgekritzelten Kalender, kehrt dann zurück und lässt sich direkt vor ihr auf dem Schreibtisch nieder.

»Entschuldigung, ich habe Ihren Namen vergessen.«

Er nestelt an seinem Hemd herum.

»Doktor Jahnke.«

Rebecca nickt.

»Das ist keine leichte Situation für Sie und für Ihren Mann. Er ist stabil. Aber es ist nicht besser geworden. Die Werte haben sich eher verschlechtert.«

Rebecca kommen die Tränen. Sie schluckt sie herunter. Sie will nicht weinen. Nicht vor dem Arzt. Jahnke reicht ihr ein Taschentuch. Sie schnäuzt sich.

»Und was bedeutet das?«

»Es kommt äußerst selten vor, dass eine Myokarditis so dramatisch verläuft wie aktuell bei Ihrem Mann. Die Entzündung klingt nach wie vor nicht ab. Die Myokarditis wurde zu spät diagnostiziert. Sein Herzmuskel ist bereits so stark geschädigt, dass wir seinen Kreislauf wahrscheinlich bald mechanisch unterstützen müssen.«

Rebecca schaut auf die langen, dünnen Hände des Arztes und dann in sein blasses Gesicht. Es wirkt ausdruckslos, maskenhaft. Sie vermag keinerlei Emotion darin zu erkennen. Aber warum auch? Er macht das jeden Tag, denkt sie. Es ist sein Job.

»Vor zwei Tagen war Nikolas noch kerngesund, und jetzt liegt er auf der Intensivstation und hängt an der Herz-Lungen-Maschine«, sagt sie und sieht ihn an.

»Noch nicht«, erwidert Doktor Jahnke. Er weicht ihrem Blick aus. »Das ist das Problem bei Myokarditiden. Sie verlaufen am Anfang oft mit uncharakteristischen Beschwerden. Man bringt die Symptome mit einem durchgemachten Infekt in Zusammenhang. Dass das Herz beteiligt ist, erkennt man viel zu spät.«

Der Arzt starrt jetzt zwischen seinen gespreizten Beinen hindurch auf den Boden.

»Und wie lange soll das gehen? Wie wird es überhaupt weitergehen mit meinem Mann?«

Ihre Blicke treffen sich.

»Derzeit bekommt er kreislaufstabilisierende Medikamente intravenös verabreicht. Er wird am Monitor überwacht. Wir haben ihn für eine Herztransplantation gelistet. Als hochdringlich.«

»Eine Herztransplantation?«

Das trifft sie wie ein Schlag.

Wieder weicht Jahnke ihrem Blick aus.

Schau mich an, denkt Rebecca, schau mich an, wenn du mit mir sprichst!

»Ja. Ein neues Herz. Das wäre das Beste für ihn.«

Das kann doch nicht dein Ernst sein, denkt sie.

»Und woher soll ein neues Herz so schnell kommen?«

Jahnke sieht sie noch immer nicht an. Er verzieht ein wenig das Gesicht.

»Ich gebe zu, dass die Wahrscheinlichkeit nicht sehr hoch ist. Aber einen Versuch ist es wert. Wenn wir ihn stabil halten können, haben wir ein gewisses Zeitfenster.«

»Und wenn nicht?«

»Es gibt Alternativen. Ein Kunstherz zum Beispiel.«

Der schaut mir in den Ausschnitt!, wird ihr plötzlich klar. Die ganze Zeit schon. Da drin liegt mein Mann im Sterben, und ich sitze hier mit seinem Arzt, der mir auf den Busen glotzt und sich daran aufgeilt.

9

Was das mit uns gemacht hat, denkt Peter Stein. Die Ermittlungen. Die Soko Fotograf. Die vergangenen drei Jahre. Wir werden Tage brauchen, bis wir begriffen haben, dass jetzt alles vorbei ist. Dass die Serie beendet ist. Wer dieser Mann ist, was er getan hat, sein Motiv, seine Vorgehensweise ... Das alles wird sich nun Stück für Stück wie ein Puzzle zusammensetzen lassen.

Die Ermittlungen waren frustrierend. Der Fotograf hatte keine Fehler gemacht. Und sie hatten nichts gefunden. Bis zum Schluss. Nun fällt das alles ab wie eine schwere Last. Er will ihn auch sehen, den Fotografen. Aber er will auch mit der Frau reden. Das ist ihm noch wichtiger. Solveig Jacobsen – sein letztes Opfer. Er will wissen, was ihr passiert ist. Und was er den anderen acht Frauen angetan hat.

Peter Stein war nach dem zweiten Mord zur Soko gekommen. Nachdem klar geworden war, dass es sich wahrscheinlich um einen Serientäter handelte. Ihre Zusammenarbeit funktionierte vom ersten Tag an hervorragend. Bruckner war offen und kompetent. Psychologie und Polizeiarbeit – es hatte von Anfang an keine Berührungsängste zwischen ihnen gegeben. Die Ermittlungsarbeit lief professionell und ohne nennenswerte Konflikte oder Rivalitäten ab. Das Einzige, was fehlte, waren Ergebnisse.

Die dritte Tat ereignete sich knapp zwei Monate später. Es

war ein Mord mit Ankündigung. Wie jedes Mal. Das war es auch, was seine Kollegen und ihn so fertigmachte. Weil man nichts tun konnte. Nur warten.

Vanessa Gerlach war 26 Jahre alt und hatte Kunst an der hiesigen Akademie studiert. Sie lebte noch nicht lange in der Stadt. Hatte wenig Kontakte, war eher der introvertierte Typ. Lebte zurückgezogen. Am 11. März war sie plötzlich spurlos verschwunden. Ein Exfreund meldete sie als vermisst. Mit ihm hatte sie sich verabredet. Er war aus Hamburg angereist, traf sie jedoch nicht an. Natürlich rückte zuerst er in den Fokus der Ermittlungen. Aber es stellte sich bald heraus, dass er nichts mit ihrem Verschwinden zu tun hatte.

Als der Exfreund Bruckner und ihm in der Wohnung der jungen Frau Fotos von ihr zeigte, ahnten sie bereits Böses. Das Opferprofil passte. Vanessa Gerlachs Ähnlichkeit mit den beiden anderen Opfern war nicht zu leugnen. Auch im Fall Vanessa Gerlach gab es weder Hinweise noch Zeugen. Wieder hatte niemand etwas gehört oder gesehen, niemand eine Ahnung, wo sie sein könnte.

Für Bruckner und ihn war damals schon klar, dass die junge Frau sich mit hoher Wahrscheinlichkeit in den Händen des Fotografen befand. Sie konnten nichts tun. Nur die Tage zählten. Und so wiederholte es sich immer wieder.

Es dauerte zwischen vier und fünf Wochen, bis der Fotograf offenbar genug von den Frauen hatte. Dann fand man ihre verstümmelten Leichen auf einer Bahnstrecke in der näheren Umgebung. Vanessa Gerlach wurde am frühen Morgen des 3. April gefunden. Es war ein trüber, wolkenverhangener Tag, den Peter Stein sein Leben lang nicht vergessen wird.

*

Es ist ein langsames Auftauchen. Wie aus sehr großer Tiefe. Und es stoppt plötzlich. Ich tauche nie ganz auf, bleibe immer dicht unter der Oberfläche. Alles bleibt verschwommen. Neblig, fiebrig. Aber Rebecca ist da. Das weiß ich. Das ist gut. Manchmal kann ich ihre Hand spüren. Sie hält mich. Ich kann nicht sagen, wie ich mich fühle. Ich habe keine Schmerzen. Ich bin in einer Zwischenwelt. Ich empfinde nichts. Nur sie. Wenn sie da ist. Das nehme ich wahr. Wenn sie meine Hand hält.

Ich bringe den Ablauf der Ereignisse nicht mehr zusammen. Der Flug. Mein Zusammenbruch. Später die Fahrt ins Krankenhaus. Die Aufnahme. Die Ärzte. Die Apparate um mich herum. Monitore. Meine Erinnerung ist löchrig. Es gibt viele dunkle Stellen. Filmrisse. Ich weiß nicht, wie viel Zeit in meiner Erinnerung fehlt. Es können Minuten sein, aber auch Stunden oder gar Tage.

Was passiert ist, kommt mir so vor, als würde es schon lange zurückliegen. Aber ich weiß, dass das nicht sein kann. Ich bin angekommen. In einem Krankenhaus. Ich liege einfach nur da. Man bewegt mich nicht mehr. Man macht nichts mehr mit mir. Ich bin stabil. Das Wort habe ich ein paar Mal gehört. Stabil – was immer das genau bedeuten mag.

Rebecca sagt meinen Namen. Sie sagt immer wieder meinen Namen. Sie ist bei mir und hält mich fest. Ich spüre, wie ihre Hand über meine Stirn streicht. Zärtlich. Und sie weint. Ich kann hören, dass Rebecca weint.

*

Ein Blick in die Hölle, das hat er danach immer wieder gedacht. Als ihm klar wurde, dass diese Bilder nie mehr aus seinem Kopf verschwinden würden. Dass er sich mit ihnen anfreunden muss. Auch mit dem Grauen, mit der Brutalität, mit dem Horror.

Denn es folgten weitere Morde.

Es gab noch mehr tote Frauen auf Bahngleisen.

An jenem Morgen des 3. April, als man Vanessa Gerlach fand, war es so neblig, dass man buchstäblich die Hand nicht vor den Augen sah. Sie gingen über einen abschüssigen Trampelpfad durch dichtes Gestrüpp, der von der Landstraße aus zu den Bahngleisen hinunterführte. Es war rutschig und nass. Überhaupt die Feuchtigkeit. Ob es einen Fluss oder See in der Nähe gab, hatten sie sich gefragt. Als sich vor ihnen im Nebel langsam die Lokomotive des Regionalzugs abzeichnete, wussten sie, dass sie bei den Gleisen angekommen waren.

Der Fundort war zwar nicht weit von der Landstraße entfernt, dennoch von dort kaum einsehbar. Ein idealer Ort. Wer den Trampelpfad kannte, war schnell unten an den Gleisen und ebenso schnell wieder weg. Nur die bewusstlose junge Frau die kurze, abschüssige Strecke durchs Unterholz zu ziehen, das erforderte einen gewissen Kraftaufwand. Dennoch musste er schnell gewesen sein.

Er sah nur die Silhouetten seiner Kollegen von der Kripo, von der Spurensicherung. Dann sah er, dass wenige Meter von ihm und Bruckner entfernt ein Mann auf dem Boden hockte. Bruckner tippte ihm an die Schulter und ging dann in Richtung der Bahnschienen. Er wurde augenblicklich vom Nebel verschluckt.

Stein ging zu dem Mann hin. Er war in eine Decke gehüllt, hatte die Beine angezogen und starrte auf seine Knie. Er rauchte hastig und zitterte am ganzen Körper.

Dann schaute er zu Stein auf. Seine Augen waren blutunterlaufen, und Stein sah, dass er geweint hatte.

»Ich habe sie zu spät gesehen durch den Nebel. Es ist alles

gleichzeitig passiert. Ich erkenne plötzlich, dass jemand vor mir auf den Schienen liegt. Dann bremse ich. Und dann ist auch schon der Aufprall. Alles gleichzeitig!«

Panik und Entsetzen waren in dem Blick des Mannes.

»Dann die Blutspritzer auf der Scheibe. Immer mehr Blut auf der Scheibe, bis du zum Stehen kommst.«

Der Mann wurde von einem Weinkrampf geschüttelt.

»Sie können nichts dafür.«

Er wollte ihm die Hand auf die Schulter legen, doch der Mann wich zurück.

»Ich weiß. Aber ich bin derjenige, der sie überfährt.«

Inzwischen hatte sich der Nebel ein wenig gelichtet, und man konnte die Gleise jetzt deutlich erkennen.

»Es wird so verdammt heiß, bis der Zug endlich steht. Und du kannst die ganze Zeit riechen, wie der Körper unter dir verbrennt.«

In dem Moment begriff Peter Stein, was er roch. Es war der Geruch nach verbranntem Fleisch. Sein Puls begann zu rasen, und ihm wurde augenblicklich schlecht.

»Auf der Scheibe hat ein Stück Hand geklebt. Daumen und Zeigefinger – der Stumpf vom Mittelfinger war noch daran. Es war eine kleine Hand. Keine Männerhand. Eine Frau oder ein Kind, habe ich gleich gedacht. Aber Kinder werfen sich nicht vor den Zug.«

In dem Moment tritt Bruckner auf die Bremse.

»Vollidiot!«, zischt er.

Peter Stein betrachtet ihn von der Seite. Er sieht müde und abgekämpft aus. Der Verkehr ist nicht mehr so stark.

»Bei Vanessa Gerlach habe ich mich übergeben müssen.«

»Ich weiß«, sagt Bruckner. Er wirft ihm einen kurzen Blick zu. »Aber danach nie mehr«, sagt er.

Nein, denkt Peter Stein. Danach nie mehr. Der Mensch ist anpassungsfähig. Und auch das Grauen wird schnell zur Normalität. Man stumpft ab. Die Erinnerungen vernarben mit der Zeit.

*

Die Stunden dehnen sich, und trotzdem rast die Zeit. Es ist paradox. Rebecca hat keine Ahnung, wie spät es ist, ob es Tag oder Nacht ist. Sie könnte an das Ende des Ganges gehen. Dort ist ein kleines Fenster. Aber es spielt keine Rolle, ob es Tag oder Nacht ist. Nichts spielt mehr eine Rolle. Im Moment ist sie allein. Christoph ist zum Kaffeeautomaten gegangen, um zwei Becher dieser hellbraunen Brühe zu holen, die sie seit fast drei Tagen in sich hineinschütten.

Zwischendurch war sie kurz zu Kerstin gefahren, um nach Lara zu sehen. Es ging ihr gut, der Kleinen. Sie war so tapfer. Danach war sie nach Hause gefahren. Sie hatte es dort aber nicht ausgehalten. Es war zu still. Schlafen konnte sie sowieso nicht. Alltag war im Moment unvorstellbar.

Es ist vollkommen unklar, wie es mit Nikolas weitergeht. Er steht auf der Warteliste für ein neues Herz. Das kann Monate dauern. Wenn man überhaupt ein passendes Herz für ihn findet. Je länger es dauert, desto schlechter wird sein Zustand werden. Eine Alternative ist ein Kunstherz als Übergangslösung. Doch dann rutscht Nikolas auf der Warteliste hinunter, und seine Chancen auf ein Spenderherz würden sinken.

Dass das alles passiert ist. Es ist ein Albtraum. Aber einer, aus dem man nicht mehr erwacht.

»Achtung, heiß!«, sagt Christoph und reicht ihr den Becher.

Er sieht müde aus. Rebecca nimmt ihm den Becher ab.

»Im Endeffekt warten wir darauf, dass jemand stirbt.«

Er schaut sie besorgt an. »So darfst du es nicht sehen«, sagt er.

»Wie denn sonst?«

Der Becher ist heiß. Sie stellt ihn auf der Sitzbank ab.

»Man macht das ja freiwillig, Organe spenden.«

Eigentlich will sie die Brühe nicht trinken. Eigentlich will sie nur weg von hier. Sie hält es hier nicht mehr aus.

»Aber nicht sterben«, erwidert Rebecca. »Da muss zuerst jemand draufgehen. Dafür, dass man ein Organ bekommt.«

Christoph antwortet nicht. Er geht langsam den Gang auf und ab und nippt an seinem Kaffee.

Natürlich ist es so, denkt Rebecca. Wir warten darauf, dass irgendwo jemand stirbt, dessen Herz Nikolas passt. Je früher, desto besser. So ist es. Brutal und egoistisch.

Plötzlich wird sie von einer großen Müdigkeit übermannt. Vielleicht sollte sie sich doch ein wenig hinlegen. Sie ist seit unzähligen Stunden wach. Das hält der Körper auf Dauer nicht durch.

»Komm, Rebecca.«

Christoph zerrt an ihrem Arm.

»Was ist? Hab ich geschlafen?«

Zu ihren Füßen ist eine hellbraune Kaffeepfütze.

»Zumindest hast du es versucht. Aber mit einem Becher Kaffee in der Hand ist das nicht so einfach. Komm, ich bring dich nach Hause.«

»Ich will aber nicht nach Hause.«

Und dieses Zeug kann eh keiner trinken, denkt sie.

»Rebecca, du bist vollkommen fertig. Du brauchst Schlaf.«

»Ich will zu Lara.«

»Ist gut, dann bringe ich dich zu Kerstin.«

»Ich werde verrückt alleine in dem großen Haus.«

»Wir gehen zu Lara.«

Christoph bietet ihr den Arm an. Rebecca steht auf und hakt sich bei ihm unter. Sie hat das Gefühl, schon ihr ganzes Leben auf diesem Gang verbracht zu haben.

*

Peter Stein hatte an jenem Morgen nicht nur einmal gekotzt. Als der Nebel sich lichtete, hatte er den Blick auf eine bizarre, albtraumhafte Szenerie preisgegeben. Erstaunlich, hat er später gedacht, wie lange das Gehirn manchmal braucht, bis es begreift, was die Augen längst gesehen haben. Bestimmt eine Art Schutzmechanismus.

Stein stand neben Bruckner und starrte auf die Gleise. Da war überall Blut auf den Schienen. Auch auf den Schwellen und im Gleisbett. Wo war die Leiche? Erst dann dämmerte ihm, dass es nicht nur Blut war, was er da sah. Sondern dass es sich um einzelne Körperteile handelte. Zum Teil waren es nur noch blutige Fetzen. Er sah einen Unterarm, dem ein Teil der Hand fehlte.

»Furchtbar«, sagte Bruckner »Der Zug hat sie förmlich in Stücke gerissen.«

In Steins Speiseröhre stieg etwas Säuerliches auf.

»Der Kopf und der Unterleib liegen links von der Lokomotive.«

Peter Stein kam alles hoch, und er übergab sich aus dem Stand. Aus den Augenwinkeln bekam er noch mit, dass Bruckner zwei Schritte zur Seite machen musste, um nicht von ihm beschmutzt zu werden.

»Sorry«, brachte Peter Stein nur heraus.

Dann ergoss sich der nächste Schwall aus seinem Mund. Sein Frühstück hatte aus einem Kaffee und einem Berliner bestanden. Er hatte es hastig hinuntergeschlungen, als er den Anruf bekommen hatte.

Wieder ergoss sich ein Schwall aus seinem Mund.

»Ist vielleicht besser, Sie setzen sich ins Auto«, sagte Bruckner.

Damals waren sie noch nicht per Du.

»Es geht schon«, hatte er geantwortet. Aber es ging gar nichts mehr.

Er sah von den Gleisen weg auf die gegenüberliegende Seite. Ein Waldstück. Eine Schonung. Tannen oder Fichten. Akkurat gepflanzt. Davor stolzierten ein paar Krähen herum. Hüpfend und kreischend versuchten sie, sich den Schienen zu nähern.

Ein Kollege verscheuchte sie. Sie flogen kurz auf, ließen sich aber gleich wieder nieder und hüpften dann erneut in Richtung der Gleise. Bis der Kollege sie wieder wegscheuchte. Zwei von ihnen pickten auf etwas herum, das Stein zuerst für einen Zweig oder ein Stück Moos hielt. Die beiden Vögel kreischten und gingen aufeinander los. Da erkannte Stein, dass sie um einen blutigen Fetzen Fleisch stritten. Die eine Krähe behielt ihn schließlich im Schnabel, flog ein Stück weiter weg und ließ sich mit ihrer Beute auf dem Ast eines Baumes nieder. Augenblicklich musste Peter Stein sich wieder übergeben. Auch der Kreislauf ließ ihn jetzt im Stich. Er war fix und fertig.

»Bitte gehen Sie ins Auto. Das ist nicht so schön hier«, sagte Bruckner.

Das tat Stein dann auch.

Ob Bruckner oder ein anderer Kollege mit ihm zum Wagen gegangen war oder er es allein geschafft hatte, daran kann er sich heute nicht erinnern.

Bruckner setzt den Blinker. Sie nähern sich der Ausfahrt.

»Wir sind gleich da«, sagt er.

In einiger Entfernung sieht man schon die Klinik, ein riesiger Gebäudekomplex, der an ein Raumschiff erinnert.

*

Der Raum um mich herum. Die vielen Geräte. Und Schläuche. Die Menschen an meinem Bett. Für einen kurzen Moment bin ich wach. Rebecca ist da. Christoph. David. Und Lara? Wie schön es wäre, Lara zu sehen! Aber sie könnte das alles nicht verstehen. Es würde ihr Angst machen. Ganz sicher. Ich bekomme eine neue Infusion. Sofort verschwimmt mir wieder alles vor den Augen. Ich tauche ab. Chicago. Das Museum am Ufer des Michigansees, das wir bauen werden. Ich höre Laras Lachen …

10

Das Telefon reißt Rebecca aus einem leichten, unruhigen Schlaf. Und aus einem sonderbaren Traum, an den sie sich nicht richtig erinnern kann. Sie sieht nur noch die leeren, weißen Räume, durch die sie gegangen ist. Helle Räume mit vielen Fenstern. Die Fenster waren offen, mit dünnen weißen Gardinen davor, und sie hatte auch einen Windzug gespürt …

Als sie begreift, dass der Anruf aus der Klinik kommt, erstarrt sie.

Nikolas? Was ist mit ihm? Ist er tot?

Sie muss ihre Gedanken laut in den Hörer gebrüllt haben.

»Nein, nein, Frau Kober. Es ist alles in Ordnung mit Ihrem Mann«, sagt eine Ärztin. »Es gibt ein Spenderorgan.«

»Ein Herz?«

»Ja. Es ist unglaublich. Nicht weit von hier. Doktor Jahnke und das Team sind schon auf dem Weg.«

Rebecca kann es nicht fassen. Die Nachricht, dass sie ein Herz für Nikolas haben, überfordert sie.

»Und … was passiert jetzt?«

»Wir sind mit dem Extraktionsteam in ständigem Kontakt. Zugleich bereiten wir Ihren Mann für die Operation vor.«

»Ich komme sofort!«

Erst jetzt fällt ihr wieder ein, dass sie bei David und Kerstin ist. Im Gästezimmer, das abgedunkelt ist. Sie hört Schritte. Dann wird die Tür aufgerissen.

»Was ist los? Ist was mit Nikolas?«

Rebecca nickt nur. Dann muss sie weinen. Ihr Bruder nimmt sie in den Arm.

»Sie haben …«

Ein Weinkrampf schüttelt sie. Die Tränen lassen Davids Gesicht vor ihr verschwimmen.

»Ein Herz! Sie haben ein Herz für Nikolas!«

Die Nachricht löst keine Freude aus. Das ist zu früh. Man weiß noch nicht, was jetzt geschieht. Wie es ausgehen wird. Die Nachricht sorgt eher für Unruhe. Man begreift nichts, man reagiert nur.

Bangen, Hoffen, Warten – wieder ist alles in Bewegung. Ein emotionaler Ausnahmezustand. Ein Strudel, der alles mit sich hinabzieht. In die Tiefe. Aber was unten sein wird, weiß man nicht. Himmel oder Hölle – es kann alles sein. Es fällt schwer, das eine vom anderen zu unterscheiden.

Während der Fahrt ins Krankenhaus schweigen Rebecca und David. Christoph wurde verständigt, auch er ist auf dem Weg.

Es ist windig, und sie spüren, wie sie schwanken. Es ist unklar, ob der Helikopter auf dem Dach der Klinik landen kann oder ausweichen muss.

Aber selbst dann, denkt Doktor Jahnke. Wir sind gut in der Zeit.

»Alles klar mit Ihnen?«

Die junge Assistenzärztin nickt, gibt jedoch keinen Ton von sich. Sie ist ziemlich blass um die Nase herum, denkt Jahnke. Und ziemlich gut gebaut. Sie ist erst seit knapp drei Monaten bei ihnen. Svetlana. Jung. Keine 30, schätzt er. Russin.

Zwischen ihm und der jungen Frau steht die Aluminiumkiste mit den notwendigen chirurgischen Instrumenten für die bevorstehende Extraktion sowie eine Thermobox für das Herz. Sie ist mit frischem Eis sowie Konservierungs- und Kühllösung gefüllt.

Wieder schüttelt eine kräftige Böe den Hubschrauber durch. Jahnke wirft einen belustigten Blick auf Svetlana. Die junge Kollegin kommt ihm noch blasser vor als eben. Sie wird das Fliegen nicht vertragen.

»Wir landen gleich.«

Sie nickt und verzieht den Mund zu einem schmalen Lächeln. Jahnke betrachtet ungeniert ihren Busen. Sie wird uns doch wohl nicht den Hubschrauber vollkotzen!, denkt er.

Im Operationssaal sind bereits mehrere Teams zugange. Es ist hektisch und laut. Ständig klingeln Handys. Parameter werden durchgegeben.

Der Körper auf dem OP-Tisch ist vom Hals bis knapp über den Schambereich geöffnet. Das Blut läuft literweise von beiden Seiten des Tisches herunter. Der Boden des Operationssaals ist mit Matten und Tüchern ausgelegt. Aber auch die sind bereits vollgesogen. Die Ärzte stehen im Blut. Das Pflegepersonal hat Gummistiefel an, und ihre Schritte verursachen schmatzende Geräusche.

Jahnke liest die Krankenakte. Ein Verkehrsunfall. Das ist ungewöhnlich. Diese Spender sind selten geworden, weil die Sicherheitstechniken heute besser sind als früher. Die häufigste Todesursache ist eine spontane Gehirnblutung.

Er bespricht die Werte mit dem Anästhesisten. Blut, Kreislauf. Alles stabil. Seit Stunden unverändert. Sehr gut, denkt Jahnke. Der Spender hatte offenbar bis zuletzt kreislaufstabil auf der Intensivstation gelegen und war organerhaltend therapiert worden. Ein Kollege gießt einen Eimer Eiswasser in den aufgeklappten Körper des Spenders, der auf dem OP-Tisch festgeschnallt ist.

Die Tatort-Titelmelodie dröhnt auf einmal durch den Raum. Einer der Ärzte zuckt peinlich berührt zusammen und beeilt sich, sein Handy abzustellen.

Der ganze Operationssaal scheint jetzt im Blut zu schwimmen. Und er riecht auch danach, denkt Jahnke. Dazu kommt der Geruch nach den verbrannten Knochenspänen. Vom Aufsägen des Körpers.

Er wirft einen kurzen Blick auf die junge Kollegin.

»Legen wir los«, sagt er.

Sie wirkt ziemlich durcheinander und schaut ihn an, als hätte er ihr gesagt, sie solle ihm einen blasen. Was zweifellos angenehmer wäre als das, was jetzt kommt, denkt Jahnke. Sie ist noch genauso blass wie vorher im Hubschrauber. Sie starrt auf den Körper. Die Abdeckung ist etwas verrutscht, so dass man die obere Gesichtshälfte des Spenders sehen kann. Er hat keine Augen mehr. Auf seiner Stirn steht Schweiß.

Schwitzen ist völlig normal, denkt Jahnke und gibt einem der Pfleger ein Zeichen, das Gesicht wieder zuzudecken. Bevor unsere Miss Superbusen hier im OP noch einen Nervenzusammenbruch kriegt, denkt er.

»Können wir starten?«

Sie nickt.

Rebecca und David sehen Nikolas an. Er steht unter Vollnarkose. Auf einem Monitor über ihm sieht man, wie sein Herz schlägt. Neben dem Monitor ist ein Fenster, und dahinter ein milchig grauer Himmel.

»Wir sind in ständigem Kontakt mit den beiden Kollegen, die dem Spender das Organ entnehmen«, sagt die Ärztin.

»Und wo ist das?«, fragt Rebecca.

»Das darf ich Ihnen leider nicht sagen«, antwortet die Ärztin.

Rebecca wendet den Blick von ihr ab und lenkt ihn zum Fenster. Die grauen Wolken passen perfekt dazu, denkt sie.

»Aber die Klinik ist nicht weit weg. Ein kurzer Flug mit dem Hubschrauber. Was die Ischämiezeit angeht, dürfte es also schon mal keine Probleme geben.«

Die Stimme der Ärztin kommt Rebecca plötzlich gedämpft vor. Wie von sehr weit weg oder durch eine Wand hindurch.

»Die Ischämiezeit ist die Zeit, die ein Spenderorgan außerhalb des Organismus ohne Blutversorgung überstehen kann. Bei einem Herz oder einer Lunge ist das besonders kurz. Maximal fünf bis sechs Stunden. Die Entnahme vom Spender und die Vorbereitung des Empfängers müssen deshalb exakt abgestimmt werden.«

Es gibt jetzt also keinen Weg mehr zurück, denkt Rebecca. Und es heißt weiter warten. Ungewissheit. Hoffen und Bangen. Am Ende, wann immer das ist, kann es gut sein, oder es wird nichts mehr so sein, wie es einmal war.

»Wenn Sie jetzt ...«, beginnt die Ärztin.

Rebecca gibt Nikolas einen Kuss auf die Stirn.

Ein Pfleger löst die Blockierung des Bettes. Nikolas wird in den Operationssaal geschoben.

David nimmt Rebeccas Hand.

»Es ist eine große Chance«, sagt die Ärztin.

Rebecca fühlt sich schwach, hilflos und allein.

So allein wie vielleicht noch nie in ihrem Leben.

11

19.30 Uhr.

Nachdem Doktor Jahnke von den Kollegen informiert worden ist, dass die entnommene Leber und die Nieren keine Auffälligkeiten aufweisen, öffnet er den Brustkorb des Spenders und sieht das schlagende Herz. Auf den ersten Blick scheint alles in Ordnung zu sein.

»Geben Sie Bescheid«, sagt er zu der jungen Kollegin.

Ihre langen, schlanken Finger tippen eilig die Nummer in das Smartphone ein.

»Ich akzeptiere das Organ endgültig und bin voraussichtlich in einer Dreiviertelstunde zurück.«

Die Russin nickt. Sie entfernt sich ein wenig, und wegen des Lärms im Operationssaal kann Jahnke nicht hören, was sie sagt.

Er injiziert dem Herzen eine stilllegende Lösung, und es hört auf zu schlagen. Mit geübten Schnitten entnimmt er es dem Brustkorb des Spenders, hält es in seinen Händen und betrachtetet es genauer. Er sieht in die Hauptschlagader hinein, schaut sich alle vier Herzklappen an und prüft auch die Regionen des Organs, die vorher nicht gut einsehbar waren.

»Bringen Sie mir die Box.«

Jahnke verpackt das Herz in mehreren Schichten steriler Beutel und legt es aufs Eis in die Kühlbox.

»Wir sind fertig hier. Packen Sie zusammen.«

Die Kollegin räumt das Operationsbesteck zusammen und legt es in die Aluminiumkiste zurück. Jahnke nimmt die Thermobox mit dem Herzen in die eine Hand und die Kiste mit den Instrumenten in die andere.

»Geben Sie Bescheid, dass wir auf dem Rückweg sind«, sagt er.

Sie nickt.

Sie verlassen den Operationssaal.

»Sind unterwegs«, hört Jahnke sie auf dem Weg zum Fahrstuhl nur sagen.

Im Fahrstuhl ist es ziemlich eng. Die Box mit dem Herzen darin drückt Jahnke in die Seite. Auf dem Weg nach oben kann man schon das Dröhnen des Hubschraubers hören.

Nachdem die Anästhesie Nikolas Kober vorbereitet hat, wird er auf den OP-Tisch gelegt und mit sterilen Tüchern abgedeckt.

Kurze Zeit später kommt der Anruf von Doktor Jahnke.

»Es kann losgehen. Sie sind auf dem Rückweg.«

Das Team ist um den Operationstisch versammelt. Alle wissen, dass das hier keine Routine ist. Ein solcher Eingriff gehört zu den schwierigsten Operationen, die Herzchirurgen durchführen.

Die Oberärztin setzt den ersten Schnitt.

Das kranke Herz des Patienten soll freiliegen und entnommen werden können, sobald das Spenderorgan eintrifft.

Nachdem die Ärztin den Brustkorb des Patienten mit der Knochensäge durchtrennt hat, spreizt sie ihn vorsichtig. Die Kanüle für die Aorta wird eingebracht, dann die Kanülen für die untere und die obere Hohlvene. Die Schläuche werden mit der Herz-Lungen-Maschine verbunden.

22.38 Uhr.

Das Team ist bereit und erwartet Doktor Jahnke und das neue Herz.

Wieder rütteln Windböen den Hubschrauber kräftig durch.

»Pietätlos?«, wiederholt Doktor Jahnke. Sie müssen fast schreien, um einander zu verstehen.

Ihm ist jetzt klar, dass es ihr erstes Mal war. Dass sie noch nie einer Extraktion beigewohnt hat. Dennoch geht ihm ihr esoterisches Geschwafel auf die Nerven.

»Wie haben Sie es sich denn vorgestellt? Mit Weihrauchduft und zwei Priestern daneben, die Choräle singen?«

Der Landeanflug beginnt bereits.

»Nein, aber mit mehr Würde!«

Herrgott, denkt er, Würde! Was denn für eine Würde? Es geht um die Organe.

»Der Spender ist tot.«

»Aber er atmet. Sein Herz schlägt. Er schwitzt.«

Oh nein, nicht das jetzt, denkt er. Nicht diese Scheiße pro oder kontra Hirntod. Er zeigt auf die Thermobox.

»Wissen Sie, was da drin ist?«, schreit er.

Die junge Kollegin nickt.

»Ein Herz. Das Herz eines Toten.«

Sie nickt wieder.

»Dieses Herz wird einem anderen Menschen das Leben retten. Geht das in Ihren Kopf?«

Der Hubschrauber setzt zur Landung an. Jahnke blickt aus dem Fenster und erkennt die Straßenzüge unter ihnen.

»Was wäre denn die Alternative, Ihrer Meinung nach?«

Sie hat sich abgewendet.

»Dass wir es einfach wegschmeißen, wie Müll?«

Sie schüttelt den Kopf.

Wie soll das auf Dauer gehen, als Ärztin?, fragt er sich.

Wenn sie so drauf ist. Natürlich ist es nicht schön, was man da macht. Natürlich will das niemand sehen. Und es soll auch niemand sehen. Sonst gäbe es keine Organspender mehr. Höchstens noch für eine Hornhaut oder ein Kreuzband. Aber niemals mehr für Herzen, Lungen oder Lebern. Wir sind Ärzte. Es ist unser verdammter Job, Leben zu retten. Dafür tun wir alles, was möglich ist.

Der Gang. Das grelle Neonlicht. Das Fenster am Ende.

David steht davor und schaut hinaus. Offenbar scheint die Sonne, denn David wirft einen dünnen Schatten an die weiße Wand.

Christoph sitzt auf der Bank. Er hat schon länger nichts mehr gesagt und den Kopf in den Armen vergraben.

Rebecca geht auf und ab. Warten. Wie sie das hasst.

Jetzt gibt es kein Zurück mehr.

Sie operieren.

Jahnke öffnet die Kühlbox und nimmt das Herz aus den sterilen Beuteln heraus.

»Voilà«, sagt er.

Die Oberärztin erkennt mit einem Blick, dass das Spenderorgan von den Größenverhältnissen her passt. Auch die genauere Untersuchung ergibt keinen Hinweis auf angeborene Fehler oder krankhafte Veränderungen.

»Vorfahren!«

Die Hauptpumpe der Herz-Lungen-Maschine wird angefahren, der Bypass gestartet.

23.14 Uhr.

Die Oberärztin beginnt nun damit, dem Patienten sein krankes Herz zu entnehmen.

»Aorta zu!«

Das Herz wird vom Kreislauf abgetrennt und aus dem Brustkorb entfernt. Sofort wird das Spenderorgan eingesetzt und vernäht. Durch die Raumtemperatur hat sich das Herz, das auf Eis lag, schon etwas erwärmt.

Die Oberärztin löst die Klemme von der Hauptschlagader.

»Aorta auf!«

Als wieder Blut hindurchfließt, wärmt das Herz sich weiter auf. Für eine Weile bleibt das neue Herz im Leerlauf. Es wird durchblutet, aber die Herz-Kreislauf-Arbeit übernimmt noch die Maschine. Das Herz braucht seine Zeit. Die Herz-Lungen-Maschine wird langsam heruntergefahren.

»Jetzt gehen wir ab.«

01.26 Uhr.

»Maschine steht.«

Das Herz des Patienten schlägt selbstständig.

Die Oberärztin untersucht den Brustkorb nach Blutungen, stellt fest, dass er trocken ist und verschließt ihn wieder.

Die Operation ist beendet.

Ein Assistenzarzt vernäht die Haut des Patienten.

Der Anästhesist bereitet ihn für den Transport auf die Intensivstation vor.

12

Seine Leiche in einem Kühlraum. So hatten sich Roland Bruckner und Peter Stein ihr Zusammentreffen mit dem Fotografen nicht vorgestellt.

»So eine Scheiße!«, schimpft Bruckner.

Der Körper vor ihnen wirkt entstellt. Das Gesicht des Mannes sieht gestaucht aus. Die Haare sind nass. Die Lippen zusammengepresst. Die Augen sind mit Mullbinden verklebt.

»Ziemlich jung«, sagt Bruckner.

Stein zeigt auf die Narben.

»Und was sagt uns das?«, fragt Bruckner.

»Er war Organspender.«

»Na toll«, kommentiert Bruckner frustriert.

Peter Stein weiß, was Bruckner jetzt denkt. Drei Jahre Ermittlungsarbeit, und dann das.

Dabei hätten sie es nach all dem vergeblichen Stochern im Nebel, den Fehlschlägen und der Plackerei mehr als verdient, dem Mann endlich persönlich gegenüberzusitzen. Face to Face. Ihn sehen, seine Mimik und Gestik. Seine Stimme hören. Mit ihm reden. Was ist das für ein Mensch, der acht Frauen erst verschleppt und dann umbringt? Sein neuntes Opfer, Solveig Jacobsen, hat es überlebt. Ein Trost. Und die Hoffnung, dass sie ihnen sagen kann, was dieser Mensch den Frauen angetan hat.

»Selbst wenn er noch am Leben wäre. Eine Aussage von ihm war so oder so unwahrscheinlich. Ich glaub nicht, dass er mit uns gesprochen hätte«, sagt er. Ihm ist klar, dass das eine ziemlich billige Art ist, Bruckner zu trösten.

»Und warum nicht?«, fragt Bruckner, geht nah an den Toten heran und beugt sich über ihn.

»Ist nicht der Typ. Von der Psyche her. Vom Profil.«

Sie schweigen beide.

»Wir haben die Frau«, sagt Stein dann.

»Ja. Wenigstens etwas, und zum Glück. Aber er hier wäre mir wichtiger gewesen.« Bruckner atmet hörbar aus. »Was ist eigentlich mit seinen Augen?«, fragt er dann.

»Rausgeschnitten.«

»Die Augen auch?«

»Ja. Herz, Lunge, Leber, Magen, Nieren, Knochen, Sehnen, Knorpel, Haut, Bänder, Bauchspeicheldrüse, Speiseröhre. Eigentlich alles, am Stück oder in Teilen.«

»Dann hat also jetzt jemand anders seine Augen?«, fragt Bruckner.

»Oder bekommt sie gerade. Zumindest Teile davon. Oder zwei haben je ein Auge von ihm.«

»Das ist eine ziemlich makabre Vorstellung, findest du nicht?«

»Das kann man so sehen. Man kann es aber auch ganz pragmatisch sehen. Das ist medizinische Praxis.«

»Und plötzlich kann ein Blinder wieder sehen«, murmelt Bruckner.

Peter Stein muss lächeln.

»Dann kann also nicht mehr viel in ihm drin sein«, sagt Bruckner. »Nein. Der Mann war jung und wahrscheinlich kerngesund. Da lässt man nichts verkommen.«

»Das hier ist also eher eine Hülle als eine Leiche. Der Mensch als Ersatzteillager«, sagt Bruckner.

Peter Stein nickt und schaut den Toten an. Die Mullbinde, die sein rechtes Auge bedeckt, hat sich ein wenig gelöst. Die Vorstellung, der Fotograf würde sich plötzlich aufrichten und sie angrinsen, lässt ihn plötzlich erschaudern. Höchste Zeit, von hier zu verschwinden, denkt er.

»Weißt du, wie viele Knochen es in einem menschlichen Körper gibt?«

»Ich habe keine Ahnung, aber du wirst es mir sicher gleich sagen«, antwortet Bruckner.

»206.«

»Und die kann man alle verwenden?«

Peter Stein nickt. »Am Stück oder in Teilen. Wie gesagt. Es lässt sich fast alles verwenden.«

*

Ich liege in einem Bett. Vor mir steht ein riesiges Aquarium. Doch darin sind keine Fische. Ich erkenne Hände. Und Gesichter. Ein Winken. Jemand winkt. Es sind Menschen. Plötzlich begreife ich, dass es ein Fenster ist, in das ich hineinsehe. Und dann wird mir klar, dass die Operation vorbei ist. Ich spüre keine Schmerzen. Ich versuche zu lächeln und zurückzuwinken. Aber ich kann mich nicht bewegen. Ich erkenne Rebecca. Auch David und Christoph sind da. Lara. Sie ist nicht dabei. Sie beginnen zu verschwimmen. Ich sehe sie jetzt wie in Zeitlupe. Das kommt durch die Narkose. Die Medikamente wirken noch. Dann erstarrt das Bild, und ich falle zurück in einen tiefen traumlosen Schlaf.

Dieses Bild war das Erste, was ich nach der Operation gesehen habe.

Das neue Herz, das neue Leben, all das kam erst viel später.

13

Ein schmaler Streifen Sonnenlicht zieht sich quer durch das Zimmer, vom Fenster bis zu meinem Bett. Das Licht endet direkt an meinen Zehen. Ich schaue auf die Uhr. Ich habe kurz geschlafen. Eine halbe Stunde. Es sind die Schmerzmittel. Sie machen müde. Dabei haben sie bereits begonnen, die Dosis zu reduzieren.

Eine Schwester muss im Zimmer gewesen sein. Ich sehe, dass die Dinge auf meinem Nachttisch nicht mehr so liegen, wie ich sie hingelegt habe. Und sie muss die Tischplatte abgewischt haben. Der Geruch nach Putzmittel liegt noch in der Luft. Das Fenster war vorher geschlossen. Jetzt ist es gekippt.

Ich bin noch ziemlich schwach. Trotzdem ist erstaunlich, wie schnell ich mich erhole. Das sagen alle hier: die Ärzte, Rebecca, Christoph, David. Gestern war auch Lara da. Es hat sich sonderbar fremd angefühlt, sie im Arm zu halten. Und sie fing auch sofort an zu weinen.

Ich verlasse das Bett immer öfter. Dann gehe ich im Zimmer auf und ab. Ich war auch schon auf dem Balkon, bin aber nicht lange draußen geblieben. Die Höhe hat mir ein wenig Angst gemacht. Mein Zimmer befindet sich im vierten Stock. Die Schwester hat gemeint, ich solle es nicht übertreiben. Ich solle mir Zeit lassen.

Ich denke oft ans Joggen. An den Geruch des Waldes. Die Stille, früh am Morgen. Es wird noch eine Weile dauern, bis ich wieder so weit bin. Aber ich werde wieder dorthin kommen. Ich werde wieder durch den Wald joggen können. Und das ist ein Wunder.

Ich muss schnell wieder zu Kräften kommen. Ich will raus hier. Es sei durchaus realistisch, dass man mich in sieben oder acht Tagen entlassen könne, hat Doktor Jahnke gesagt. Natürlich müsse ich mich dann zu Hause noch ein paar Wochen schonen. Auch die Oberärztin, deren Namen ich mir nicht merken kann, deutete an, dass ich bald nach Hause könne.

Alltag, Normalität – danach sehne ich mich. Auch nach Rebecca und Lara. Nach unserem Haus. Dem Garten. An die Arbeit denke ich nicht oft hier. An unser neues Projekt, das Museum am Michigansee. Die ersten Schritte von »Kober & Lang« auf der internationalen Bühne der Architektur. Unser Durchbruch. Jahrelang haben wir dafür gearbeitet, geschuftet. Aber momentan lässt mich das ziemlich kalt. Und das ist gut so. Weil ich sowieso einen Gang zurückschalten muss in der nächsten Zeit. Bis ich wieder ganz der Alte sein werde. Meine Reise nach Chicago, die Unterzeichnung der Verträge – es kommt mir so vor, als sei das alles Jahre her. Dabei sind es gerade mal zehn Tage.

Ich glaube nicht an Gott. Und nach der Operation auch viel weniger an mich selbst. Ob das gut oder schlecht ist, weiß ich nicht. Aber ich habe erlebt, wie fragil alles ist. Wie fragil ich bin. Wie zerbrechlich. Wie zufällig. Ich bin an der Grenze zwischen Leben und Tod gewesen. Wenn da nicht der Himmel ist oder die Hölle und es kein Paradies und keine Erlösung gibt, weil man nicht daran glaubt, dann ist der Tod einfach nur der Ort, wo die Dunkelheit beginnt. Der tiefe Schlaf ohne Träume, aus dem man nicht mehr erwacht. Mir hat diese Vorstellung nie Angst gemacht. Denn ich werde weder wissen, dass ich schlafe, noch dass ich nicht mehr aufwachen werde.

Das Sonnenlicht ist aus dem Zimmer verschwunden, ebenso wie der Geruch des Putzmittels in der Luft. Ich habe Durst. Ich richte mich im Bett auf und schenke mir ein Glas Wasser ein. Ein Glas. Kein Becher, kein Plastik. Rebecca hat darauf bestanden. Sie hat das Glas von zu Hause mitgebracht. Ich leere es in einem Zug.

Es kam nicht zum Sterben. Ich bin dem Tod noch einmal von der Schippe gesprungen. So sehe ich es. Sie haben mein altes Herz herausgeschnitten und mir das Herz eines Fremden eingesetzt. In mir schlägt das Herz von jemandem, der jetzt tot ist. Ein komisches Gefühl. Ich werde nie erfahren, wer er oder sie war. Ich will es auch gar nicht wissen. Ich muss akzeptieren, dass mein Körper sich bis zuletzt gegen dieses fremde Herz in meiner Brust wehren wird. Mein Leben lang werde ich Medikamente brauchen, die mich vor meinem eigenen Körper schützen. Davor, dass er das neue Herz nicht abstößt.

»Wie geht's dir?«

»Gut.«

»Und die Schmerzen?«

»Viel besser.«

Was sie durchgemacht haben muss in den letzten Tagen. Rebecca steht vom Bett auf und geht zum Fenster.

»Es wird alles wieder so sein, wie es war.«

Es wird nichts mehr so sein, wie es war, denke ich plötzlich.
»Ja«, sage ich jedoch.
Sie dreht sich zu mir um.
»Ich liebe dich.«
»Ich liebe dich auch.«
Dass nichts mehr so sein wird, wie es war, warum denke ich das? Klar, man kann nicht zweimal in denselben Fluss steigen. Dennoch. Es wird natürlich alles wieder so sein, wie es war. Sogar noch besser, intensiver – weil wir wissen, wie wertvoll es ist. Und wie leicht uns alles aus den Händen gleiten kann.
»Ich weiß nicht, was …«, beginnt sie.
Dann fängt sie an zu weinen.
»Wenn du plötzlich nicht mehr …«
»Komm her«, sage ich.
Ich kann das nicht sehen. Rebecca setzt sich wieder auf mein Bett, und ich nehme sie in den Arm. Ich höre, wie jemand die Tür öffnet und gleich wieder schließt. Hier drin hat man keine Privatsphäre.
»Es ist gut, Rebecca. Alles ist gut!«
Ich kann nicht weinen. Seit ich vor dem Sarg meines Vaters stand und dachte, dass der viel zu klein für ihn ist. Dass sie ein Stück von ihm abgeschnitten haben müssen, damit er da hineinpasste. Seitdem kann ich nicht mehr weinen. Und ich will es auch nicht.

Von den Träumen habe ich Rebecca nichts erzählt. Auch den Ärzten nicht. Ich nehme an, dass sie mit der Operation zusammenhängen, mit den Medikamenten, und dass sie von alleine wieder aufhören. Ich hoffe, dass das bald geschieht, denn es sind sehr unangenehme Träume.

Es ist immer Nacht. Unruhe, Panik. Enge. Ich schwitze. Ich bin nervös. Aufgekratzt. Ich sitze in einem Auto. Ich fahre. Schnell, unruhig. Beschleunige, bremse ab. In kurzen Abständen. Die Scheinwerfer lassen Stämme vor mir aufleuchten, Felsbrocken, Gras. Dickicht. Ich muss mich in einem Wald befinden. Es muss geregnet haben. Alles ist feucht. Glitschig. Der Schweiß rinnt mir in die Augen. Die Straße vor mir wird unscharf. Wird wieder klar. Ich bremse abrupt. Die Reifen blockieren. Der Wagen rutscht weg, gerät ins Schleudern, bleibt aber auf der Straße. Der Schreck breitet sich wie eine heiße Flüssigkeit in meinem Körper aus. Der Schweiß brennt in meinen Augen. Ich gebe sofort wieder Vollgas.

Ich bin allein im Auto. Zugleich weiß ich jedoch, dass ich nicht allein bin. Dass ich etwas sehr Wertvolles bei mir habe. Und dass sie mir dicht auf den Fersen sind. Sie fahren hinter mir her. Schon die ganze Zeit. Ich muss ihnen unbedingt entkommen.

14

»Wie geht es Ihnen heute Morgen, Herr Kober?«

Doktor Jahnke schaut mit einem milden Lächeln auf mich herab. Ich komme mir vor wie ein Säugling. Dabei ist er jünger als ich. Und nicht gerade eine Erscheinung, die einem Respekt einflößt.

»Gut. Die Schmerzen sind deutlich schwächer geworden.«

Er misst meinen Blutdruck.

»Sehr schön. Zumal wir die Schmerzmittel ja schon reduziert haben. Es ist bemerkenswert, wie schnell Sie sich erholen. Ich bin wirklich beeindruckt.«

»Wann kann ich nach Hause?«

Er bedeutet mir, mich ein wenig aufzurichten. Dann hört er mich ab.

»Wenn sich alles weiter so gut entwickelt, sind Sie am Wochenende zu Hause.«

In vier Tagen, das wäre wunderbar, denke ich.

»Und vom Kopf her? Mental? Keine Probleme?«

»Wie meinen Sie das?«

»Na ja, das fremde Organ. Sie stecken das gut weg? Es ängstigt Sie nicht?«

»Nein.«

»Das ist gut. Manche Patienten haben da Probleme am Anfang. Man muss auch mental damit einverstanden sein. Man muss sich mit dem neuen Organ anfreunden.«

Das fremde Herz, mein Freund. Eine komische Vorstellung.

»Ich bin noch gar nicht so richtig zum Nachdenken darüber gekommen«, sage ich.

»In Ihrem Fall ist ja auch alles so schnell gegangen. Ich hätte nie gedacht, dass wir in dieser kurzen Zeit ein passendes Herz für Sie finden würden.«

»Es wird noch kommen, das Nachdenken darüber. Momentan bin ich einfach nur froh, dass es schlägt.«

»Und wie es schlägt, Herr Kober: Es ist ein gutes und starkes Herz.«

Doktor Jahnke nimmt gedankenverloren die Brille von der Nase und putzt sie an seinem Arztkittel ab.

»Ich hatte wohl einfach Glück«, sage ich.

Er nickt.

»Unglaubliches Glück, Herr Kober.«

Am Anfang waren es vereinzelte Traumfetzen. Ohne Zusammenhang. Kurze Sequenzen, Szenen, die nichts miteinander zu tun hatten. Endlosschleifen, die ich immer wieder träume. Aber inzwischen weiß ich, dass das nicht stimmt. Die Sequenzen haben sehr wohl etwas miteinander zu tun. Es ist ein zusammenhängender Traum. Er ist wie ein Puzzle. Jedes Mal, wenn ich ihn träume, kommen mehr Puzzleteile dazu. Und obwohl die Schmerzmittel immer weiter reduziert wurden, hat er nicht aufgehört. Im Gegenteil. Er wird immer klarer, intensiver. Und auch immer realer. Manchmal habe ich das Gefühl, dass es gar kein Traum ist, sondern eine Erinnerung. Etwas, das ich verdrängt habe und das jetzt wieder auftaucht. Eine Erinnerung, die an einem Ort abgespeichert war, zu dem ich normalerweise keinen Zugang habe. Aber beeinflusst durch die Medikamente, die Operation und die Narkose spült mein Gehirn diese vergrabenen Erinnerungen nun an die Oberfläche.

Wieder fahre ich. Sehr schnell. Beschleunige, bremse ab, gebe wieder Gas. Eine Straße durch den Wald. Die Straße ist abschüssig, schmal und kurvenreich. Ich werde panisch. Ich fluche. Schreie. Bin verzweifelt. Der Wagen hinter mir kommt immer näher. Ich muss sie retten. Sie dürfen mich nicht aufhalten. Um ein Haar übersehe ich die Kurve vor mir. Verdammte Scheiße. Ich trete in die Eisen. Die Reifen blockieren. Der Wagen rutscht. Das werde ich nicht mehr schaffen. Ich pralle seitlich irgendwo dagegen. Der Wagen wird gestaucht. Ich krache mit der Schulter gegen das Seitenfenster. Etwas rutscht über den Asphalt und verursacht ein metallisches Geräusch. Eine Radkappe, ein Kotflügel? Das Geräusch wird schnell leiser, weil ich so schnell fahre. Aber die hinter mir sind ebenso schnell. Ich gebe wieder Gas. Schalte hoch. Drücke das Gaspedal voll durch. Ich muss sie abhängen. Ich muss es schaffen – für sie. Aber die Scheinwerfer im Rückspiegel werden immer größer. Sie kommen immer näher. Sie blenden mich. Irgendwann muss doch mal Schluss sein mit dem Gefälle. Mit den Kurven. Ich muss doch irgendwann unten im Tal sein. Wo die Straße wieder breiter und vor allem gerade ist. Dann kann ich Stoff geben. Und das hier ist eine verdammt schnelle Karre. Damit hänge ich sie ab.

Plötzlich ist vor mir eine grüne Wand. Ich erstarre. Meine Finger krampfen sich um das Lenkrad. Ich trete auf die Bremse. Aber der Wagen reagiert nicht. Die grüne Wand rast mit einer unfassbaren Geschwindigkeit auf mich zu.

Dann höre ich nur noch ein ohrenbetäubendes Quietschen.

Schweißgebadet wache ich auf. Der Traum oder die Erinnerung, was immer es auch ist. Es war wieder da. Und wieder sind ein paar neue Puzzleteile hinzugekommen.

Es war die Schwester.

»Ich habe extra leise gemacht. Aber jetzt habe ich Sie doch geweckt. Das tut mir leid, Herr Kober.«

Das Geräusch, das mich geweckt hat, kommt von ihren Schuhen. Die Sohlen quietschen auf dem Linoleumboden.

»Macht nichts. Ich schlafe hier sowieso viel zu viel.«

Die Straße, der Wald. Es ist eine Umgebung, die ich nicht kenne. Glaube ich zumindest. Doch warum ist jemand hinter mir her? Warum werde ich verfolgt? Vor was habe ich Angst? Und wer ist sie?

»Das tut Ihnen gut.«

Ihr Gesicht ist jetzt nah über mir. Sie hat schöne große blaue Augen.

»Ich habe die Flasche ausgetauscht.«

Sie zeigt auf den Infusionsständer neben meinem Bett. Schmerzmittel, Medikamente gegen die Abstoßung meines neuen Herzens, und wer weiß, was sie sonst noch alles in mich reinpumpen.

»Danke.«

»Es liegt auch an den Medikamenten.« Sie lächelt. Ein kleiner Mund mit schmalen Lippen, die kaum Farbe haben.

»Was?«

»Das Schlafen. Dass Sie so viel schlafen. Aber das tut Ihnen auch gut.«

Hoffentlich kommt auch dieser sonderbare Traum von den Medikamenten.

»Brauchen Sie noch was?«

Ich betrachte ihre schmale Hand. Die grazilen Finger. Am kleinen Finger trägt sie einen dünnen Goldring mit rotem Edelstein. Er sieht aus wie ein Blutstropfen.

»Herr Kober?«

»Ja?«

»Brauchen Sie noch was?«

»Nein, danke.«

Sie ist so zierlich, denke ich, als sie zur Tür hinausgeht. Und so jung.

Da ist noch jemand mit im Wagen. In dem Traum. Es ist eine Frau. Und ich muss sie retten. Aber wer ist sie? Und was ist hinter der grünen Wand?

Er kann es doch nicht sein, denke ich. Mein Vater. Ob ich mich mit ihm identifiziere? Mit seinem letzten Moment. Seinen letzten Sekunden. Dem Unfall. Weil ich mir seinen Unfall als Kind so vorgestellt habe? Ich war elf, als es passierte. Und jetzt hat mein Gehirn das aufgrund der Operation, der Medikamente, der Narkose vielleicht wieder an die Oberfläche gespült. Als Traum, den ich jetzt immer wieder träume. Der sich immer weiter ausdehnt und immer mehr zu einem Albtraum wird.

Aber kann das sein? Was soll dann diese Frau? Mein Vater wurde auch nicht verfolgt. Es gab keine Frau. Er war nicht auf der Flucht. Vor niemandem. Er war allein. Mutterseelenallein – und er wollte es einfach zu Ende bringen. Er konnte nicht mehr. Er wollte nicht mehr leben. Es war kein Unfall. Mir hat man das damals nicht gesagt. Und später? Es wurde nie darüber geredet. Über seine Depressionen. Über die Dunkelheit in ihm.

Dass es kein Unfall war, hat meine Mutter mir erst auf dem Sterbebett erzählt. Da war sie schon vom Krebs zerfressen. Er war auf einer schnurgeraden Strecke mit stark überhöhter Geschwindigkeit gegen einen Brückenpfeiler gerast. Es gab keine Bremsspuren. Selbstmord war tabu. Wie die Depressionen. Das durfte nicht ausgesprochen werden. Manche seiner Dienstreisen waren in Wirklichkeit Aufenthalte in der Psychiatrie. Das habe ich allerdings erst lange nach dem Tod meiner Mutter erfahren. Die Fassade musste gewahrt werden. Bis zuletzt. So war meine Mutter, so war mein Vater, und so war die Zeit. Nach außen hin hat das anscheinend gut funktioniert. Mein Vater war jedenfalls zeitlebens erfolgreich und beliebt.

Aber es gab keine Frau. Auch der Wald kam nicht vor. Auch die Dunkelheit nicht. Es war am helllichten Tag, als er sich das Leben nahm. Der Traum kann nichts mit ihm zu tun haben.

Aber womit hat er dann zu tun? Und was ist hinter dieser grünen Wand?

15

Am Tag meiner Entlassung scheint die Sonne. Ich beobachte zwei Amseln, die auf der Grünfläche vor dem Eingang im Gras scharren. Es wird Frühling. Es ist schon ganz warm.

»Kommst du?«, fragt Rebecca.

Ich bin glücklich. Ich bin endlich draußen.

Als wir über den Parkplatz zum Auto gehen, merke ich, wie geschwächt ich noch bin. Der Kreislauf kommt kaum in die Gänge, meine Muskeln sind wie Brei. Ich muss trainieren. So schnell wie möglich wieder zu Kräften kommen. Laufen. Bis ich wieder ganz auf der Höhe bin. Hoffentlich haben sie mir nicht das Herz eines Sportmuffels eingepflanzt. Die Sonne blendet. Meine Augen müssen sich an das helle Licht erst gewöhnen. Die Luft riecht frisch und würzig, obwohl wir nicht in der Natur sind. Sondern vor dem Klinikum auf einem Parkplatz. In der Nähe der Autobahn. Man kann sie hören. Aber im Vergleich zu der Luft drinnen ist das hier überwältigend. Wie wird es erst in unserem Garten sein? Oder in den Bergen? Oder am Meer? Ich will das alles einatmen. Ich will riechen, schmecken. Leben.

Wir sollten verreisen, denke ich.

Und ich möchte mit Rebecca schlafen. Ich betrachte genüsslich ihren Hintern, während sie den Kofferraum öffnet und meine Siebensachen verstaut. Am liebsten würde ich ein Feuer machen und alles verbrennen. Dass mich nichts mehr an die Wochen hier erinnert.

»Wenn wir zu Hause sind, reißen wir uns sofort die Klamotten vom Leib und vögeln wie die Karnickel.«

»Nikolas! Wie bist du denn drauf?«, fragt sie mit gespielter Empörung. Sie grinst mich an.

»Ich bin scharf auf dich.« Ich grinse zurück.

»Das sehe ich.«

»Wirklich?«

Sie ist genauso scharf wie ich.

Die Träume sind seltener geworden in den letzten Tagen meines Krankenhausaufenthaltes. Und weniger angsteinflößend. Hinter der grünen Wand verbarg sich letztlich nichts. Nur eine helle, merkwürdig cremefarbene Landschaft. Wie Wolken oder Schnee. Aber es ist nicht still dort. Ich höre ein monotones Rauschen und noch etwas anderes. Ich weiß nicht, was es ist. Ich nehme die Geräuschkulisse nur gedämpft wahr. Als wäre ich unter Wasser. Es ist nicht unangenehm. Und auch nicht bedrohlich. Ich hoffe, dass es so bleibt und dass der Traum irgendwann ganz aufhört.

Wir haben es nicht ausgehalten.

Wir stehen auf einem fast leeren Autobahnparkplatz nahe eines Rasthofs. Weit weg von den Toiletten und von einem einsamen Lastwagen. Der Fahrer ist nirgends zu sehen, und wir hoffen, dass er nicht so bald zurückkommt.

»Ist das nicht ein bisschen albern?«

Sie beißt in mein Ohrläppchen.

Ich habe ihre Bluse bis zum Nabel aufgeknöpft und spiele mit ihren Brüsten.

Was wir da machen ... Wie Teenager, denke ich.

»Darfst du das überhaupt mit deinem neuen Herzen?«

Sie knöpft mir die Jeans auf.

Ich schließe die Augen, als ihre Hand zielstrebig meinen Bauch und tiefer hinunterfährt. Rebecca beugt sich ganz hinunter und beginnt, mir einen zu blasen.

Es fühlt sich unbeschreiblich gut an.

Als ein Wagen langsam an uns vorbeifährt, halten wir für einen Moment inne.

Ich protestiere. Rebecca hält mir den Mund zu.

Glücklicherweise stoppt der Wagen nicht.

Und wir sind wieder für uns.

16

Es ist wenig Verkehr auf der Autobahn, wir schaffen die Strecke viel schneller als gedacht. Ich fühle mich gut. So wie lange nicht mehr. Entspannt. Glücklich. Die Landschaft zieht an uns vorbei. Äcker, Felder. Hin und wieder Kühe. Eine Schafherde. Wo die Felder umgepflügt sind, wimmelt es von Krähen.

»Es ist nicht mehr weit«, sagt Rebecca irgendwann.

Sie hat sich eine Sonnenbrille aufgesetzt, weil das grelle Licht sie beim Fahren blendet.

»Scheiße!«, ruft sie plötzlich aus.

Sie macht fast eine Vollbremsung. Ich werfe instinktiv einen Blick in den Rückspiegel. Es ist aber niemand hinter uns.

»Was ist denn los?«

»Ich hab die Ausfahrt verpasst.«

Ich schaue sie verwundert an. »Aber wir sind doch noch gar nicht da.«

Sie zeigt auf ein Schild vor uns, »Höllenberg-Tunnel, 352 Meter ü. M., Länge 3,8 Kilometer«, schlägt mit beiden Händen aufs Lenkrad und fährt langsam rechts ran, um zu halten.

»Ich hab nicht daran gedacht. Was machen wir jetzt?«

Höllenberg. Klingt unheilvoll. Ich war noch nie hier.

Aber Rebecca hat Recht. Wann immer wir diese Strecke fahren, nehmen wir die Ausfahrt »Gruschenbach/Hornsteig« und fahren ein paar Kilometer über die Landstraße, ehe wir wieder auf die Autobahn zurückkommen.

»Das macht nichts«, sage ich.

Rebecca schaut mich an. Ich sehe, dass sie kurz davor ist zu weinen.

»Das macht nichts? Du drehst durch da drin, Nikolas. Und ich weiß nicht, ob das gut ist für dein … für das Herz.«

Ich lächle sie an. Dann nehme ich sanft ihre Hand und küsse sie.

»Es ist besser geworden seit der Therapie.«

In ihren Augen stehen die Tränen.

»Nikolas, ich möchte nichts riskieren. Das Herz. Und wenn du da drinnen plötzlich die Panik kriegst?«

»Ich kriege keine Panik.«

»Woher willst du das so sicher wissen?«

»Es ist wirklich viel besser geworden, glaub mir. Lass es uns versuchen.«

Sie lässt den Wagen wieder an und schaltet in den ersten Gang.

»Es ist frei«, sage ich. »Du kannst fahren.«

Sie atmet tief durch und lässt die Kupplung kommen.

Wir fahren los. Meter für Meter auf den Tunnel zu.

Und dann sind wir drin. Es passiert nichts. Überhaupt nichts. Ich empfinde nichts. Ich sehe die gelbe Beleuchtung an den Wänden. Die Röhre ist ziemlich eng. Zwei Fahrspuren. Ich sehe die Rücklichter der Fahrzeuge vor uns. Ein Lieferwagen überholt. Ein alter Mercedes. Rebecca fährt sehr langsam.

»Geht es?«

Ihr Gesicht schimmert gelb vom Tunnellicht.

»Ja.«

Es ist, als würden wir durch einen Schlauch gleiten. Die Wand nur knapp neben uns, die Decke direkt über uns.

»Gleich sind wir durch«, sagt Rebecca.

Ich bin irritiert. Was ist mit der Beklommenheit, dem Engegefühl, der aufsteigenden Panik? Sie bleiben aus. Nicht einmal aufs Atmen muss ich mich konzentrieren.

»Geschafft!«, sagt Rebecca schließlich erleichtert.

Das helle Sonnenlicht spiegelt sich wieder auf ihrer Brille. Wir sind draußen. Ich habe nicht ein einziges Mal auf das Licht am Ende des Tunnels geachtet.

Ist es möglich, dass eine Klaustrophobie von heute auf morgen einfach weg ist?

»Alles gut?«

Ich nicke und sage: »Alles gut.«

Mehr nicht. Ich muss das erst mal für mich selbst auf die Reihe bringen. Vielleicht war es eine Ausnahme, und die Panik kommt beim nächsten Mal doch wieder.

»Soll ich kurz anhalten? Da vorne ist eine Parkbucht.«

Es ist jetzt nicht mehr weit. Die Landschaft ist mir vertraut.

»Nein«, sage ich, »lass uns einfach nach Hause fahren.«

Wenn wir nicht noch in einen Stau geraten, sind wir in einer halben Stunde da. Rebecca fährt schnell jetzt. Und sie lächelt.

»Ich liebe dich.«

»Ich dich auch.«

Sie sieht mich nicht an.

Sie konzentriert sich aufs Fahren.

17

Ich bin umgeben vom Weiß der Umgebung. Wie Wolken. Oder wie Schnee. Es ist nicht vorbei. Ich träume weiter, und es kommen immer neue Fragmente hinzu. Es ist, als wären sie real. Aber es können keine Erinnerungen sein.

Die weiße Landschaft umgibt mich wie ein Kokon. Ich weiß jetzt, dass die Geräusche, die ich außer dem monotonen Rauschen höre, Stimmen sind. Es sind Menschen um mich herum. Konturen und Bewegungen. Ich kann ihren Atem auf meiner Haut spüren. Ich kann ihren Schweiß riechen. Ich weiß nicht, ob sie miteinander sprechen oder mit mir. Ich weiß nicht, was sie tun. Ich verstehe auch nicht, was sie sagen.

Und ich rieche Blut. Ich schmecke Blut. Ich weiß, dass überall Blut ist. Ich weiß auch, dass es mein Blut ist. Ich liege in meinem Blut. Und ich bin eingeklemmt. Ich kann mich nicht rühren. Überall Metall, Plastik, Glassplitter. Und überall Blut.

Meine Gedanken kreisen unentwegt darum, dass ich versagt habe. Ich habe es nicht geschafft, denke ich. Ich bin ihnen nicht entkommen. Ich habe sie nicht gerettet.

Aber wem bin ich nicht entkommen? Und wer ist diese Frau, die ich nicht gerettet habe?

Die Gedanken kreisen so lange, bis ein starker Schwindel mich erfasst. Um mich dreht sich alles. Ein Strudel, der mich in eine endlose Tiefe hinunterzieht.

Ein Strudel aus Stimmen. Und aus Gerüchen. Nach Blut, nach Wald. Nach Sand, Öl und Benzin. Nach Urin. Aus dunklem Schmerz.

Dann endet der Traum. Der Film in meinem Kopf. Die Erinnerung. Aber es wird weitergehen. Es werden neue Puzzlestücke hinzukommen, eines nach dem anderen.

Der Traum ist nicht zu Ende.

Es ist noch nicht vorbei.

ER

18

Solveig Jacobsen sitzt auf dem Bett.

Sie schaut Peter Stein nicht an. Sie starrt auf den Boden und atmet schwer und unregelmäßig.

Er sieht, wie sie zittert, und er sieht den kalten Schweiß auf ihrer Stirn. Sein Blick bleibt an ihren ineinander verkrampften, aber sich andauernd bewegenden Händen hängen. Ihre ganze Haltung ist verkrampft. Eine spürbar große Anspannung.

Das Zittern, die Schweißausbrüche – es sind auch Nebenwirkungen der Medikamente, die sie ihr hier geben, da ist er sich sicher. Aber vor allem ist es das, was ihr in den vergangenen viereinhalb Wochen geschehen ist. Das Unbegreifliche, der Schock, das Trauma.

»Geht es Ihnen besser?«, fragt er.

Solveig Jacobsen schüttelt den Kopf und gibt dabei ein sonderbar klägliches Seufzen von sich. Es klingt nicht menschlich. Eher wie von einem schwer verwundeten Tier.

Das Krankenzimmer ist nüchtern, es wirkt kalt. Die Jalousien sind heruntergelassen. Das Sonnenlicht liegt in dünnen Streifen auf dem Boden vor dem Bett. Auf dem Nachttisch daneben keine Blumen, kein Buch, nichts Persönliches. Ein leeres Glas. Ein paar zusammengeknüllte Papiertaschentücher. Die Schachtel Pralinen, die er mitgebracht hat. Das ist alles.

Warum haben sie ihre Eltern noch nicht besucht? Oder sonst jemand? Warum ist die junge Frau hier so mutterseelenallein und auf sich gestellt?

Er kann sie das nicht fragen. Nicht jetzt.

»Haben Sie Durst? Ich kann Ihnen eine neue Flasche Wasser holen.«

»Nein«, sagt sie kaum hörbar.

Es ist sein zweiter Besuch bei Solveig Jacobsen. Und momentan fühlt er sich ziemlich hilflos. Dazu kommt die bohrende Gewissheit, dass er hier und jetzt nichts verloren hat. Dass seine Anwesenheit nicht gut ist und alles andere als professionell. Es ist vor allem der falsche Zeitpunkt. Es ist viel zu früh für Solveig Jacobsen, als Zeugin auszusagen. Aber gibt es einen richtigen Zeitpunkt dafür? Wie kann man sich dem Grauen nähern? Wie findet man Zugang zu einem Menschen, dem gerade der Boden unter den Füßen weggezogen worden ist? Dessen Urvertrauen sich von einem Moment auf den anderen in Luft aufgelöst hat?

»Haben Sie noch Schmerzen?«

Er will reden. Vor allem weil er die Stille zwischen ihnen nicht aushalten kann.

»Nein. Nur Kopfweh.«

»Sie haben eine schwere Gehirnerschütterung. Es ist wahrscheinlich besser, wenn Sie liegen.«

Endlich sieht sie ihn an.

»Ich kann nicht die ganze Zeit liegen. Es macht mich verrückt.«

»Das kann ich verstehen.« Peter Stein lächelt sie an.

Solveig Jacobsen reagiert nicht. Ihr Gesicht bleibt ausdruckslos. Sie sieht ihn nur an, als habe sie erst jetzt realisiert, dass er im Zimmer ist.

Ihre Augen. Weit aufgerissen. Riesig. Ihr Gesicht scheint nur aus Augen zu bestehen. Blaue Augen. Ein so strahlendes Blau, dass es fast künstlich wirkt. Die dünnen Brauen darüber, die ins Rötliche gehen, sieht man fast nicht. Nur wenn man länger hinschaut. Über ihrem rechten Auge ist ein grünblaues Hämatom von der Größe einer kleineren Faust. In zwei bis drei Wochen wird man davon wahrscheinlich nichts mehr sehen. Auch die Hämatome auf ihren dürren Armen werden langsam verschwinden.

Das Zittern, das Schwitzen. Es tut Peter Stein leid, sie so zu sehen. Und wie abgemagert sie ist. Man könnte meinen, dass sie zu schwach ist, aus dem Bett aufzustehen.

Aber die junge Frau hat Kraft, das weiß er.

Er wendet sich ab. Es ist ihm unangenehm, sie so anzustarren.

»Freut mich, dass es Ihnen besser geht.«

Solveig Jacobsen hält ihm ihre Arme hin.

»Nur Blutergüsse. Ein paar Prellungen. Nichts gebrochen. Wahrscheinlich hatte ich Glück«, sagt sie.

»Ganz bestimmt.«

»Ja. Ganz bestimmt«, sagt sie wie zu sich selbst.

Es ist sicher nicht leicht, eine stabile therapeutische Beziehung herzustellen, denkt Peter Stein. Und was heißt in diesem Fall schon therapeutisch? In erster Linie handelt es sich zwischen ihm und Solveig Jacobsen um ein Verhör. Es geht um Informationen, die nur sie geben kann. Der Fotograf ist tot. Solveig Jacobsen ist die Einzige, die Licht ins Dunkel dieser schrecklichen Verbrechen bringen kann. Die einzige der neun Frauen, die dem Fotografen lebend entkommen ist. Die einzige Zeugin.

Was hat der Fotograf mit seinen Opfern gemacht, nachdem er sie verschleppt hatte? Was für ein Mensch war er? Warum hat er getan, was er getan hat? Wie hat er seine Opfer ausgewählt? Wie hat er sich ihnen genähert?

Nur Solveig Jacobsen kann Antworten auf diese Fragen

geben. Sie allein ist es, die sie an den Ort führen könnte, wo der Fotograf die Frauen gefangen gehalten hat.

»Hätte er mir angetan, was er allen anderen angetan hat?«

Solveig Jacobsen steht unvermittelt auf.

Hat der Täter seine Opfer absichtlich hungern lassen? Gehörte dies zu einem Ritual, das er an ihnen vollzog?

Stein traut sich nicht, ihr diese Fragen zu stellen. Er käme sich grob vor. Unsensibel. Also lässt er es. Die Initiative muss von ihr ausgehen, denkt er. Sie muss es von sich aus wollen.

»Ja, wir gehen jedenfalls davon aus«, antwortet er.

Ein Sonnenstrahl trifft Solveig Jacobsens Gesicht und lässt es fast transparent wirken. Wie sehr dünnes Glas, so fragil, denkt Peter Stein.

Sie schaut ihn an. Es ist ein Blick voller Angst und Verzweiflung. Ein Blick, den Peter Stein kaum aushalten kann.

»Er war mit mir unterwegs zu den Bahngleisen«, sagt sie dann.

Plötzlich kommen die Bilder wieder. Peter Stein will sie nicht sehen, sich ihnen nicht aussetzen. Aber er kann sich nicht dagegen wehren. Die verdammten Krähen, schießt es ihm durch den Kopf.

»Sie haben wahnsinniges Glück gehabt«, sagt er rasch.

Die Szenen an den Fundorten, immer wieder. Acht Mal. Das Blut überall, auf den Schienen und Schwellen und im Gleisbett. Der unerträgliche Geruch. Die zerfetzten Leichen.

»Glück«, wiederholt Solveig Jacobsen tonlos.

Sie geht zurück ins Bett und kauert sich am Kopfende zusammen.

»Ich hätte nichts gespürt«, sagt sie leise.

Peter Stein versucht, die Krähen aus seinen Gedanken zu vertreiben.

»Ich hätte bestimmt nichts gespürt.«

Die Krähen. Kreischend umflattern sie die Bahngleise. Jemand scheucht sie weg, aber sie kommen immer wieder.

»Es wäre einfach vorbei gewesen.«

Zwei Krähen streiten um etwas. Kein Zweig und kein Moos. Es ist Fleisch. Die zerfetzten Leichen.

Wo er Solveig Jacobsen abgelegt hätte, wissen sie nicht. Nur dass er auf dem Weg dorthin war.

Solveig Jacobsen wäre eine weitere Leiche gewesen. Doch dieses Mal hatte er es nicht zu Ende bringen können. Und er würde es nie wieder tun.

»Er hatte genug von mir«, sagt sie. Wieder sehr leise. Wieder als spreche sie zu sich selbst.

Nur langsam dringen ihre Worte bis zu ihm durch.

Peter Stein wischt sich kalten Schweiß von der Stirn. Sein Herz rast. In seinen Schläfen pocht es.

Nur gut, dass das Zimmer abgedunkelt ist, denkt er. Dass Solveig Jacobsen ihn so nicht sehen kann.

19

Das bleibt von einem Toten, denkt Peter Stein. Vorerst.

Auf dem Tisch vor ihnen liegen die Dinge, die man in dem Unfallwagen gefunden hat. Spuren, die sie zu ihm führen. Als hätten sie eine Tür zu einem dunklen Reich geöffnet ...

Eine dünne, mit weichem Leder überzogene Mappe. Darin sind die Fotos. Insgesamt 24. Sechs Motive und davon jeweils vier Abzüge. Dieselbe Machart wie bei den anderen Opfern. Seine Handschrift ist eindeutig zu erkennen. Auch dass es sich bei der nackten Frau auf den Fotos um Solveig Jacobsen handelt, ist sicher.

Die Fotos hätte er wie zuvor um sein Opfer herum auf und neben den Bahnschienen verteilt. Rechtzeitig, bevor der Zug gekommen wäre. Es war wie ein Ritual. Ein Abschiedsritual? Den Zugfahrplan muss er jedenfalls genau gekannt haben.

»Wenn der Unfall erst passiert wäre, nachdem er sie auf die Schienen gelegt hat, dann hätten wir so gut wie nichts«, sagt Bruckner.

Peter Stein nickt. »Solveig Jacobsen ist unser Schlüssel zu ihm«, sagt er.

»Kommst du voran mit ihr?«

»Langsam.«

Bruckner macht mit der Hand eine Kreisbewegung über den auf dem Tisch ausgebreiteten Utensilien.

Ein Schlüsselbund. Autoschlüssel und weitere Schlüssel. Zu mehr als nur einer Wohnung oder einem Haus, wie es aussieht. Auch einer, der zu einem Bankschließfach passen könnte.

Neben der Fotomappe ein Geldbeutel. Der Inhalt ist auf dem Schreibtisch verteilt: Münzen und Kleingeld im Wert von knapp sieben Euro. Fünf 50-, drei 20- und zwei 10-Euro-Scheine: macht 330 insgesamt. Personalausweis, Führerschein, Kreditkarte, Bankkarte, Krankenversicherungskarte. Ein Flugticket nach London.

»Der Flug wäre am Tag des Unfalls gewesen, am frühen Abend. Tags darauf wäre er wieder zurück nach Deutschland geflogen.«

»Ein Geschäftsmann«, wirft Peter Stein in den Raum.

»Mich wundert nur, dass es keine Hotelreservierung gibt.«

»Das kann er telefonisch gemacht haben. Ein Hotel, wo er schon oft abgestiegen ist. Oder er hat Freunde in London. Geschäftspartner, Bekannte, die die Buchung für ihn erledigt haben oder bei denen er übernachten konnte.«

»Wir haben sein Foto auch in der englischen Presse«, sagt Bruckner.

»Es ist sehr wahrscheinlich, dass er in London von jemandem erwartet wurde. Oder dass ihn dort jemand gesehen hat. Am Flughafen, in einem Hotel, beim Essen, irgendwo.«

»Aber diese Zeugen müssen sich erst bei uns melden«, sagt Roland Bruckner.

»Früher oder später werden sie das tun.«

Bruckner zeigt auf das blauweiße Sweatshirt. »Dieses Teil hier ist richtig teuer. Eine Edelmarke. Das habe ich im Internet recherchiert.«

»Gut, wer Business Class fliegt … Und sein Auto könnten wir uns auch nicht leisten«, merkt Peter Stein an.

Bruckner geht zum Fenster und schaut hinunter in den Park.

»Wir haben seine DNA. Fingerabdrücke. Aber keine Treffer. Bisher. Ich glaube auch nicht, dass da noch was bei rauskommt«, sagt er dann.

»Vielleicht international?«

Bruckner schüttelt den Kopf.

Peter Stein geht einen Schritt auf Bruckner zu, bleibt dann aber mitten im Raum stehen. Auf der Wasseroberfläche des kleinen Teiches im Park spiegelt sich das Sonnenlicht. Fast wie ein Wunder, denn es ist seit dem frühen Morgen bedeckt und regnerisch. Wie gut es täte, schnell ein paar Schritte durch die frische Luft zu gehen, bevor die Wolkendecke sich wieder schließt.

»Er hat es uns von Anfang an nicht leicht gemacht. Warum sollte das jetzt anders sein?«

Bruckner wendet sich zu Stein um.

»Auch seine Papiere. Alles gefälscht. Wir kennen nicht mal seinen Namen.«

Bruckner geht zu seinem Schreibtisch und lässt sich auf den Stuhl fallen. Das Telefon klingelt. Einmal, zweimal, dreimal. Aber Bruckner hebt nicht ab. »Ich hab jetzt keine Lust«, murmelt er.

Nach dem siebten Mal verstummt es.

»Braucht man da nicht Kontakte zum Milieu? Ich meine für die gefälschten Dokumente? Hier scheint ja ein Profi am Werk gewesen zu sein.«

»Nicht unbedingt. Es reicht, wenn man einen kennt, der einen kennt. Und wenn man Geld hat«, antwortet Bruckner.

»Und Geld hatte er ja.«

Bruckner dreht sich auf seinem Schreibtischstuhl zum Fenster und schaut wieder hinaus. Diesmal in den Himmel. In die vorbeiziehenden Wolken. Der Sonnenmoment ist vorüber. Es ist windig. Kalt. Nass. Schmuddelwetter.

»Wir haben dagegen nicht viel. Nur Solveig Jacobsen«, sagt er.

»Immerhin eine Zeugin. Und eine sehr wichtige Zeugin«, wirft Stein ein.

»Meinst du wirklich?«

»Auf jeden Fall. Sie braucht Zeit. Das ist klar. Nach allem, was sie durchgemacht hat. Aber sie wird sich öffnen. Sie wird reden. Und wir haben sein Herz.«

»Sein Herz? Wie meinst du das?«

»Würde es dich nicht interessieren, wer das Herz des Fotografen bekommen hat?«

Bruckner zuckt mit den Schultern. »Warum sollte mich das interessieren?«

»Es geht nicht um das Warum, sondern ob es dich interessieren würde.«

Bruckner schaut ihn irritiert an. »Peter, was soll das mit dem Herzen?«

»Stell dir kurz einmal vor. Du bekommst ein neues Herz. Aber es ist das Herz eines Mörders. Eines Serienkillers. Eines Mannes, der acht Frauen auf dem Gewissen hat.«

»Und? Keine schöne Vorstellung, aber solange das Herz schlägt? Wo ist das Problem? Der Empfänger wird wohl kaum erfahren, dass man ihm das Herz eines Mörders eingepflanzt hat.«

»Oder die Empfängerin«, sagt Stein.

»Peter, worauf willst du hinaus? Was ist das für eine Geschichte mit dem Herzen und in wem es jetzt schlägt? Das ist doch völlig egal!«

Peter Stein atmet langsam aus. Er hat es erwartet. Dass sein Kollege so reagieren würde. Jeder halbwegs rational denkende Mensch würde so reagieren – auch er selbst. Aber es gibt auch das Irrationale. Das, was sich hinter dem Vorhang verbirgt.

»Für manche Menschen ist das durchaus ein Problem. Das Herz eines Mörders, das in einem anderen schlägt. Nicht weil sie glauben, dass der Empfänger eines Tages erfahren könnte, wessen Herz er jetzt hat, sondern weil sie davon überzeugt sind, dass er das früher oder später selber spüren wird. Weil das Spenderherz den Empfänger mit der Zeit immer stärker beeinflussen und verändern wird.«

»Aber das ist doch Hokuspokus, esoterisches Blabla!«

Bruckner verzieht das Gesicht zu einer Grimasse und fährt sich mit beiden Händen durchs Haar.

»Mir musst du das nicht erzählen, Roland. Ich bin ganz auf deiner Seite. Aber es gibt eben auch noch die andere Seite. Es soll sie jedenfalls geben. Im Internet wimmelt es nur so von Erfahrungsberichten darüber, wie Empfänger nach Herz- oder Lebertransplantationen plötzlich Gewohnheiten und Vorlieben ihrer Spender annehmen.«

»Na klar, im Netz tummeln sich auch zuhauf solche Leute, die behaupten, dass Elvis Presley lebt oder dass die Amerikaner nie auf dem Mond waren.«

»Stimmt. Und eben auch solche, die glauben, dass ein Vegetarier nach einer Transplantation plötzlich deshalb eine Mordslust auf Fleisch entwickelt hat, weil der Spender kein Vegetarier war.«

»Vom Fleischfresser zum Frauenmörder ist es natürlich nicht weit«, sagt Bruckner trocken.

Peter Stein muss grinsen.

»So weit geht's wahrscheinlich nicht. Aber es gibt Berichte darüber, dass Organempfänger Hobbys oder Angewohnheiten ihrer Spender übernehmen.«

»Aber selbst wenn. Was soll uns das bringen?«

»Es wird behauptet, dass manche sich an Ereignisse aus dem Leben ihrer Spender erinnern können.«

Wieder klingelt das Telefon auf Bruckners Tisch. Bruckner starrt es an und schüttelt den Kopf.

»Vielleicht solltest du abnehmen«, meint Stein.

»Nein, das werde ich nicht tun.«

»Gut, dann eben nicht.«

»Okay, Peter. Du glaubst also allen Ernstes, dass uns der Herzempfänger etwas über den Fotografen mitteilen kann?«

Das Telefon verstummt.

Peter Stein fällt auf, wie trocken und abgestanden die Luft im Büro ist. Leichtes Kopfweh macht sich bemerkbar.

»Ich glaube es genauso wenig wie du. Aber heißt das, dass es nicht trotzdem sein kann? Dass an den Schilderungen nicht doch was dran ist?«

»Es gab auch Zeiten, da haben wir beide ganz fest an den Weihnachtsmann geglaubt.«

Peter Stein massiert sich die Schläfen.

»Aber würde es dich nicht zumindest interessieren, wer das Herz des Fotografen bekommen hat?«

Bruckner wirft einen Blick auf die Uhr.

»Doch. Aber ich glaube nicht, dass wir es herausbekommen. Wie wär's, wenn wir was essen gehen? Ich hab Hunger«, sagt Bruckner.

»Wir könnten es zumindest versuchen.«

Stein lässt nicht locker.

Bruckner erhebt sich schwerfällig aus seinem Schreibtischstuhl. Er streckt sich.

»Und dann gehst du zu dem Empfänger«, sagt er, »und teilst ihm mit, dass er vor ein paar Wochen das Herz eines Serienkillers erhalten hat? Das ist ein Scherz, oder?«

»Nein. Wenn wir ihn oder sie überhaupt finden, dann bin ich ein ganz normaler Psychologe, der jetzt im Rahmen der Nachbetreuung von Organempfängern zuständig ist.«

»Die werden psychologisch betreut?«

»Selbstverständlich.«

»Er oder sie hätte also keine Ahnung über den wahren Grund für dein Interesse?«

Peter Stein antwortet nicht. Ein unmerkliches Lächeln huscht über sein Gesicht. Er freut sich, dass Bruckner Blut geleckt hat.

»Italiener, Chinese oder Döner?«, fragt er.

»Mir reicht was vom Bäcker«, antwortet Bruckner. »Und ich brauche einen Kaffee.«

Die Tür zum Reich des Fotografen ist geöffnet, denkt Stein. Ein Totenreich. Ein finsterer Abgrund. Wir steigen hinab, tiefer und tiefer. Es gibt kein Zurück. Was immer uns dort erwartet. Und ob immer wir das, was wir finden, ertragen können.

»Ist mir auch recht. Kaffee klingt gut«, sagt er.

20

Ich sitze an meinem Arbeitstisch und schaue hinunter in den Garten. Das Fenster ist offen. Die frische Luft tut gut.

Ich greife nach dem Glas Orangensaft vor mir und trinke einen Schluck.

Ich habe nichts zu tun. Ich habe überhaupt viel freie Zeit, seit ich wieder zu Hause bin.

Die Operation. Die Zeit im Krankenhaus. Dann die Reha-Klinik. Und jetzt endlich wirklich zu Hause.

Fast acht Wochen ist es her. Dass ich dem Tod von der Schippe sprang. Zuerst dachte ich, dass danach alles anders würde. Das Leben. Viel bewusster. Intensiver. Und dass die Zeit deshalb langsamer vergeht. Aber sie vergeht genauso schnell wie vorher. Es ist kein Unterschied zwischen vorher und nachher. Es ist dasselbe Zeitgefühl.

Die alte Kastanie hinterm Haus treibt bereits erste Knospen. Die Magnolie, die ich vor zwei Jahren gepflanzt habe, hat ihre Blüten schon abgeworfen. Das muss gewesen sein, als ich in der Reha war. Es sind nicht so viele Blüten. Der Baum ist noch klein und wächst langsam. Durch den Regen danach liegen sie jetzt auf dem Rasen wie ein matschiger, schmutziger, weißer Teppich.

Gartenarbeit soll ich in den nächsten Monaten auf keinen Fall machen. Dabei hätte ich jetzt genug Zeit dafür. Aber die Medikamente setzen mein Immunsystem außer Gefecht, damit es das neue Herz nicht abstößt. Deshalb bin ich Krankheitserregern aller Art schutzlos ausgeliefert. Was immer ich mir einfangen würde, Pilze, Viren, Bakterien – jede Infektion könnte im Handumdrehen tödlich enden.

Auch alle unsere Zimmerpflanzen mussten aus- und umquartiert werden, denn in Blumenerde sammeln sich gern Pilzsporen. Ich hoffe nur, dass die Pflanzen es an ihren neuen Standorten in der Garage und im Keller mit so wenig Licht heil überstehen.

Sogar der Biomüll könnte gefährlich für mich werden.

Ich trinke mein Glas Saft in einem Zuge leer.

21

»Sind Sie sicher, dass er es ist?«, fragt Peter Stein nach.

Sie nickt und presst die Lippen zusammen. Ein kaum wahrnehmbares Zucken durchfährt ihr Gesicht.

»Und er nannte sich Jan?«

Er nimmt das Foto von ihrem Nachttisch und steckt es zurück in die Innentasche seines Sakkos.

Solveig Jacobsen beobachtet ihn.

»Stimmt es denn nicht? War er nicht Jan?«

In diesen Augen könnte man ertrinken, denkt Peter Stein.

»Nein, wahrscheinlich nicht.«

»Wer dann?«

»Das wissen wir noch nicht«, antwortet Peter Stein.

Was für eine Zumutung, diese Antwort, denkt er.

Solveig Jacobsen sieht ihn schweigend an.

»Aber bald. Bald werden wir es wissen. Morgen ist sein Foto in sämtlichen Medien. Soziale Netzwerke, Internetportale, Zeitungen, Fernsehen. Wir finden raus, wer Jan in Wirklichkeit war, glauben Sie mir!«

Die Zuversicht in seiner Stimme überzeugt ihn im Moment sogar selber davon. Dabei ist ihm klar, dass es Wochen, Monate dauern kann. Die Identität des Täters. Nicht nur sein Name, sondern sein Wesen. Sein Charakter, seine Denkweise, seine Gefühlswelt. Wer war er, und was waren seine Motive für die grausamen Verbrechen, die er an den Frauen begangen hat?

»Morgen werde ich entlassen«, sagt Solveig Jacobsen auf einmal. Ihre Miene drückt weder Freude noch Erleichterung aus.

»Das ist gut«, sagt er, obwohl er befürchtet, dass das zu früh für sie ist. Gegen seinen Vorschlag, erst einmal bei ihren Eltern zu wohnen, hat sie sich vehement gesträubt.

»Freuen Sie sich?«

Sie zögert. »Ich weiß nicht. Es ist … neutral. Weder noch.«

Er hat sie nicht umstimmen können und musste ihre Entscheidung schließlich akzeptieren.

»Und Ihr Freund wird kommen und bei Ihnen bleiben?«

»Ja«, antwortet sie.

Sie reibt nervös mit den Händen über ihre Jeans.

»Wie lange?«, fragt Stein.

»Zwei Wochen. Er hat sich freigenommen.«

Sie schaut ihn zwar an, blickt jedoch durch ihn hindurch ins Leere.

»Finden Sie es gut?«, fragt sie. »Dass er kommt, meine ich.«

»Natürlich.«

Sie lächelt schief und sagt: »Es ist nett von ihm. Er müsste es nicht tun. Schließlich habe ich ihn betrogen.«

Er merkt, dass sie wieder die Fassung verliert.

»Nein. Sie haben ihn nicht betrogen«, versucht er, sie zu beruhigen.

»Aber irgendwie doch. Ich hätte ihn betrogen. Mit Jan oder wie immer er auch heißt. Wenn er nicht …«

Solveig Jacobsen vergräbt ihr Gesicht in den Händen und beginnt, hilflos zu schluchzen.

Am liebsten würde er sie jetzt in den Arm nehmen. Wie ein Kind. Wie eine Tochter, die er nie hatte. Alles, nur damit sie aufhört zu weinen. Aber das wäre unprofessionell.

»Ich … ich habe Angst, dass er mir böse ist!«

»Er wird Ihnen nicht böse sein«, sagt er, »er wird Sie stützen und sich um Sie kümmern.« Er hofft inständig, dass er recht damit hat.

»Ich habe Angst vor ihm. Vor Jan.«

Peter Stein schaut in ihre großen, verweinten Augen.

»Er ist tot. Er hat den Unfall nicht überlebt. Das wissen Sie. Er kann Ihnen nichts mehr tun.«

»Aber da sind immer diese Bilder. Die Erinnerung. An das, was er mit mir gemacht hat. Das ist alles noch da. Es geht nicht einfach so weg!«

Sie streckt ihm ihre Hände entgegen, und Peter Stein nimmt sie. Er sollte das nicht tun. Aber er tut es trotzdem.

»Es braucht Zeit, Frau Jacobsen. Aber Sie sind stark. Sie sind unglaublich stark.«

Ihre Hände sind ganz weich. Beinahe flüssig und gar nicht wie Hände.

22

Noch bin ich am Leben. Ich habe mir keine Infektion eingefangen. Eine Abstoßung hat nicht stattgefunden. Meine Werte sind hervorragend.

Ich bin in guter körperlicher Verfassung. Ich sollte, ich könnte, ich müsste wieder laufen. Aber ich habe keine Lust zu laufen. Dabei war es das, was ich mir im Krankenhaus immer ausgemalt habe. Joggen. Durch den Wald rennen. Jetzt ist es mir gleichgültig. Ich muss mich dazu überwinden wie noch nie in meinem Leben. Zwei Mal habe ich mich erst dazu aufraffen können. Vielleicht wird es in den nächsten Wochen besser. Wenn die Tage wieder länger und wärmer werden.

Das Haus ist leer. Es ist fast völlig still. Obwohl das Fenster die ganze Zeit geöffnet ist, hängt der Geruch nach Desinfektionsmitteln noch in den Räumen. Aus der Ferne höre ich das monotone Rauschen der Autobahn. Für einen Moment kommt es mir so vor, als wäre das Rauschen tief unter mir, und nicht einen knappen Kilometer vom Haus entfernt.

Die Stille im Haus ist mir unheimlich. Sonderbarerweise nehme ich sie stärker wahr als die frische Luft und die Gerüche des Gartens von draußen.

Was ich zuerst für Vogelgezwitscher gehalten habe, ist das Telefon im Erdgeschoss. Es klingelt. Aber ich bleibe, wo ich bin. Mein Atmen passt sich nach und nach der Rufmelodie an, bis sie verstummt.

Und dann höre ich wirklich einen Vogel zwitschern. Eine Amsel im Garten.

Rebecca ist mit Lara unterwegs. Einkaufen. Oder bei David und Kerstin? Ich habe vergessen, was sie vorhatten.

Ich schiebe das leere Glas auf der Tischplatte hin und her. Ich habe Durst. Aber ich bin zu faul, in die Küche hinunterzugehen.

Ich höre einen Wagen kommen. Rebecca und Lara. Wer soll es sonst sein? Dann das Geräusch der sich öffnenden und nach oben schwingenden Garagentür. Schritte auf dem Kiesweg zwischen Garage und Haus. Dann wird die Haustür geöffnet. Ihre Schritte im Flur. Unter mir.

»Nikolas!«

Ich spüre einen leichten Windzug.

»Nikolas!«

Die Haustür muss noch offen sein.

Rebecca kommt die Treppe herauf. Dann steht sie hinter mir.

»Ist dir nicht kalt an dem offenen Fenster?«

»Nein«, sage ich.

»Nicht dass du dich erkältest.«

Rebecca sieht müde und abgekämpft aus. Es ist eine verdammt anstrengende Sache, mein Überleben, denke ich.

»Wo ist Lara?«

»Noch bei David und Kerstin.«

Sie lächelt. »Ich dachte, wir sollten mal wieder etwas Zeit für uns haben.«

»Das ist schön«, sage ich.

Das Lächeln verschwindet aus ihrem Gesicht.

»Geht es dir gut?«

»Ja. Es zieht. Ist die Haustür noch auf?«

Rebecca nickt, dreht sich um und will wieder die Treppe hinunter zur Haustür.

»Bleib«, sage ich. »Ich gehe.«

Rebecca kommt auf mich zu und nimmt mich in den Arm. Ich gebe mir Mühe, sie auch zu drücken und bin überrascht, wie wenig ich dabei empfinde. Kalt, leer, wie hinter Glas. So fühle ich mich seit Tagen schon. Seit Wochen.

Ich löse mich aus ihrer Umarmung und gehe nach unten. Rebecca folgt mir. Ich schließe die Haustür.

»Ist alles gut mit dir?«

»Ja. Alles gut.«

Dann gehe ich in die Küche. Sie kommt mir nach. Ich spüre ihren Blick in meinem Rücken. Sie beobachtet mich. Ich nehme ein frisches Glas aus dem Regal und gehe zum Kühlschrank. Öffne die Tür. Nehme die angebrochene Tüte Saft heraus. Schenke mir ein.

»Was trinkst du da?«, fragt sie.

»Saft.«

»Das sehe ich. Aber was für einen Saft?«

»Orangensaft.«

»Du trinkst Orangensaft, Nikolas?«

»Ja. Warum nicht?«

»Aber du hasst Orangensaft!« Sie starrt mich entgeistert an.

»Ich hatte Lust darauf. Ist das so schlimm?«

»Nein«, sagt sie.

Ich stelle die Safttüte zurück in den Kühlschrank und schließe die Tür.

Rebecca geht jetzt auch zum Kühlschrank und öffnet ihn wieder.

»Du hattest Lust drauf«, sagt sie nur und betrachtet fassungslos die drei Reihen Tüten mit Orangensaft.

Mir gefällt ihr spöttischer Ton nicht. Was soll das? Wenn ich Lust habe, Orangensaft zu trinken, dann trinke ich Orangensaft. Wo ist das Problem?

»Es sind 18 Tüten. Ich habe sie heute Morgen gekauft.«

Sie schüttelt den Kopf. »18 Tüten?«

»Ich hatte Lust darauf. Ist das so schlimm?«

»Nein. Es ist nicht schlimm. Ich wundere mich nur, dass du plötzlich Orangensaft trinkst.«

23

»Das ist ja ein Riesenkasten!«, stöhnt Bruckner.

Stein folgt seinem Blick die Fassade des Hochhauses hinauf bis zur obersten Etage. Darüber hängt ein milchig grauer Himmel. Es ist weder kalt noch warm. Nicht mehr Winter, noch nicht Frühling. Etwas dazwischen.

Immerhin haben sie eine Spur. Eine Adresse. Einen Ort.

Bruckner ist frustriert. Verständlich, denkt Stein.

Der Fotograf macht es ihnen nicht leicht. Er hat es ihnen von Anfang an nicht leicht gemacht, und auch sein Tod ändert offensichtlich nichts daran.

»Ich will sie nicht zählen. Nicht jetzt«, antwortet er.

Ein Jugendlicher drängt sich grob an ihnen vorbei.

»Herrje, pass doch auf!«, fährt Bruckner ihn an.

»Fick dich«, hören sie deutlich, dann ist der Junge im Haus verschwunden.

Die Tür schließt sich langsam.

»Rotzlöffel!«, schnauzt Bruckner die Tür an und schiebt dann seinen Fuß dazwischen, ehe sie wieder ins Schloss fällt.

»Gehen wir rein?«

»Gehen wir rein.«

»Wenn die Soko Fotograf nach seinem Ableben nicht so massiv geschrumpft wäre, dann hätten sich ein paar andere hier die Füße plattlaufen können«, brummt Bruckner.

Immerhin – das hatte das Foto in den Medien ihnen gebracht. Diese Adresse ist der erste konkrete Anhaltspunkt.

Stein betrachtet die zahllosen Briefkästen. Viel zu viele. Er kann nicht einmal schätzen, wie viele Wohnungen in diesem Hochhaus sind.

»Der muss von weiter oben sein.«

Der Mann, der seltsam alterslos wirkt, steht gebeugt da. Die Bandscheiben, das Kreuz, irgendsowas, denkt Peter Stein. Hinter ihm in der Wohnung läuft ein Fernseher.

»Weiter oben?«, fragt Bruckner nach. Er hat das Reden übernommen.

»Ja. Also wenn, dann von weiter oben. Da bin ich sicher. Sind eine Menge Leute hier. Kennt man höchstens vom Sehen, den einen oder anderen. Das ist halt hier so.«

»Anonym?«

»Ja genau. Anonym. Das hat auch Vorteile. Man hat seine Ruhe.«

Man hört Geschrei aus der Wohnung. Eine Frau. Es ist der Fernseher.

»Haben Sie denn mal mit ihm gesproch…?«

Der Mann fällt Bruckner ins Wort: »Nee. Nie. Wozu auch? Es sind so viele hier. Viele, mit denen man nicht sprechen will. Auch solche, die man besser gar nicht erst anschaut. Sonst gibt's direkt was auf die Fresse, wenn Sie verstehen, was ich meine.«

»War er so einer?«

»Nee, nee. Der war harmlos. Kein Problem.«

Wie lange soll das so weitergehen?, denkt Stein. Er schaut auf die Uhr. Sie sind schon seit über einer Stunde hier. Andererseits ist dieser Mann der Erste im Haus, der den Täter möglicherweise schon mal gesehen hat. Außer den beiden, die sich auf das Foto hin bei der Polizei gemeldet hatten.

»Gab es auch eine Frau?«

»Wie?«

»Ich meine, war hin und wieder eine Frau dabei, wenn Sie ihn gesehen haben?«

»Kann ich mich nicht dran erinnern. Ich glaube nicht. Der war eher ...«

»... schwul?«, fragt Bruckner. »Also haben Sie ihn mal in Begleitung von Männern gesehen?«

»Nee, nee, das auch nicht. Also ich hab ihn ja nur zwei oder drei Mal gesehen. Wenn er das überhaupt war. Unten im Flur. Bei den Briefkästen. Im Fahrstuhl. Er wirkte halt so wie ... wie einer vom anderen Ufer. Keine Ahnung. Geht mich ja auch nichts an.«

Stein bewundert Bruckners Engelsgeduld, die er diesem vermeintlichen Zeugen gegenüber aufbringt.

»Das heißt, wenn Sie ihn gesehen haben, war er immer allein?«

»Ja, immer. Was ist eigentlich mit ihm? Hat er was angestellt? Wird er vermisst? Wenn man von der Polizei nach jemandem gefragt wird, ist das meistens kein gutes Zeichen. Also für den, nach dem gefragt wird.«

»Oder auch für einen selber«, sagt Bruckner.

Der Mann grinst etwas verunsichert. Er fühlt sich offensichtlich unwohl. Um das zu überspielen, strafft er sich und steht auf einmal kerzengerade vor ihnen.

Vielleicht war der mal beim Militär, denkt Peter Stein.

Wieder hört man die schreiende Frau aus dem Fernseher in seiner Wohnung.

24

In Peter Steins Praxis gibt es keine Couch. Der Psychologe findet das albern. Er möchte seinen Patienten und Patientinnen auf Augenhöhe begegnen. Deshalb stehen in dem hellen, großen Raum zwei bequeme Sessel einander gegenüber.

Ihm ist sofort bei der Begrüßung aufgefallen, dass Solveig Jacobsen viel besser aussieht, ruhiger ist und stabiler wirkt. Er ist sehr froh, sie so wiederzusehen. Das ist gut. Ein erster Schritt. Es würde freilich noch viele weitere Schritte brauchen, bis sie in der Lage sein würde zu verarbeiten, was ihr an Grausamkeiten widerfahren war. Bis sie sich diesen Abgründen und ihren Ängsten würde stellen können.

»Der Tisch … war kalt.«

Sie sieht nicht ihn an, sondern die Wand hinter ihm.

»Es war so ein Tisch wie in den Fernsehkrimis, auf dem sie Leichen aufschneiden.«

»Ein Seziertisch.«

Für dieses Wetter ist sie eigentlich viel zu leicht gekleidet, geht es Peter Stein durch den Kopf. Auch der Mantel, den er ihr abgenommen hat, ist nicht warm. Eher etwas für den Sommer. Sie wird sich erkälten.

»Der Metalltisch war ihm sicher wichtig«, sagt er. »Er sollte Furcht einflößen. Einschüchtern.«

Solveig Jacobsen schaut ihn kurz an.

»Es war immer kalt, da aufzuwachen. Auf diesem Tisch. Es war … jedes Mal ein Schock, und ich … geriet in Panik.«

»Warum waren Sie jedes Mal geschockt?«

»Er hat mich auf den Tisch gelegt, nachdem er mich betäubt hat. Mit dem Gas. Davon war ich innerhalb von Sekunden weggetreten.«

Sie scheint stabil genug zu sein, um weiterzumachen, um ein wenig tiefer zu bohren, denkt Peter Stein.

»Wohin haben Sie sich schlafen gelegt? Sie sagten doch, der Raum sei leer gewesen?«

»Auf den Fußboden.«

»Ah, und aufgewacht sind Sie dann auf dem Metalltisch?«

Sie nickt.

»Immer bin ich auf dem Tisch aufgewacht. Dann kam zuerst die Kälte. Stechend. Wie Nadeln. Dann habe ich geschrien. Laut. Aber da war niemand. Ich konnte schreien, so viel ich wollte. Er hat nie darauf reagiert.«

Peter Stein macht sich ein paar Notizen.

»Haben Sie sich gewünscht, dass er reagiert?«

Ihr Gesichtsausdruck verändert sich. Das Blau ihrer Augen.

»In mir drin …«, beginnt sie.

Stein sieht, wie schwer es ihr fällt. Aber jetzt ist es zu spät, um zurückzurudern.

»Ich … habe gewusst, dass er mir etwas antun wird. Es war nur eine Frage der Zeit.«

Solveig Jacobsen zittert wieder.

»Er hielt Sie in einer ständigen Angst. Er wollte Macht über Sie …«

Ihr Blick lässt ihn verstummen.

»Wissen Sie, was ich dachte? Dass er mich aufschlitzt. Ich war sicher, dass er mich aufschlitzt. Ich hatte solche Angst!«

Sie beginnt zu schluchzen. Ihr Körper krümmt sich in dem Sessel. Die Erinnerung an das Grauen schüttelt sie.

»Er hat es nicht getan, Frau Jacobsen. Ich glaube auch nicht, dass es sein Plan war. Er wollte Sie nicht verletzen. Er hat auch die anderen Frauen nicht verletzt. Es ging ihm um Macht. Darum, dass Sie ihm total ausgeliefert waren. Das hat ihn befriedigt.«

Jetzt scheint etwas mit ihr zu passieren. Sie hört auf zu schluchzen, atmet wieder ruhiger, richtet sich auf und sieht ihm fest in die Augen.

»Einmal bin ich aufgewacht. Ich weiß nicht, wie lange ich da schon bei ihm war. Jedenfalls habe ich seine Kälte gespürt, auch wenn ich ihn nicht gesehen habe. Und da war plötzlich alles voller Blut. Überall Blut. Offenes Fleisch. Offene Wunden. Ich habe es ganz deutlich gesehen, es spiegelte sich alles um mich herum. Es spiegelte sich hundertfach. So kam es mir vor.«

»Das war wahrscheinlich ein Traum«, sagt Stein behutsam. Er muss die Notbremse ziehen. Es ist unverantwortlich, da jetzt weiterzubohren.

»Nein. Es war kein Traum. In dem Moment nicht. Ich lag in meinem eigenen Blut. Es war vorbei. Er hatte es getan. Er hatte mich von oben bis unten aufgeschnitten. Ich konnte meinen Darm sehen. Meine Knochen. Und auch mein Herz. Es lag ganz offen da. Ich konnte sehen, wie es schlug, wie es pumpte. Wie das Blut spritzte.«

25

Ich betrachte mich im Spiegel. Ich bin sehr blass. Immer noch. Dabei bin ich in den letzten Tagen viel draußen gewesen. Mein Teint geht fast ins Gelbliche. Das mag aber auch an dem Licht im Bad liegen. Meine Haut ist unrein. Fettig. Übersät mit kleinen Pusteln und Rötungen. Das war vor der Transplantation nicht so. Es sind Nebenwirkungen der Medikamente. Aber ich bin nicht mehr so aufgeschwemmt wie noch vor ein paar Wochen. Oder habe ich mich an den Anblick gewöhnt? Nehme ich die Veränderung an mir nicht mehr wahr?

Der Mensch, der mir aus dem Spiegel entgegenblickt, wirkt müde und abgespannt. Bin das noch ich? Es gibt Momente, in denen würde ich die Frage mit Nein beantworten. Das Gefühl der Fremdheit mir selbst gegenüber irritiert mich. Es hat in den letzten Wochen zugenommen, was mich beunruhigt. Vor allem in Verbindung mit den sonderbaren Träumen.

Und ich spüre auch, dass ich auf die Menschen in meiner Umgebung befremdlich wirke. Rebecca und Lara, David, Kerstin und die Kinder. Christoph. Der gibt sich am meisten Mühe, es zu überspielen. Aber ich kenne ihn zu gut. Und er ist kein besonders guter Schauspieler.

Ich drücke einen Tupfer Feuchtigkeitscreme aus der Tube auf die Spitze meines Zeigefingers und verteile die Creme in meinem Gesicht. Unterhalb der Augen ist die Haut trocken, rissig, sie fühlt sich pergamentartig an. Grau. Die Tränensäcke sind dunkel und angeschwollen. Auch das war früher nicht so.

Ich bin ein Überlebender, denke ich plötzlich. Nichts ist mehr wie früher. Vor der Transplantation. Damals habe ich einfach gelebt. Ohne mir groß Gedanken darüber zu machen. Nach der Transplantation bin ich in das Leben zurückgekehrt, aber in eines, das nicht mehr meins ist, das nicht mehr viel mit dem Leben zu tun hat, aus dem ich mich um ein Haar verabschiedet hätte.

Es ist ein neues Leben. Was positiv klingt, und hoffnungsvoll. Aber so ist es nicht. Mein neues Leben kreist nahezu ständig um den Tod. Die Untersuchungen, die Medikamente. All die Vorsichtsmaßnahmen, die ich treffen muss. Wie ich mich in meinem Alltag verhalten muss, damit die Abwehrzellen die Abstoßung des Organs nicht einleiten. Diese Zellen, die das Herz des Fremden aus mir vertreiben wollen. Ständig – bis an mein Lebensende.

Man teilt die Abstoßungsreaktionen in vier Schweregrade ein. Grad 0 R und Grad 1 R sind milde Abstoßungen. Sie sind durch Laboruntersuchungen nachweisbar, müssen aber nicht behandelt werden. Anders sieht es bei Grad 2 R und Grad 3 R aus – das sind moderate und schwere Abstoßungen. Hier ist eine Cortisonstoßtherapie angesagt. Nur durch eine Biopsie kann man ein bis zwei Wochen später feststellen, ob die Behandlung erfolgreich war. Und als wäre das alles noch nicht genug, sind Organempfänger auch noch viel stärker gefährdet als andere, an einem Malignom zu erkranken.

Ich öffne das Fach »Morgen« der Tablettendose. Etwas für alte Männer, habe ich vor ein paar Wochen noch gedacht. Jetzt stopfe ich eine Pille nach der anderen in mich hinein. Nur für »Morgen«. »Mittag«, »Abend« und »Nacht« kommen noch.

Das alles tue ich für mein neues Herz. Das Herz des Fremden, das fremd ist und immer fremd bleiben wird. Sein totes Herz, oder ihr totes Herz, das in mir zu neuem Leben erweckt worden ist. Mir genügt, dass es schlägt. Eine Pumpe, die Blut durch meinen Körper befördert und reibungslos funktioniert. Bisher jedenfalls. Der Tod bleibt dennoch mein ständiger Begleiter. Er hält sich im Hintergrund, aber er ist immer präsent. Die Angst, dass das fremde Herz in mir plötzlich aufhört zu schlagen. Dass mein Körper das tut, was er tun muss und immer tun wird – bis zum Ende: kleine, dunkle Zellen im Muskelgewebe bilden, die das Herz abstoßen.

Als ich aus dem Bad komme, steht Rebecca mit Lara vor mir. Sie hat das Kind auf dem Arm. Unsere Blicke treffen sich. Ich habe Mühe, meiner Frau in die Augen zu schauen. Und ich glaube, ihr geht es ähnlich.

Sie weicht mit der Kleinen einen Schritt zurück.

»Ist das nicht übertrieben?«, frage ich.

»Lara hat sich erkältet.«

»Aber ein Mundschutz? Sie mag das nicht.«

»Sie muss sich daran gewöhnen.«

Im Gesicht meiner Frau lese ich Angst. Es kommt mir so vor, als wäre auch Wut dabei. Die Wut darüber, dass plötzlich alles anders ist. Auch zwischen uns.

»Nimm ihr das bitte ab«, sage ich.

Rebecca schüttelt energisch den Kopf. »Erst, wenn du oben bist. Ich will nicht, dass du dich ansteckst.«

Ich seufze, drehe mich um und gehe die Treppe zu meinem Arbeitszimmer hinauf. Da sitze ich, schaue hinaus in den Garten und grüble vor mich hin. Eine Ansteckung, ein Infekt.

Das alles dient nur als Vorwand. Ich weiß es. Rebecca spürt, dass ich nicht mehr derselbe bin und dass wir nicht mehr auf die Weise zusammengehören wie früher. Nähe, Intimität und Vertrauen scheinen nach der Transplantation abhandengekommen zu sein, und ich kann mir nicht erklären, warum. Es hat sich etwas zwischen uns gestellt. Der Tod, dem ich gerade noch einmal von der Schippe gesprungen bin.

Das Herz eines Fremden.

26

Wie viele Wohnungen haben sie jetzt durch? Irgendwann hat Stein aufgehört zu zählen.

Meist ist die Befragung recht schnell zu Ende gewesen: nie gesehen. Keine Ahnung. Wer ist das? Danke. Auf Wiedersehen. Die drei oder vier, die glaubten, ihn zu kennen oder zumindest meinten, ihn hin und wieder gesehen zu haben, gaben an, seine Wohnung sei irgendwo in den obersten Etagen. Vielleicht eine der Penthouse-Wohnungen.

Peter Stein tut jetzt endgültig das Kreuz weh. Vom Treppensteigen und vom Stehen.

Sie schieben eine der schweren, gläsernen Zwischentüren auf und gelangen in den nächsten Gang, von dem ein knappes Dutzend Türen zu Wohnungen abgeht.

Am Ende des Ganges steht eine schmale Gestalt. Bruckner geht sofort auf sie zu.

»Hey du, dich kenn ich doch!«

Stein folgt Bruckner. Dann erkennt er ihn wieder. Es ist der Jugendliche, der sich unten bei den Briefkästen an ihnen vorbeigedrängt hat. Das muss Stunden her sein.

»Hallo! Ich rede mit dir.«

Er ist noch sehr jung, höchstens 13 oder 14.

»Und …?«

Er sitzt jetzt in der Falle. Am Ende des Ganges, von dem drei Wohnungen abgehen. In einer davon wohnt er. Er hält einen Schlüssel in der Hand.

Bruckner hält ihm das Foto vors Gesicht.

»Was soll ich damit?«

»Kennst du den?«

Der Junge nimmt Bruckner das Foto aus der Hand. Dann betrachtet er es. Er lässt sich Zeit. Du kennst ihn, denkt Peter Stein, das weiß ich. Also mach es nicht so spannend!

»Ja. Der wohnt oben. Ganz oben.«

»Penthouse?«

Der Junge nickt.

»Penthouse – todschick!«

»Name?«

»Meiner oder seiner?«

»Seiner.«

»Keine Ahnung.«

»Aber du weißt, wo seine Wohnung ist?«

»Sag ich doch.«

Bruckner baut sich vor dem Jungen auf und holt tief Luft.

»Also, dann zeig sie uns.«

»Und wenn ich keine Lust dazu habe?«

Bruckner legt ihm die Hand auf die Schulter.

»Dann nehme ich deinen Schlüssel, gehe damit zurück durch diese Tür in den Flur, wo der Fahrstuhl ist und die Treppen. Dort öffne ich dann ein Fenster und werfe den Schlüssel hinunter auf die Straße.«

»Das geht nicht. Man kann die Fenster nicht öffnen. In der Wohnung kann man sie kippen. Aber die im Flur, die gehen nicht auf.«

»Ist doch scheißegal«, fährt Bruckner den Jungen an.

Der macht sich dann doch endlich die Mühe und geht mit ihnen zum Fahrstuhl zurück.

Weil der Aufzug nicht kommt, nehmen sie die Treppen.

Noch einmal vier Stockwerke.

Der verdammte Rücken, denkt Peter Stein. Jetzt rächt es sich wieder, dass er so faul ist. Dass er nichts dafür unternimmt. Fitnessstudio, Nordic Walking, Schwimmen. Alles, was seinem Rücken guttun würde.

*

Ich nehme die Abkürzung. Es ist ein kurzer, steiler Anstieg. Der schmale Pfad ist von dicken Wurzeln durchzogen. Zwischen den Stämmen und Zweigen ist der Himmel zu sehen. Ungewöhnlich weiß, beinahe zu grell. Vielleicht sind meine Augen lichtempfindlicher geworden.

Ich muss vorsichtig gehen. Aufpassen, dass ich nicht umknicke. Besonders am Ende der Steigung. Die Wurzeln hier sehen aus wie Adern, und der Weg erinnert an die Hand eines sehr alten Menschen.

In meiner Familie wurde niemand so alt, denke ich. Auch meine Chancen, als wirklich alter Mann zu sterben, haben sich durch die Herztransplantation nicht gerade erhöht. Das ist in Rebeccas Familie anders. Bessere Gene wahrscheinlich. Also ein Glück für Lara.

Ich rutsche aus, komme aus dem Tritt und verliere kurz das Gleichgewicht. Aber ich fange mich wieder. Ich fluche laut, und dann bin ich endlich oben. Auf der Anhöhe. Ich bleibe stehen. Vor mir ist noch mehr Wald. Und am Horizont sehe ich Häuser. Dort beginnt das Nachbardorf. Der Himmel über mir ist noch immer grell, obwohl es bewölkt ist. Es ist sehr still hier. Kein Rauschen der Autobahn mehr. Kein Wind, keine Vögel.

Verwundert stelle ich fest, dass ich weniger außer Atem bin als befürchtet. Immerhin war das letzte Stück ganz schön steil. Vielleicht doch das Herz eines Sportlers, das sie mir eingesetzt haben? Oder eines noch ziemlich jungen Menschen? Ich werde es nie erfahren.

Ich beginne wieder zu laufen und biege in einen Forstweg ein. Sand und vor allem Kies. Durchzogen von breiten Regenrinnen und hin und wieder Reifenspuren.

Das schnelle Laufen wird mir aber jetzt doch zu anstrengend. Ich bleibe stehen, schnappe nach Luft und wische mir den Schweiß von der Stirn.

Früher brauchte ich das Laufen wie die Luft zum Atmen. Wie einen Bissen Brot. Täglich und bei jedem Wetter. Das ist heute anders. Ich muss mich sehr dazu aufraffen.

Aber ich sehe mich laufen. In den Träumen. Eine Sequenz, seit Tagen schon, und immer wieder. Ich laufe. Sogar ziemlich schnell. Ich bin vollkommen verschwitzt. Nass bis auf die Haut. Und fühle mich gut. Wie sich das Laufband unter mir wegbewegt. Der gleichbleibende Rhythmus vereinnahmt mich. Ich werde ganz ruhig davon, und ganz klar im Kopf. Ein Fitnessstudio. Alles verglast. Ich sehe die Lichter einer sehr großen Stadt unter mir leuchten, es werden immer mehr. Es muss in der Nacht sein. Ich laufe immer schneller, meine Kondition scheint sehr gut zu sein. Und ich weiß, dass ich ganz allein in dem Studio bin. Merkwürdig ist nur, dass ich Fitnessstudios immer gehasst habe. Ich habe nie auf einem Laufband gejoggt. Noch dazu mitten in der Nacht über einer großen Stadt, die mir zu Füßen liegt. Das macht keinen Sinn. Wer sollte die Person sein, die da übers Laufband rennt? Es muss sich um ein Trugbild handeln. Illusion. Pure Fantasie …

27

Sie sind höchst gespannt, als der Hausmeister die Tür öffnet. Immerhin ist dies die Wohnung des Fotografen. Hat er seine Opfer hier über Wochen hinweg gefangen gehalten und fotografiert? Werden sie hinter dieser Tür auf seine bizarre Galerie stoßen? Auf Erinnerungsstücke? Trophäen? Auf Kleider und Schmuck der Frauen? Persönliche Gegenstände?

Bruckner bespricht etwas mit dem Hausmeister. Peter Stein hört nicht zu, was die beiden sagen, sondern geht voraus in ein riesiges Wohnzimmer, mehr ein Saal als ein Zimmer. Mit hohen, breiten Fenstern.

So wie jeder Raum in dieser Wohnung ist auch dieser leer. Und zwar nicht so, als ob jemand eilig seine Habseligkeiten zusammengepackt hätte und Hals über Kopf verschwunden wäre. Nein, in dieser Wohnung stehen schon seit Monaten keine Möbel mehr. Wenn nicht seit Jahren.

»Was ist das für ein Mensch, der so lebt?«, fragt Bruckner, der eben hereingekommen ist. Er stellt sich neben Stein ans Fenster.

»Der hat hier höchstens mal übernachtet.«

»Wahnsinnsausblick.«

Stein nickt. Von hier aus sieht man fast über die ganze Stadt. Es hat sicher was, so hoch oben zu wohnen, denkt er.

»Scheint ihm aber nicht so wichtig gewesen zu sein«, meint Bruckner. »Wie weit man von hier aus an einem klaren Tag wohl schauen kann? Glaubst du, bis zu den Alpen?«

»Vielleicht«, erwidert Peter Stein.

Bruckner verschränkt die Arme vor seiner Brust und gähnt.

»Ich hatte eigentlich mehr erwartet als eine gute Aussicht«, sagt Stein.

»Da bin ich ganz bei dir.« Bruckner zieht sein Handy aus der Tasche. »Nicht mal setzen kann man sich hier. Es gibt keinen einzigen Stuhl in der Wohnung.«

Er ruft die Spurensicherung an.

Die werden hier nicht viel finden, denkt Stein. Zumindest keine Spuren der acht getöteten Frauen oder von Solveig Jacobsen. Dass er sie hierhin verschleppt hat, ist sehr unwahrscheinlich.

»Sofort, wenn's geht!«, hört er Bruckner sagen.

Peter Stein geht in den angrenzenden kleineren Raum, wahrscheinlich die Küche. Man sieht mehrere Anschlüsse, aber nur zwei Geräte, einen teuer aussehenden Kühlschrank und darauf ein Mikrowellenherd. Nicht mal eine Spüle ist hier. Wenn man Wasser braucht, muss man ins Bad. Neben dem Kühlschrank muss er kampiert haben. Eine komische Art zu wohnen, selbst wenn es nur sporadisch ist. Peter Stein streift sich seine Gummihandschuhe über und öffnet den Kühlschrank.

Bruckner kommt herein. »Die Spurensicherung ist unterwegs«, teilt er ihm mit.

Stein begutachtet den Inhalt des Kühlschranks.

»Wir können ihnen ein Glas Saft anbieten.« Er nimmt eine Tüte heraus. »Orangensaft!«

Bruckner nickt und grinst breit. »Gut erkannt. Hut ab, Kollege. Und zwar jede Menge.«

Peter Stein schüttelt fassungslos den Kopf. In dem Kühlschrank befindet sich nämlich ausschließlich Orangensaft.

»Schon cool, wenn man sich eine Wohnung leisten kann, nur um dort Orangensaft zu trinken«, meint Bruckner.

»Und dazu Fertigpizza zu essen«, sagt Stein jetzt. Er hat das Gefrierfach geöffnet.

»Auch alles eine Sorte?«, fragt Bruckner.

»Nein. Salami, Thunfisch, Hawaii, Calzone ... Also praktisch das ganze Programm.«

»Besonders gesund hat der Mann jedenfalls nicht gelebt«, sagt Bruckner.

Er geht in die Hocke und beugt sich hinunter zu dem Schlafsack.

»Scheiße. Da mach ich den Jungs von der Spurensicherung Feuer unter dem Hintern, und dann hat der nicht mal 'ne zerstückelte Leiche im Kühlschrank. Die werden ganz schön sauer auf uns sein! Kein Studio. Keine Galerie. Keine Trophäen, nichts ...«

Bruckner hebt den Schlafsack und die Isomatte hoch.

»Aber Moment mal, was haben wir denn da?«

Bruckner hält ein Foto in die Höhe.

»Das war zwischen Matratze und Wand. Es muss runtergefallen sein. Siehst du den dunklen Rand dort? Den hat der Rest Klebestreifen da links unten auf der Tapete hinterlassen.«

Respekt!, denkt Peter Stein. Siebter Sinn oder Erfahrung, Bruckner ist jedenfalls richtig gut. »Dann hing es direkt über seinem Kopf, wenn er hier lag«, sagt er.

»Ja. Und jetzt schau dir das an«, sagt Bruckner.

Er gibt Stein das Foto.

»Wahnsinn!«, entfährt es Stein.

Ihm ist sofort klar, dass dieses Bild der Grund war, warum der Fotograf hierherkam. Oder warum es diese Wohnung überhaupt gab. Sie muss einzig dazu gedient haben, dieses Foto aufzubewahren. Eine Art Heiligtum, ein magischer Ort muss das hier für ihn gewesen sein.

»Die Frau da ist quasi der Prototyp seiner Opfer. Alter, Statur ... passt alles«, sagt Bruckner.

»Seine Exfreundin? Mutter? Schwester? Vermutlich jedenfalls eine Frau, die er verehrt hat. Vielleicht geliebt. Ich dachte zuerst, es ist Solveig Jacobsen«, sagt Stein.

»Auf jeden Fall eine Art Folie, nach der er gezielt seine Opfer ausgesucht hat. Ein Leitmotiv. Jetzt finden wir hoffentlich schnell raus, wer sie ist«, sagt Bruckner.

Er schiebt das Foto der unbekannten Frau in eine Klarsichtfolie und steckt es ein.

Wenigstens haben sich die unzähligen Treppenstufen doch noch gelohnt, denkt Stein.

28

»Es interessiert dich nicht wirklich, oder?«, fragt Christoph mich.

Ich schaue in seine Augen. Sie haben die schmutzige Farbe des Federkleids einer Taube und machen sein ohnehin schon bleiches Gesicht noch bleicher.

»Na klar interessiert es mich«, sage ich.

Christoph entgleisen für Sekunden die Gesichtszüge, dann hat er sich wieder im Griff. Er lässt mich stehen und geht ans Fenster.

Es ist kurz vor 13 Uhr. Das moderne, helle Büro von »Kober & Lang« ist verwaist. Die Kollegen sind in der Mittagspause. Vor meiner Operation waren wir zu fünft im Büro. Während meiner krankheitsbedingten langen Abwesenheit hat Christoph zwei neue junge Architekten eingestellt. Sehr gute Leute, hat er gesagt, direkt von der Uni. Ich vertraue ihm. Ich vertraue ihm voll und ganz. Seinem Wissen, seiner Kompetenz, seinem Gespür. Und das ist auch gut so. Denn schließlich ist es Christoph, der den Laden hier momentan schmeißt. Nicht ich.

Er hat natürlich Recht. Es interessiert mich nicht. Es lässt mich sogar ziemlich kalt. Die Projekte, das Büro, unsere Arbeit, unsere Pläne, unsere Ideen. Alles kommt mir fremd vor. Ich finde keinen Zugang mehr. Keinen Zugang zur Architektur überhaupt. So als habe das alles gar nichts mit mir zu tun. Und als hätte es nie etwas mit mir zu tun gehabt. Warum das so ist, weiß ich nicht. Es ist, als hätte man mir mit meinem alten Herzen auch mein altes Leben aus dem Körper geschnitten.

»Du fliegst schon morgen?«, frage ich ihn.

Das Schweigen zwischen uns ist mir unangenehm.

»Ja. Es geht, wie gesagt, um ein paar kleine Änderungen. Und ich will die Wirkung des Glases in echt sehen, in Verbindung mit dem Wasser und der Landschaft«, sagt Christoph. »Wie ich es dir gerade erzählt habe.«

Hat er mir das wirklich gerade erzählt? Ich höre ihm an, dass er gekränkt ist. Er hat sich von mir abgewandt.

Ich betrachte das Modell aus Holz auf dem Tisch vor mir und fahre mit dem Zeigefinger über die seeseitige Fensterfront des Glen-Smith-Memorial-Museums.

Es ist nicht einfach ein Gebäude. Es ist ein Gesamtkunstwerk. Architektur, die Museen völlig neu denkt. Beim Blick durch die Fenster hinaus auf den See verschwimmen die räumlichen Dimensionen, und man hat das Gefühl, eins zu werden mit der Weite des Sees bis zum Horizont – und darüber hinaus.

Nächtelang haben Christoph und ich zusammengesessen und geplant, skizziert, gezeichnet und modelliert. Warum kann ich mir jetzt den Blick auf das Wasser nicht mehr vorstellen? Ich weiß es nicht. Den Michigansee haben wir mit schwarzer Folie angedeutet. Warum haben wir eigentlich keine blaue Folie genommen? Wasser ist doch blau, nicht schwarz.

»Ich habe in der letzten Zeit manchmal Mühe, mich zu konzentrieren«, sage ich.

»Ich weiß. Entschuldige, Nikolas, es war nicht so gemeint. Ich wollte dir keinen Vorwurf machen.«

»Ist schon gut. Du hast ja Recht, Christoph. Ich muss zuhören. Ich muss mich konzentrieren.«

»Das wird schon wieder. Mit der Konzentration und mit Arbeit. Das kommt alles wieder zurück.«

Ich könnte noch nicht einmal sagen, ob ich das hoffe.

»Fünf bis sechs Monate, haben die Ärzte gesagt. Fünf bis sechs Monate soll ich es langsam angehen lassen.«

Christoph dreht sich zu mir um und grinst mich etwas schief an.

»Und dann bist du wieder ganz der Alte, Nikolas!«

Der alte Nikolas ist tot, denke ich und grinse zurück.

»Dann geht die Erfolgsgeschichte von Kober & Lang weiter«, sagt Christoph.

Die geht auch ohne mich weiter. Ich weiß schon, was jetzt kommt.

Christoph fängt an zu singen.

»First we take Chicago, then we take Dubai.«

Unser Refrain – frei nach Leonhard Cohens Song. Christoph imitiert Cohen mehr schlecht als recht.

Unser Lied. Unsere Vision.

Während wir aufeinander zugehen und uns abklatschen, so wie alte Freunde und Geschäftspartner das eben tun, summe ich die Melodie leise mit.

*

Wie Bruckner es schlussendlich bewerkstelligt hatte, erzählte er Peter Stein nicht. Seine Effizienz war beeindruckend, und obendrein in so kurzer Zeit. Sie wussten, in welcher Klinik die Herztransplantation durchgeführt worden war und wie der Empfänger hieß. Das Herz des Fotografen war also tatsächlich wieder da.

Peter Stein hatte daraufhin Kontakt zu dem behandelnden Arzt aufgenommen, einem Doktor Jahnke, der am Telefon ziemlich reserviert und arrogant rüberkam. Zugegeben, die

Sache war rechtlich auch alles andere als koscher. Insofern fand Stein die Reaktion des Arztes, nachdem er ihm dargelegt hatte, worum es ihnen ging, nicht über die Maßen verwunderlich.

Das menschliche Herz sei ein Muskel, eine Pumpe, und sonst gar nichts, hatte der Arzt unwirsch gesagt. Die Vorstellung, Empfänger von Organen könnten von ihren Spendern mehr bekommen als die betreffenden Organe, sei vollkommen aberwitzig. Dass ein gespendetes Organ das Wesen des Empfängers verändern, dass der Empfänger gar Angewohnheiten und Interessen des Spenders übernehmen oder sich an Ereignisse aus dessen Leben erinnern könne, sei absoluter Humbug. Stoff für einen Horrorroman, mehr nicht. »Wir transplantieren keine Seelen«, hatte Jahnke gesagt. Denn darauf würde es ja hinauslaufen, wenn solchen Fantasien ein Körnchen Realität innewohnte. Oder etwa nicht?

Ob Stein Jahnke am Ende davon überzeugt hatte, dass er das alles ganz genauso sah wie der Arzt, konnte er nicht einschätzen. Aber es war ihm auch egal. Letztlich spielte es keine Rolle, was der Arzt dachte, und auch nicht, was er selbst dachte. Die Vorstellung, sich einem Täter über sein gespendetes Herz zu nähern, mochte für abwegig, esoterisch, unrealistisch oder verrückt erklärt werden – aber es konnte auch eine Chance darin liegen, eine Möglichkeit, diesen Fall aufzuklären. Und allzu viele Möglichkeiten gab es nun einmal nicht mehr.

Im Rahmen der psychologischen Nachbetreuung wurde Peter Stein dem Organempfänger als Psychologe empfohlen. Und zu Steins großer Überraschung rief der Mann namens Nikolas Kober bereits wenige Tage später bei ihm an. Sie vereinbarten umgehend einen Termin.

Sein neuer Patient klang recht jung am Telefon. Und er wirkte bedrückt. Müde. Und etwas desorientiert.

Sie wussten nach wie vor nichts über den Täter, aber jetzt wussten sie wenigstens, wer sein Herz bekommen hatte. Auch wenn in den Sternen stand, ob ihnen das auf irgendeine Weise weiterhelfen würde.

Stein hatte Kober nach dem Telefonat sofort gegoogelt und war schnell fündig geworden. Kober war ein erfolgreicher und angesehener Architekt. Das Foto auf der Homepage des Architekturbüros »Kober & Lang« zeigte einen schlanken, sportlich wirkenden Mann Mitte 30 mit markanten Gesichtszügen, in dessen Lächeln eine Spur Arroganz lag.

29

Es ist schwer, sich diesen Käfig vorzustellen, denkt Peter Stein. Als Käfig hat Solveig Jacobsen den Ort, wo sie fast vier Wochen lang eingesperrt war, von Anfang an beschrieben. Und sie hat von der Helligkeit gesprochen, von dem gleißenden Licht.

»Ich habe immer nur mich gesehen. Dutzendfach gespiegelt. Das Licht war so grell, blendend, künstlich. Was ich gesehen habe in den Spiegeln, war eine Tote.«

Sie ist dem sicheren Tod gerade noch entkommen. Was nicht ihr Verdienst war, also der Soko Fotograf, sondern der reine Zufall.

»Und er hat Sie Tag und Nacht beobachtet?«

»Ja. Ich kam mir vor wie in einem Terrarium. Es war schrecklich. Ich fürchtete mich ununterbrochen davor, dass er mir etwas antun würde.«

Peter Stein nickt, notiert sich »psychische Folter« und sagt: »Es ging ihm um Macht. Und um Unterwerfung.«

»Das klingt zu simpel. Fast banal eigentlich. Es trifft nicht, wie es für mich war.«

»Individueller Schmerz, also ein individuelles Trauma ...«, beginnt Peter Stein und sieht in ihre riesigen, blauen Augen. Verzweiflung, Wut, Angst. Ihm wird schlagartig klar, wie unangebracht es ist, auch nur einen Hauch von dem, was sie erlebt hat, zu relativieren. Das Leid, das ihr widerfahren ist, mit Fachsprache zu ummänteln, hieße, ihr das Leid wegzunehmen. Und das nur, weil er, der Psychologe, es sonst nicht aushält?

»Individueller Schmerz, individuelles Trauma … Aber Sie waren noch nicht fertig, oder?«, fragt sie.

»Doch. Es lässt sich nicht verallgemeinern. Was Ihnen geschehen ist. Und was den anderen Frauen geschehen ist …«

Er hat den Faden verloren. Ihr Gesichtsausdruck verrät, dass sie das erkannt hat. Sie wartet auf eine Erklärung. Auf eine Antwort von ihm. Darauf, dass er irgendetwas sagt. Den Faden wiederfindet. Aber es gibt nichts, was er sagen kann. Er muss es jetzt einfach so stehenlassen.

»Ich wollte Sie nicht unterbrechen«, sagt Solveig Jacobsen nun, und sie wirkt für einen Moment fast amüsiert.

Peter Stein schämt sich auf einmal. Er schämt sich dafür, wie er diese Frau als Zeugin missbraucht. Er schämt sich für seine Niedertracht und für seine Verantwortungslosigkeit.

»Und dann kam das Gas«, fährt sie fort, ohne seine Antwort abzuwarten. »Wenn ich nicht mehr konnte. Wenn ich ausgerastet bin. Nicht mehr aufgehört habe zu brüllen, zu schreien und gegen das Glas zu hämmern. Dann kam das Gas.«

»Konnten Sie das Gas riechen, bevor die Wirkung einsetzte?«

»Nein. Es roch nicht. Es war nur kühl plötzlich. Wie ein Windzug. Und dann kam schon die Wirkung. Ich war sofort danach weggetreten.«

»Können Sie sagen, wie lange es dauerte, bis Sie das Bewusstsein verloren?«

»Nein. Wenn ich diese Kühle gespürt habe, wusste ich ja nicht, wie lange das Gas schon in meinen verspiegelten Käfig strömte.«

Wie eine Peepshow, nur noch viel perverser, denkt Stein.

»Es ging immer sehr schnell. Vielleicht dauerte es nur eine halbe Minute.«

Sie schweigt einen Moment und sagt dann: »Ich habe jedes Mal versucht, mich gegen das Bewusstloswerden zu wehren. Weil ich dachte, dass er mir wehtun wird, wenn ich nicht wach bin.«

Sie schluckt.

»Aber ich habe es nicht geschafft. Das Gas war zu stark. Es wurde ganz schnell dunkel und weich um mich herum, und dann war es vorbei.«

Bizarres Verhalten, denkt Peter Stein. Sie waren in seiner Gewalt, aber er hat sie weder berührt noch mit ihnen gesprochen. Er ist offenbar nie in Erscheinung getreten. Wie ein Phantom. Er hat den Frauen eine Projektionsfläche für ihre Angst geboten. Was für ein perverses Machtspiel, dessen Ende ihr Tod war. Und nicht einmal den hat er selber herbeigeführt. Er benutzte die Züge dazu. Sie waren seine tödliche Waffe. So schuf er eine Distanz zwischen dem Fotografieren und dem Töten.

»Ich weiß nicht mal, ob es schlimmer gewesen wäre, wenn er mir etwas angetan hätte«, sagt sie in seine Gedanken hinein. Als könnte sie sie lesen, denkt Peter Stein.

»Denn obwohl er mir nicht direkt etwas getan hat, hat er es doch getan, weil ich es mir die ganze Zeit ausgemalt habe. Das ist doch fast noch schlimmer.«

Eine Entmenschlichung. Die Nacktheit. Das grelle Licht. Das Ausgeliefertsein. Der Kontrollverlust. Und hinter den Spiegeln war er. Der Fotograf. Der sich die Frauen ansah, wann immer er wollte. Aber was sah er? Sie waren ja nicht einmal mehr Objekte. Sobald eine Frau in seinem Studio war, sobald er sie unter seiner Kontrolle hatte, hörte sie auf zu existieren.

Sie war nur noch ein Motiv.

Sein Motiv.

30

Rebecca duscht.

Ich höre auf das Rauschen des Wassers.

Draußen wird es dunkel. Noch leichtes Abendrot, dort wo die Autobahn ist. Die ich den ganzen Tag nicht gehört habe. Entweder stand der Wind gut. Oder ich habe nicht darauf geachtet. Man gewöhnt sich so schnell an Geräusche. Nimmt sie kaum mehr wahr.

Das Rauschen des Wassers verstummt.

Ich lege eine CD in den Player. Brahms. Eine einzelne Geige setzt ein. Es ist eine schöne Melodie. Dann mehrere Geigen. Das Orchester. Erst ganz dezent, dann kraftvoll, durchdringend.

Ich schaue mir meine CDs an. Schubert, Dvorak, Mahler, Richard Strauss. Beethovens Klaviersonaten.

Die hat sie besonders geliebt. Sie wollte sie immer wieder hören. Sie schienen sie zu beruhigen, ihr die Angst zu nehmen. Vor dem Sterben. Dabei war der tragbare CD-Player uralt und klang furchtbar. Aber ihr war das egal. Warum haben wir ihr kein besseres Gerät gekauft? Mit Kopfhörern? War sie uns das nicht wert, meiner Schwester und mir? Ihre letzten Tage auf dieser Welt. In diesem trostlosen Krankenhaus. Drei Wochen war sie am Ende dort. Verfluchter Krebs. Wir waren überfordert damals. Mit allem.

Dann kam Rebecca. Ein Zufall, sie dort wiederzusehen. Zuerst habe ich sie in der Schwesterntracht gar nicht erkannt. Sie machte ein Praktikum in dem Krankenhaus. Hatte wieder einmal das Studienfach gewechselt und mit etwas Neuem angefangen. So liefen wir uns über den Weg. Während meine Mutter im Sterben lag und ich abwechselnd mit meiner Schwester an ihrem Bett saß. Tagelang. Rund um die Uhr schauten wir ihr beim Sterben zu.

Meine Schwester hielt es oft nicht mehr aus. Die Wirkung ihrer Tabletten ließ nach, oder sie war betrunken. Sie ist psychisch nicht sehr stabil. Daran hat sich bis heute nichts geändert.

Man sagt, es sei gut, wenn man Abschied voneinander nehmen kann. Aber es war nicht gut. So wie unsere Mutter starb. Zuzusehen, wie der Krebs sie von innen auffraß. Wie sie Tag für Tag weniger wurde. Bis sie endgültig verschwand. Zitternd und nach Luft ringend. Wir saßen neben ihr und konnten nichts tun. Ihr nicht helfen. Ihr nur dabei zusehen, wie sie verzweifelt kämpfte und wie sie schließlich starb.

Die Musik jedoch hörte sie bis zum Schluss. Sie war ein Segen. Wenn sie Musik hörte, war sie bei sich. Wurde ruhiger, gelassener.

Ich habe keinen Zugang zu der Musik gefunden, die sie hörte. Nicht an ihrem Totenbett, zuvor nicht, und auch nicht später. Sie klingt klar und schön, aber sie lässt mich kalt. Vielleicht kann ich nur nicht zulassen, von ihr berührt zu werden. Weil sie mich zu sehr an meine Mutter erinnert.

Und jetzt sitze ich hier und höre ihre CDs. Seit Tagen schon. Wenn ich allein im Haus bin. Die Sammlung, die sie neben ihrem Bett im Krankenhaus stehen hatte. Ich denke viel an meine Mutter in diesen Tagen. Mozart, Jean Sibelius, Edvard Grieg, Max Bruch … Meine Mutter ist mir sehr präsent.

Und dann Rebecca. Wie sie damals auf einmal wieder in mein Leben trat. Als ich am Sterbebett meiner Mutter saß.

Ich kannte Rebecca vom Studium. Da hatte sie noch Architektur studiert. Wir waren eine Zeit lang miteinander herumgezogen, Rebecca, Christoph und ich. Ob Christoph heute immer noch scharf auf sie ist? Die Tage am See. Im Elsass. Wir zelteten. Drei, vier Tage. Aber ich habe sie erobert – nicht er. Ich habe mit ihr geschlafen. Eine kurze Affäre. Rebecca liebt das Wasser. Hat es immer geliebt – baden, duschen, schwimmen. Vor allem schwimmen. Wenn ich mich an die Tage am See im Elsass erinnere, sehe ich Rebecca eigentlich nur im Wasser. Schwimmend. Tauchend. Ihre braun gebrannte Haut. Die Wasserperlen darauf.

Und dann war sie nach Jahren plötzlich wieder da. Und hat alles verändert. Kein Stein blieb auf dem anderen. Und das war gut so. Es war das Beste, was mir damals passieren konnte.

Mir fällt auf, dass es gar nicht von Brahms ist, was ich gerade höre. Ich sehe nach. Es ist ein Konzert für Violine und Orchester von Max Bruch. Es gefällt mir. Ich kann mich nicht erinnern, dass meine Mutter es hörte. Es kommt mir dennoch bekannt vor.

»Was hörst du da?«

Ich sehe auf.

Ich habe nicht gehört, dass Rebecca hereingekommen ist. Ich war zu sehr auf die Musik konzentriert.

»Max Bruch, Konzert für Violine und Orchester Nr. 1 g-Moll op. 26«, lese ich von der CD-Hülle ab.

Sie ist nackt.

Ich betrachte ihre Brüste. Ihren Venushügel. Die zu einem kleinen, schwarzen Dreieck rasierte Scham.

Ich empfinde nichts.

»Seit wann hörst du klassische Musik?«, fragt sie.

Irgendetwas stimmt mit meinen Augen nicht. Mein Sichtfeld ist eingeschränkt.

»Die CDs meiner Mutter.«

Fast unmerklich verkrampft sich ihr wunderschöner Körper. Es ist ihr auf einmal unangenehm, nackt zu sein, das spüre ich.

»Du denkst in letzter Zeit oft an sie, oder?«, fragt sie.

Was ist los mit meinen Augen?

»Ja. Die Erinnerungen werden wach. Vielleicht liegt es an den Medikamenten«, antworte ich.

Sie streicht sich über den Bauch. Eine nervöse Geste. Ihr Nabel. Ihre Haut. Ich sehe alles unglaublich scharf. Wie herangezoomt. Sogar das winzige Muttermal rechts oberhalb ihres Nabels.

»Vielleicht weil du die Trauer über ihren Tod damals nicht zulassen konntest. Und jetzt kommen all diese Gefühle in dir hoch, weil du selber fast gestorben wärst.«

Ich nicke.

Es ist nicht normal, dass ich plötzlich so scharf sehe. Es ist eine Art Tunnelblick.

»Das ist sehr gut möglich«, sagt sie.

Dann wird mir klar, wie ich Rebecca vor mir sehe. Wie durch den Sucher einer Kamera. Das ist sehr sonderbar.

»Aber du hast überlebt, Nikolas«, fügt sie leise hinzu.

Sie dreht sich um und geht ins Bad zurück. Sie will nicht, dass ich sehe, wie sie weint.

Sie wollte mit mir schlafen. Und jetzt weint sie. Es stimmt nicht mehr zwischen uns. Ich weiß nicht, warum.

Die Musik ist wunderbar. Eine einzelne Geige. Dann setzt das Orchester ein.

Ich höre sie weinen. Es lenkt mich ab. Ich fühle mich hilflos. Ich will sie jetzt nicht in den Arm nehmen. Ich habe nicht die Kraft, sie zu trösten. Anstatt also ins Bad zu ihr zu gehen drehe ich die Musik lauter. Ich lasse das Orchester sich weiter auftürmen. Wie eine Welle. Höher und höher. Bis sie bricht. Eine wilde Kaskade aus Gischt und Schaum.

Wir sind uns fremd geworden, Rebecca und ich. Ich weiß nicht, warum. Noch geben wir uns beide Mühe, es zu überspielen. Es nicht zuzulassen. Aber wie lange noch? Es kann doch nicht ewig so weitergehen.

»Ich koche Kaffee. Willst du auch einen?«

Rebecca hat sich einen Morgenmantel angezogen.

»Das ist eine sehr gute Idee.«

Sie lächelt unsicher.

Und ich sehe wieder normal.

31

»Dafür hat er mir das angetan«, sagt Solveig Jacobsen.

Sie steht abrupt auf. Der Drehstuhl rollt zurück und knallt gegen die Heizung. Sie scheint es gar nicht zu bemerken. Sie geht ans Fenster und schaut hinunter auf den Park. Den Teich. Die alten Bäume, die ohne Blätter wie Gerippe aussehen.

»Für ein paar Fotos.«

Für Menschen ohne jede Empathie, für Psychopathen wie ihn, denkt Peter Stein, reicht so etwas als Grund zu töten.

»Ein Muttermal, mein Nabel, Haut, meine Hand, meine Gesichtshälfte.«

Es sieht aus, als würde das Licht von draußen durch ihren Körper hindurchscheinen.

»Sie sind nicht mal gut, diese Fotos.« Sie dreht sich zu ihm um und sieht ihn an. »Sie sind einfach nur Dreck.«

Peter Stein wendet den Blick von ihr ab.

»Sie haben Recht. Er war kein Künstler. Er war krank.«

»Warum nennen Sie ihn dann trotzdem Fotograf?«

»Das schleift sich leider so ein. Im Laufe der Ermittlungen. Man denkt irgendwann nicht mehr nach über die Begriffe, die man benutzt.«

»Das ist widerlich«, sagt sie.

Peter Stein nickt. Sie hat natürlich Recht.

»Er war kein Fotograf. Er war ein Schwein«, sagt sie.

Viel mehr noch. Er war ein Massenmörder, denkt Peter

Stein. Irgendwann werden sie sein Studio finden. Seine Galerie. Diese Fotos waren das Wichtigste für ihn. Seine Trophäen.

»Hat er über das Fotografieren gesprochen, als Sie ihn getroffen haben?«

Sie setzt sich wieder auf den Drehstuhl und schiebt sich langsam an den Tisch heran.

»Ich glaube nicht. Ich kann mich nicht genau erinnern. Es war ja ganz kurz. Nur in dem Café. Und als wir durch den Regen zusammen zu seinem Wagen gegangen sind. Der stand dort in der Nähe. Kann sein, dass er gesagt hat, ich sei fotogen. Ja, das kann sein.«

»Und Sie haben sich zusammen ins Auto gesetzt? Um abzuwarten, bis es aufhörte zu regnen?«

»Ja, genau. Ich habe mir nichts dabei gedacht. Wir waren durchnässt. Und es war doch gut, im Trockenen zu sitzen und zu warten, bis der Wolkenbruch vorbei war.«

»Hat er Ihnen angeboten, Sie nach Hause zu fahren?«

»Nein.«

»Worüber haben Sie sich denn im Auto unterhalten?«

»Er hat eigentlich gar nichts gesagt. Ich habe gesprochen. Er hat mich nur angeschaut. Das ist mir hinterher erst klar geworden. Sein Blick. Diese Augen, und wie er mich angeschaut hat.«

Da war die Falle schon zugeschnappt, denkt Peter Stein.

»Plötzlich war seine Hand in meinem Gesicht. Und etwas Nasses, das süßlich roch. Ich war viel zu überrascht, um zu schreien oder um mich zu schlagen. Es ging alles so schnell. Es waren nur Sekundenbruchteile, und dann hatte ich schon das Bewusstsein verloren.«

»Es war wahrscheinlich Chloroform«, sagt Peter Stein.

Die junge Frau sieht ihn an und zuckt mit den Schultern.

»Es kommt mir so vor, als hätte dieser Regen niemals aufgehört.«

Solveig Jacobsen wurde in dem Moment, als sie in sein Auto stieg, aus ihrem Leben gerissen. Und nur durch einen glücklichen Zufall ist sie ihrem sicheren Tod entkommen.

Gut möglich, dass der Täter immer gleich vorgegangen ist, denkt Peter Stein. Wahrscheinlich sogar. Sich mit ihm in sein Auto zu setzen bedeutete für seine Opfer das Todesurteil.

32

Der Mann, der Peter Stein an diesem Morgen in seiner Praxis die Hand schüttelt, hat mit dem Mann auf dem Foto der Homepage des Architekturbüros »Kober & Lang« wenig gemein. Schwer zu glauben, dass es sich um ein und dieselbe Person handelt.

Nikolas Kober ist schlank, noch dünner als auf dem Foto. Sein Gesicht jedoch ist teigig und aufgedunsen und sein Teint ganz fahl. Das müssen die Medikamente sein. Statt des vitalen und sportlichen Mittdreißigers auf dem Foto steht Stein ein kranker Mann gegenüber, der um Jahre gealtert zu sein scheint. Die Herztransplantation hat ihre Spuren hinterlassen.

Kober ist ihm gegenüber überraschend offen und zugewandt. Sie haben von Anfang an einen guten Draht zueinander. Die Kommunikation zwischen ihnen funktioniert, und sie kommen schnell und unkompliziert miteinander ins Gespräch.

Körperlich hat Kober die Operation offenbar gut überstanden. Es sind bisher keine Komplikationen aufgetreten, und er erholt sich ganz gut. Sicher ein Vorteil, dass er vor seiner Erkrankung sportlich, rundum gesund und fit war.

»Und Sie laufen wieder?«

Kober nickt.

»Es ist ganz hervorragend, dass Sie wieder laufen«, sagt Peter Stein.

»Natürlich bin ich nicht so belastbar wie früher«, sagt Nikolas Kober.

Wie früher, denkt Peter Stein. Das ist nicht mehr. Es wird nie mehr sein. Nach einem solchen Eingriff kann man froh sein, zumindest einigermaßen wieder der Alte zu werden. Mit Abstrichen. Denn die Medikamente haben gewaltige Nebenwirkungen, nicht nur äußerlich. Und natürlich kann eine Transplantation auch schwere Folgeerkrankungen nach sich ziehen. Besonders hoch ist das Krebsrisiko.

»Das mit der Belastbarkeit, das braucht natürlich Zeit. Seien Sie geduldig mit sich. Wenn Sie dranbleiben, werden Sie von Tag zu Tag fitter, Sie werden sehen. Vielleicht nicht ganz so wie früher, aber Sie sind jedenfalls auf dem besten Wege, Herr Kober.«

Es muss schockierend sein, wenn eine Erkrankung so plötzlich auftritt wie bei Kober, denkt Stein. Eine ungünstig verlaufene Herzmuskelentzündung.

Anfangs die Symptome einer Erkältung. Husten und Schnupfen mit erhöhter Temperatur. Nichts Besonderes. Kein Grund zur Sorge. Niemand rechnet in so einem Moment damit, dass es lebensgefährlich werden könnte.

»Mein Körper funktioniert eigentlich schon wieder ganz gut. Das Problem ist mehr der Kopf.«

»Meinen Sie, dass die Transplantation Sie psychisch belastet? Fühlen Sie sich niedergeschlagen, schwermütig, traurig?«

»Nein. Das ist es nicht. Ich bin nicht depressiv. Es ist im Kopf. Es sind ganz sonderbare Träume und Fantasien, die mich irritieren. Erinnerungen, die sich aber nicht anfühlen wie Erinnerungen. Verstehen Sie? So als wären es gar nicht meine eigenen Erinnerungen.«

»Können Sie das vielleicht etwas genauer erklären, Herr Kober?«

»Es fing schon im Krankenhaus kurz nach der Transplantation an. Eine Art Traum. Bilder. Eine bestimmte Szene, die ich inzwischen auch im Wachzustand erlebe. An die ich mich erinnere. So als hätte ich erlebt, was da passiert. Aber ich habe es nicht erlebt. Da bin ich mir ganz sicher.«

»Können Sie beschreiben, was in dieser Szene passiert oder was Sie da erleben?«

Kober wird spürbar nervös. Es ist offenbar ein großer Schritt für ihn, darüber zu sprechen. Sich zu öffnen. Sich schwach und verletzlich zu zeigen.

»Es ist ein Verkehrsunfall. Ich bin in einem Fahrzeug eingeklemmt. Ich blute. Ich habe Schmerzen. Alles ist voller Blut. Um mich herum sind Menschen. Ein Stimmengewirr. Irgendwer spricht mich an. Aber ich kann nicht verstehen, was er sagt.«

Peter Stein macht sich Notizen.

»Ich hatte noch nie in meinem Leben einen Verkehrsunfall. Ich kann mir diese Szene, diese Bilder, diese Empfindungen deshalb überhaupt nicht erklären.«

»Das muss auch nicht unbedingt sein. Es kann sich um eine Übertragung handeln. Das Blut, die Schmerzen. Der Unfall könnte eine Metapher für Ihre Operation sein.«

»Es fühlt sich nur so echt an. So real. Das ist das Unheimliche daran«, sagt Kober.

»Gibt es denn in Ihrem Umfeld jemanden, der einen schweren Verkehrsunfall hatte?«

»Ja. Mein Vater.«

»Dann ist es auch möglich, dass es Bilder dieses Unfalls sind. Vielleicht haben Sie sie verdrängt, und sie sind jetzt nach der schweren Operation wieder in Ihr Bewusstsein gerückt. Möglicherweise haben Sie sich den Unfall Ihres Vaters so vorgestellt, oder hat er Ihnen davon erzählt?«

»Nein. Er kam dabei ums Leben.«

»Das tut mir leid.«

»Es war kein Unfall. Es war Selbstmord. Mein Vater ist mit sehr hoher Geschwindigkeit gegen eine Betonwand gerast. Er war auf der Stelle tot. Er kann nicht erlebt haben, was ich jetzt sehe oder empfinde.«

»Dann hängt es vermutlich doch mit der traumatischen Erfahrung durch Ihre Operation zusammen.«

»Mein Vater war allein in seinem Auto. Es war keine Frau mit dabei.«

»Eine Frau? Kommt in Ihren Träumen denn eine Frau vor?«

Peter Stein versucht, sich seine wachsende Erregung nicht anmerken zu lassen.

»Ich sehe sie nicht. Aber sie muss im Wagen sein. Ich denke die ganze Zeit an sie. Da ist das viele Blut. Die Schmerzen. Panik. Trotzdem muss ich die ganze Zeit an sie denken. Ich denke ununterbrochen, dass ich versagt habe. Dass ich ihnen nicht entkommen bin. Dass ich es nicht geschafft habe, sie zu retten. Dass ich sie jetzt nicht mehr retten kann. Ich denke immer dasselbe, es dreht sich im Kreis. Bis mir schwarz vor Augen wird. Wer um Himmels willen ist diese Frau, die ich retten muss?«

33

Es ist bitterkalt. Solveig Jacobsen zittert in ihrer dünnen Jacke. Vor Kälte, vor Aufregung oder vor dem, was die Tatortbegehung in ihr aufwühlt? Es ist nicht fair, was wir mit ihr veranstalten, denkt Peter Stein.

»Sie sind sich ganz sicher? Oder nur fast?«

Die junge Frau zieht sich den Kragen hoch, und es sieht so aus, als wolle sie sich in ihrer Jacke verkriechen.

»Es muss hier gewesen sein. Wie weit ist es zu dem Café von hier aus? Vielleicht fünf Minuten?«

Bruckner sieht sie fragend an.

»Höchstens zwei Minuten«, antwortet Stein.

»Aber es hat ja geregnet. Wie verrückt. Und wir sind zuerst ein wenig herumgeirrt. Um uns irgendwo unterzustellen«, sagt Solveig Jacobsen.

Der Fotograf ist sicher nicht herumgeirrt, denkt Peter Stein. Der wusste genau, wohin er wollte.

»So kam es Ihnen jedenfalls vor, Frau Jacobsen«, sagt Bruckner, »dass Sie gemeinsam herumgeirrt sind.«

Bruckner ist zu direkt, denkt Stein, zu konfrontativ. So darf er nicht mit ihr reden. Solveig Jacobsen ist keine x-beliebige Zeugin, sie ist ein Opfer. Sie ist das einzige überlebende Opfer des Fotografen. Sie braucht Zeit. Und Schutz.

»Der Täter hat Sie ganz bewusst zu seinem Auto gelotst«, fährt Bruckner fort, »und zwar auf dem schnellsten …«

»Sie haben das in dem Moment nicht realisiert. Was auch

vollkommen normal ist«, sagt Peter Stein dazwischen. Er sieht Bruckner an, und da begreift Bruckner, dass Stein ihm absichtlich ins Wort gefallen ist. Er ist ihm deshalb nicht böse, das weiß Peter Stein. Wie um das zu bestätigen, wechselt Bruckner das Thema.

»Sie haben gesagt, dass das Auto groß war, und massiv und schwer.«

Solveig Jacobsen starrt auf die Stelle, wo der Wagen des Fotografen gestanden haben soll.

»Man hat Ihnen damals mehrere Fotos von Autos gezeigt, die in Frage kommen könnten. Aber Sie konnten sich nicht auf eine Marke festlegen.«

Solveig Jacobsen sieht Bruckner nachdenklich an.

»Nein. Ich habe nicht darauf geachtet. Für mich war das Auto einfach groß und schwer. Und dunkel war es, schwarz, oder vielleicht dunkelgrau. Und metallisch, glaube ich. Die Tropfen, der Regen darauf. Es glänzte.«

Bruckner holt ein paar Fotos aus der Innentasche seiner Jacke und zeigt sie der jungen Frau.

Peter Stein stellt sich hinter sie und wirft auch einen Blick darauf. Es ist der Unfallwagen. Stein schüttelt den Kopf und gibt Bruckner ein Zeichen seiner Missbilligung. Das ist zu hart. So geht das nicht. So können sie mit der Frau nicht umgehen.

»Als man Sie aus dem Kofferraum des Wagens befreit hat, haben Sie wahrscheinlich nicht darauf geachtet. Aber könnte dies der Wagen sein, in dem der Täter Sie überwältigt hat?«, fragt Bruckner unbeeindruckt weiter.

Stein berührt sie sanft am Oberarm und zieht sie ein wenig von Bruckner weg.

»Sie müssen sich die Fotos nicht anschauen, wenn Sie das zu sehr mitnimmt«, sagt er.

»Ist schon gut«, sagt Solveig Jacobsen. »Ja, ich glaube, dass es derselbe Wagen ist.«

»Vielen Dank, Frau Jacobsen«, sagt Roland Bruckner. »Sie sind sehr tapfer.«

Darum geht es hier nicht, denkt Stein, Tapferkeit spielt keine Rolle. Es geht um einen professionellen und korrekten Umgang mit einem psychisch traumatisierten Opfer.

Solveig Jacobsen will eines der Fotos gar nicht mehr aus der Hand geben.

»Das ist der Wagen, in dem er mich weggebracht hat.« Sie macht eine kurze Pause. »Um mich zu töten.«

»Es ist vorbei«, sagt Peter Stein zu ihr.

»Der Wagen, in dem er gestorben ist.«

»Er ist nicht direkt an der Unfallstelle gestorben, sondern kurz danach im Krankenhaus.«

»Aber ... er ist tot. Und ich bin am Leben!«

Sie sind unterwegs zum Präsidium, nachdem sie Solveig Jacobsen im Anschluss an die Tatortbegehung nach Hause gebracht haben.

»Ich bin zwar kein Psychologe, Peter, aber so schlimm war das jetzt nicht. Die Frau ist unsere wichtigste Zeugin. Wir haben nur sie. Vergiss das nicht!«

»Aber sie ist auch ein Opfer, vergiss du das nicht«, erwidert Stein bissiger als beabsichtigt. Er entschuldigt sich umgehend für seinen Ton.

»Schon okay. Wir stehen beide unter Druck«, meint Bruckner.

Stein nickt. Bruckner hat natürlich Recht.

»Sie braucht Zeit«, sagt er dann.

»Zeit, die wir leider nicht haben«, erwidert Bruckner. »Wir müssen herausfinden, wer er ist. Wo sein Studio ist. Was er mit den Frauen gemacht hat. Was seine Motive sind. Also alles. Und was haben wir? Nichts. Diese ganzen, verdammten Ermittlungen bisher, sie haben uns keinen Millimeter weitergebracht.«

Damit hat er wieder Recht, denkt Peter Stein.

»Aber wir haben die Aussagen von Solveig Jacobsen, nach und nach. Sie sind der Schlüssel. Nur müssen wir ihr mehr Zeit lassen. Sie darf nicht unter die Räder kommen, nur weil wir Druck haben. Das geht einfach nicht.«

»Sie wird nicht unter die Räder kommen, Peter. Trotzdem brauchen wir Ergebnisse, das weißt du so gut wie ich!«

34

Ich betrachte mich im Spiegel. Mein Gesicht ist fahl. Das ist kein Teint mehr. Die Sonne, denke ich. Reisen. Wir wollten doch verreisen, Rebecca und ich. Ins Gebirge. Ans Meer.

Warum tun wir es nicht? Was ist los mit uns? Mit uns? Oder vielleicht nur mit mir? Ich weiß nicht, was Rebecca denkt. Wir sprechen nicht darüber, und ich frage sie nicht. Denn ich bin derjenige, der keine Lust mehr dazu hat. Zu verreisen. Mit Rebecca zusammen zu sein. Darum geht es. Dass wir miteinander reden müssten. Uns umeinander kümmern. Aber wir tun es nicht. Wir, das sind nicht nur sie und ich, sondern auch Lara. Unsere kleine Familie. Wie soll das alles weitergehen?

Auf sie zugehen, mit ihr reden – dazu fehlt mir momentan der Wille. Und ich weiß nicht, ob ich das jemals will. Ich glaube, dass Rebecca es auch nicht will, sondern sich wünscht, dass alles wieder so wird, wie es war.

Daran jedoch glaube ich nicht mehr. Weil ich seit der Operation ein anderer bin. Und für Rebecca ist seitdem alles anders. Auch wenn sie das so nie sagen würde. Der Tod hat sich in unser Leben eingenistet. Es ist, als würde er uns ununterbrochen belauern.

Ich starre mein Spiegelbild an. Und dann habe ich auf einmal das Gefühl, durch den Spiegel hindurchzuschauen. Es ist ein Raum dahinter. In dem Raum ist jemand. Eine Frau. Sie sitzt zusammengekauert auf dem gefliesten Boden. Sie ist nackt. In der Mitte des Raums steht ein Tisch aus Metall. Er sieht aus wie Tische in einer Pathologie, auf denen Leichen seziert werden.

Ein gläserner Käfig, denke ich, das Studio. Ein Uterus, in dem ich sie ungestört betrachten kann. Sie fürchtet sich vor dem Tisch. Alle haben sich vor dem Tisch gefürchtet. Dabei gibt es keinen Grund dazu. Auf diesem Tisch hat schon lange keine Obduktion mehr stattgefunden.

Ich erschrecke. Welches Studio? Wieso Uterus? Was für seltsame Gedanken spuken mir da jetzt durch den Kopf? Und wer um Himmels willen ist diese Frau?

Die Szene verschwindet vor meinen Augen, und ich sehe jetzt wieder mir selber ins Gesicht. Die fahle Haut, die Ringe unter den Augen.

Da fällt mir auf, dass der Spiegel vor mir plötzlich einen Sprung hat. Er zieht sich diagonal durch mein Gesicht. Ein tiefer, farbloser Schnitt, der vom linken Unterkiefer bis zum rechten Ohr reicht. Ich starre mich an. Und auf einmal wird mir klar, dass das gar nicht mein Gesicht ist. Dass der Mann, der mir aus dem Spiegel entgegenblickt, ein anderer ist.

35

»Könnte es sich um dieselbe Frau handeln, Herr Kober? Was Sie mir letztes Mal erzählt haben. Die Unfallszene. Sie sagten, dass eine Frau mit Ihnen in dem Unfallwagen gewesen ist. Ist es dieselbe Frau?«, fragt Peter Stein.

Nikolas Kober hat die Stirn in Falten gelegt.

»Sie haben von den Vorwürfen gesprochen, die Sie sich wegen ihr gemacht haben. Sie waren selbst schwer verletzt. Und Sie konnten sie deshalb nicht mehr retten«, sagt Stein.

»Ich weiß …« Kober bricht den Satz ab und schaut an die Decke. Dann schüttelt er langsam den Kopf.

»Ob es dieselbe Frau ist, kann ich nicht sagen. Ich weiß es nicht. Spielt das eine Rolle?«

»Es könnte sein, dass es eine Rolle spielt.«

Stein kommt sich albern vor. Vielleicht erlebt Kober wirklich die letzten Minuten im Leben seines Spenders. Den Unfall. Solveig Jacobsen. Bewusstlos im Kofferraum. Es kann aber auch Zufall sein. Bilder, Szenen, Gedanken, die aus der Verdrängung auftauchen, ausgelöst durch die überstandene lange schwere Operation.

»Sie ist so real. Diese Frau hinter Glas. Nicht wie eine Fantasie. Nicht wie ein Traum.«

Kober hat Stein die Frau hinter Glas ausführlich beschrieben.

»Beschreiben Sie doch einmal den Raum näher, in dem Sie die Frau sehen.«

»Ein Käfig aus Glas. Ein Uterus. Ein Studio …«, beginnt Nikolas Kober.

»Studio?« Peter Stein glaubt, sich verhört zu haben.

Kober nickt.

»Wie kommen Sie auf das Wort Studio?«

»Ich weiß es nicht«, antwortet Kober.

Mach es nicht kaputt, denkt Peter Stein. Unterbrich ihn nicht. Lass ihn reden. Lass ihn schildern, was er vor seinem inneren Auge sieht. Fantasien, falsche Erinnerungen … Was immer es auch ist.

»Den Raum. Sie wollten mir den Raum beschreiben. Das Studio. Wie sieht es dort aus?«

»Er ist fast leer. Nur eine Toilette. Sehr niedrig. Knapp oberhalb des Bodens. Der Boden ist gefliest.«

»Ist es eine Art gläserne Zelle?«

Peter Stein spürt eine leise Ungeduld. Aber das darf er sich nicht anmerken lassen. Seine innere Anspannung, je länger er Kober zuhört. Kober, der nicht die leiseste Ahnung hat, worum es hier eigentlich geht.

»Nein. Der Raum ist größer als eine Gefängniszelle. Viel größer. Ziemlich genau in der Mitte steht ein Tisch. Das grelle Licht der Neonröhren spiegelt sich darauf. Es ist unglaublich hell in diesem Raum. Ich glaube, es ist dort immer hell. Das Licht ist immer an.«

»Was ist das für ein Tisch?«, fragt Stein nervös.

»Er ist … sonderbar. Nicht frei beweglich. Er scheint eingemauert zu sein, und die Tischplatte ist aus Metall.«

»Der verdammte Tisch«, notiert Stein.

»Ein Tisch, wie man ihn aus Fernsehkrimis kennt. Aus der Pathologie. Wo sie die Leichen obduzieren. So ein Tisch steht in dem Raum.«

Das ist derselbe Tisch, den Solveig Jacobsen beschrieben

hat!, denkt Stein. Dieser verdammte Tisch! Wie ist das möglich? Kann das wirklich sein? Beschreibt Kober hier nichts anderes als das Studio des Fotografen?

»Ich spüre, dass die Frau Angst hat. Sie hat die ganze Zeit Angst vor dem Tisch. Sie glaubt, dass sie bald draufliegen und man ihr etwas Schreckliches antun wird.«

»Wird man ihr denn etwas antun?«

Stein versucht, Kobers Blick zu deuten. Er wirkt abwesend, beinahe wie in Trance.

»Nein, das wird man nicht«, antwortet Kober.

»Es gibt keinen Grund, Angst vor dem Tisch zu haben. Hier wurde schon lange keine Leiche mehr seziert.«

Peter Stein starrt den Architekten fassungslos an. Der scheint das nicht zu bemerken. Er ist nach wie vor in sich selbst versunken. Abwesend. Ein wenig wie unter Hypnose, fällt es Stein plötzlich ein. Wo wir schon bei den unorthodoxen Ansätzen sind – wäre das nicht eine Möglichkeit? Wir haben die Grenze zum Irrationalen doch sowieso längst überschritten.

»Alle haben …«, beginnt Kober. Doch dann schweigt er.

»Wie bitte?«

»Nichts«, antwortet Kober.

Kober wirkt auf einmal wieder ganz anwesend und klar, stellt Stein verwundert fest. Sein Gesichtsausdruck ist jetzt konzentriert und aufmerksam.

36

Bruckner schiebt ihm eine Tasse Kaffee über den Tisch. »Hier, den kannst du jetzt brauchen.«

»In der Tat. Danke«, sagt Stein.

Schon das Klopfen von Bruckners Fingern auf der Tischplatte ist ihm an diesem Morgen zu laut.

»Lange Nacht gehabt?«

Stein nickt. Lange Nacht, einsame Nacht. Auf Kathrin gewartet. Die nicht kam. Zwei Flaschen Wein, die er kaltgestellt hatte, alleine geleert. Genau so sollte das nicht laufen mit dem Alkohol, denkt er. Und mit Kathrin natürlich auch nicht. Aber das ist eine ziemlich verzwickte Geschichte. Alles daran ist verzwickt.

Bruckner hört nicht auf, mit den Fingern auf dem Tisch herumzutrommeln. Stein verzieht gequält das Gesicht.

»Kater?«, fragt Bruckner.

Stein nickt nur. Nicht reden. Nicht bewegen. Am besten überhaupt nicht da sein. Im Bett liegen und schlafen. Aber dafür ist es jetzt zu spät. Was ist überhaupt los mit Bruckner? Warum ist der heute Morgen so aufgekratzt?

Bruckner betrachtet für einen kurzen Moment seine Hände, die jetzt ruhig auf der Tischplatte liegen.

»Wir haben einen Namen. Der Fotograf hat einen Namen«, sagt Bruckner.

»Wirklich?«, fragt Stein überrascht und schlagartig nüchtern.

»Ja. Und diesmal haben wir den Richtigen.«

Peter Stein nimmt die Tasse und führt sie vorsichtig zum Mund. Er merkt, dass auch Bruckner das leichte Zittern seiner Hand nicht entgeht.

»Und verrät uns sein richtiger Name, warum es ihm so wichtig gewesen sein könnte, einen falschen Namen zu benutzen?« fragt Stein.

Er hat sich an dem heißen Kaffee verbrannt.

»Nein«, antwortet Bruckner. »Aber das Bild in der leeren Wohnung. Es ist seine Mutter. Gewesen. Sie ist gestorben, als er elf war.«

Der Kaffee wirkt. Er tut Stein gut.

»Sicher, dass es die Mutter ist?«

»Ganz sicher. Steffi Sanders. Sie hatte einen Sohn. Demian Sanders.«

»Demian Sanders«, spricht Peter Stein nach. Er wartet darauf, dass der Name irgendetwas in ihm auslöst. Erleichterung. Triumph. Aber da passiert nichts in ihm.

»Steffi Sanders lebte in einer Wagenburg. Freaks, Hippies, Tramps, Junkies und so.«

»Nahm sie Drogen?«

»Sie muss eine Zeit lang ziemlich auf Heroin gewesen sein. Mehrere Vorstrafen, das meiste im Zusammenhang mit Drogen. Diebstahl, Betrug, Sachbeschädigung, Körperverletzung. Das Übliche ...«

»Ist sie auch auf den Strich gegangen?«

»Ja, als sie noch sehr jung war.« Bruckner blättert in seinen Unterlagen. »Mit 15. Sie ist damals schon auffällig geworden. Es gibt zwei Verwarnungen. Einmal Jugendarrest. Erst viel später hat sie ein Methadon-Programm mitgemacht.«

»Also die klassische Junkie-Karriere.«

Bruckner nickt. »Es gab auch psychische Probleme.«

»War sie in der Psychiatrie?«

»Einige Male sogar. Das Jugendamt hatte sie und ihren Sohn natürlich permanent im Visier. Der Junge war immer wieder für kurze Zeit bei Pflegefamilien oder in Heimen untergebracht. Später lief es dann wohl besser. Nicht mehr straffällig, nicht mehr Psychiatrie. Keine Einträge mehr in den Akten vom Jugendamt. Bis zum 3. Dezember 1989, bis zu dem Feuer.«

»Was für ein Feuer?«

»In der Nacht ist sie in ihrem Bauwagen verbrannt. Sie hatte fast zwei Promille im Blut, das hat die toxische Untersuchung der Leiche ergeben. Außerdem Reste von Schlafmitteln und Psychopharmaka in ihrem Körper. Sie hat ihren Rausch ausgeschlafen und von dem Feuer wahrscheinlich nicht viel gemerkt.«

Zwei Promille dürfte auch er gestern Nacht gehabt haben, denkt Peter Stein.

»Und wo war der Junge, als es brannte?«

»Er hatte nicht geschlafen und kam noch aus dem brennenden Bauwagen raus. Blieb unverletzt.«

Eine schwere traumatische Erfahrung für das Kind, denkt Peter Stein. »Hat man rausgefunden, warum der Wagen abgebrannt ist?«

Bruckner legt die Unterlagen auf den Tisch. »Mir scheint, dass man das nicht wirklich wollte«, sagt er.

Peter Stein schaut ihn verwundert an.

»Also, man ging von Brandstiftung aus. Offenbar war Benzin im Spiel, denn an der Leiche der Frau waren auch Spuren von Benzin. Unter dem Wagen war zwar ein halbvoller Kanister. Aber dass dies der Grund war, hielt man wohl für unwahrscheinlich. Der Junge war erst elf, also noch nicht strafmündig.«

»Man ging davon aus, dass der Junge den Bauwagen angezündet hat?«

Bruckner beginnt wieder mit seinen Fingern auf die Tischplatte zu klopfen. »So interpretiere ich das.«

»Das heißt, es könnte sein, dass er in jener Dezembernacht 1989 seine schlafende Mutter mit Benzin übergossen und angezündet hat?«, fragt Peter Stein erschüttert. Demian Sanders. Der Fotograf. Die Tür ist offen, denkt er. Jetzt steigen wir hinab in sein finsteres Reich. Was wir dort finden, wird uns zutiefst verstören.

»Ja, dieser Verdacht steht im Raum«, antwortet Bruckner.

Wenn das stimmt, dann hat ihr Täter schon als Kind getötet. Aber warum? Wie war es dazu gekommen? Wie war das Verhältnis zwischen Mutter und Sohn? Wurde ihm Gewalt angetan? Wurde er von seiner Mutter vernachlässigt? Ließ sie ihn verwahrlosen? Was war mit dem Vater? Trat der überhaupt in Erscheinung? Wenn ja, hatte er eine Beziehung zu seinem Sohn?

37

Ich betrachte sie.

Sie ist nackt.

Sie kauert auf dem Boden.

Zitternd. Dabei friert sie nicht. Sie kann gar nicht frieren. Es ist warm. Ich achte immer darauf, dass sie es warm haben. Nicht zu heiß. Aber angenehm.

Sie hat die Beine angezogen. Schlingt die Arme um ihre Knie. Dann verkrampft sie sich und beginnt zu schluchzen.

Sie weint oft in letzter Zeit.

Sie ist sehr unruhig.

Dann schaut sie auf. Ich glaube, sie spürt, dass ich sie beobachte. Aber sie kann mich nicht sehen.

Ich bin hinter der Spiegelwand. Und sie sieht nur sich selbst.

Sie schreit. Sie brüllt. Sie schlägt mit beiden Händen auf den Boden. Was sie brüllt, kann ich nicht verstehen. Das Glas ist zu dick. Unzerstörbar. Selbst mit einer Axt könnte man es nicht zerschlagen. Und sie mit ihren schwachen, dünnen Armen sowieso nicht.

Warum kann sie nicht ruhig sein?

Sie ist so schön, wenn sie da liegt. Wenn sie schläft. Still und rein. Aber jetzt liegt sie nicht da. Sie ist aufgebracht. Wütend. Sie stemmt sich mit den Beinen an der Wand hoch. Vom Gewicht ihres Körpers werden ihre kleinen Zehen ganz weiß. Ihr Rücken ist schweißnass. Dann dreht sie sich zu mir um.

Aus ihrem Mund hängen Speichelfäden. Ihr Gesicht verzerrt sich zu einer hässlichen Fratze, das Haar steht wild durcheinander vom Kopf. Dann rutscht sie ab. Ihre Füße verlieren den Halt auf den glatten Fliesen. Sie schlägt hart auf und lässt sich dann auf die Seite kippen. Wie ein Embryo im Mutterleib liegt sie jetzt da. Eine Weile bewegt sie sich nicht. Keine Regung. Völlig erstarrt. Ich sehe, dass sie sich eingekotet hat. Das gefällt mir nicht. Ich mag es nicht, wenn sie sich so gehen lässt. Ich werde sie wieder waschen müssen. Aber ich bin ihr nicht böse. Ich liebe sie. Ich kann ihr gar nicht böse sein.

Sie dreht sich auf den Bauch und breitet ihre Arme aus. Dann beginnt sie, sich mit den Armen über den Boden zu ziehen. Zentimeter für Zentimeter. Es kostet sie viel Kraft. Irgendwann kann sie nicht mehr. Sie bleibt erschöpft liegen. Bis sie sich wieder aufrichtet. Auf allen vieren ist sie jetzt. Sie kriecht durch den Raum. Wie ein Tier.

Ich muss das Gas wieder hineinlassen. Sie muss sich beruhigen. Schlafen.

Und ich muss sie waschen. Denn sie hat sich schmutzig gemacht.

Plötzlich sehe ich sie direkt vor mir. Ich zucke zusammen. Ihre Augen sind weit aufgerissen. Es sieht aus, als würde sie die Zähne fletschen. Sie schlägt mit dem Kopf gegen das dicke Glas. Das verursacht ein dumpfes Geräusch. Aus ihrer Nase spritzt Blut. Immer mehr Blut, bis ihr Gesicht hinter den roten Schlieren völlig verschwimmt. Das dumpfe Geräusch wird immer lauter. Ich höre sie jetzt wieder schreien. Plötzlich sehe ich feine Risse auf dem Glas. Zuerst nur ein paar, dann werden es immer mehr. Das Glas beginnt zu zersplittern. Dann greift ihre blutige Hand nach mir.

Ich schreie.

»Nikolas!«

Ich wache auf. Komme nur langsam zu mir.

Ich bin nass geschwitzt.

Rebecca steht über mir und schaut mich an.

»Was ist passiert?«, frage ich.

»Du hast geschrien.«

»Ich habe geschrien?«

Sie nickt.

Ich wische mir den kalten Schweiß von der Stirn. Richte mich auf der Couch auf.

»Ich muss eingeschlafen sein.«

Sie sieht mich unbewegt an und sagt: »Du hast nicht geschlafen.«

»Doch. Natürlich hab ich geschlafen. Ich habe geträumt.«

Rebecca schüttelt den Kopf.

»Mit offenen Augen? Du willst sagen, dass du mit offenen Augen geschlafen hast?«

38

Solveig Jacobsen blockt. Sie sträubt sich. Sie will nicht darüber sprechen. Verständlicherweise, denkt Peter Stein. Es war der einzige Kontakt zwischen ihr und dem Fotografen, während sie seine Gefangene war. Wenn er sie gewaschen hat.

»Ich mag das nicht. Das Wort Fotograf. Es war Jan«, sagt sie schließlich.

Sie krampft ihre Finger ineinander. Ein Zeichen für große innere Unruhe.

»Es war aber nicht sein richtiger Name. Er hieß nicht Jan.«

Warum besteht er so darauf, fragt Stein sich im nächsten Moment. Nur weil er jetzt den richtigen Namen des Fotografen kennt, ihn Solveig Jacobsen aber jetzt nicht sagen will? Sie tappten doch selber lange genug im Dunklen. Und für Solveig Jacobsen ist es eben Jan. Was spielt er sich deshalb jetzt so auf?

»Spielt es eine Rolle? Ob er Jan hieß oder nicht?«, fragt sie nun, als hätte sie seine Gedanken gelesen.

»Nein«, antwortet er ehrlich. Er will zurück zum Thema, zur Ausgangsfrage. Gleichzeitig ärgert er sich über seine Ungeduld. Er führt sich kindisch auf. Absolut unprofessionell.

»Sie wissen nicht, wer er war. Ich weiß nicht, wer er war. Also war er Jan. Für mich wird er immer Jan sein«, sagt sie.

Ich weiß es inzwischen, denkt Stein.

Sie schweigen. Die Stille zwischen ihnen ist eisig. Das Gespräch heute Morgen läuft aus dem Ruder. Die ganze Zeit schon. Sie sind beide angespannt und unruhig.

»Irgendwie haben wir jetzt den Faden verloren, Frau Jacobsen«, sagt er.

Sie lächelt kurz und spöttisch.

»Also nochmal von vorne«, sagt er. »Das Waschen. Wann ist es Ihnen zum ersten Mal aufgefallen, dass er Sie gewaschen hat?«

Stein erwartet keine Antwort darauf. Er spürt, dass sie innerlich zugemacht hat. Sie will nicht darüber sprechen. Sie wird entweder gar nichts mehr sagen oder ausweichen. Umso verdutzter ist er, als die junge Frau ihm nach einer kurzen Pause antwortet:

»Es war der Geruch an mir. So rieche ich nicht.«

Er sieht sie an. Und sie weicht seinem Blick nicht mehr aus. Sie wirkt auf einmal gefasster, sicherer.

»Können Sie diesen Geruch beschreiben?«

»Kokos.«

»Kokos?«, wiederholt Stein überrascht. »Sind Sie sich da sicher?«

Solveig Jacobsen nickt. »So rieche ich nicht. Aber oft, wenn ich aufgewacht bin, hat meine Haut nach Kokos gerochen. Dann wurde mir klar, dass er mich wäscht, wenn ich bewusstlos bin.«

Sie beginnt wieder zu zittern.

»Und er hat mich rasiert.«

Sie kämpft jetzt mit den Tränen.

»Da unten. Und auch die Achseln.«

Stein hat nicht mehr damit gerechnet, dass sie etwas so Persönliches preisgeben würde. Es war ein heikles Thema, und er wollte sie mit seinen Fragen nicht verstören. Nicht retraumatisieren. Die Fotos, die man in dem Unfallwagen gefunden hatte. Die Detailaufnahmen von Solveig Jacobsen. Auch die Fotos der anderen acht Frauen. Sie waren alle rasiert worden. Schambereich. Achselhöhlen. Wann er seine Opfer fotografiert hatte, wussten Bruckner und er nicht. Aber er musste sie vorher rasiert haben. Denn womit hätten die Frauen sich selber rasieren sollen?

»Und das hat Ihnen große Angst gemacht, ist es so?«

Er legt sanft seine Hand auf ihren Unterarm. Aus Empathie, aber auch aus Hilflosigkeit. Das ist ihm klar.

Solveig Jacobsen beginnt zu weinen. »Schreckliche Angst«, schluchzt sie.

»Ich dachte, dass sich das irgendwie steigern würde. Erst das Waschen. Dann das Rasieren. Was würde danach kommen, habe ich mich ununterbrochen gefragt. Und ob er es machen würde, während ich bewusstlos bin. Oder ob er mir wehtun würde, wenn ich wach bin.«

Solveig Jacobsen weint jetzt laut und zittert am ganzen Körper.

Peter Stein muss das Gespräch hier abbrechen. Es ist unverantwortlich. Sie steht das momentan nicht durch. Es hat keinen Sinn mehr. Er will ihre Hand nehmen und sie drücken, aber Solveig Jacobsen entzieht sich ihm.

Diese Sitzung ist nicht gut gelaufen, denkt Stein. Aber er muss die Situation jetzt aushalten und ihr zusehen, wie sie ihre Arme um den bebenden Körper schlingt. Er darf jetzt nicht weiter auf sie einwirken. Er muss ihr die Zeit lassen, die sie braucht, um sich wieder zu beruhigen.

39

Plötzlich ist Bewegung in den Fall gekommen. Ein neuer Zeuge. Peter Stein und Roland Bruckner sind schon unterwegs zu ihm.

Der Tag ist diesig, dunkel und feuchtkalt. Die Autos fahren mit Licht. Nasse Straßen, genervte Passanten. Überall aufgespannte Regenschirme. Die Gesichter der Leute hinter den Schals und Kapuzen kaum zu erkennen.

Auf einmal geht alles sehr schnell. Die Person des Fotografen gewinnt an Kontur. Wir erkennen mehr und mehr, mit wem wir es zu tun haben.

Oder besser zu tun hatten. Denn er lebt ja nicht mehr. Nur sein Herz lebt noch. Die sonderbaren Überschneidungen zwischen Solveig Jacobsens Aussagen und Kobers Träumen. Eine Spur, ein Ermittlungsansatz – wenn auch völlig jenseits dessen, was im Rahmen ihrer Polizeiarbeit gängig und üblich ist. Wie er Bruckner das klarmachen soll, weiß er noch nicht. Aber er muss ihm diese verstörenden Parallelen irgendwann unterbreiten. Und zwar bald. Er kann nicht länger damit hinterm Berg halten.

Sie stecken im Feierabendverkehr fest. Eine sich kaum noch bewegende Blechlawine. Es ist kurz nach 16 Uhr.

Bruckner bremst abrupt. »Rot«, sagt er überflüssigerweise. Millimeter vor der Stoßstange des Vordermanns bringt er das Auto zum Stehen.

»Das führt uns in eine ganz andere Richtung«, sagt Stein.

Bruckner wischt mit dem Handrücken über die beschlagene Windschutzscheibe.

»Es könnte erklären, warum er so viel Geld hatte«, sagt er dann.

»Aber so viel?«, fragt Stein nach.

»Ich habe mir die Seite im Netz nochmal angesehen. Das ist nicht der Straßenstrich. Das ist eine ganz andere Liga. Das Erste-Klasse-Ticket nach London könnte auch damit zusammenhängen. Ich bin mir sogar ziemlich sicher, dass es damit zusammenhängt.«

Der Fotograf war Prostituierter. Eine Edelhure. Escort. Laut seiner aufwendig gestalteten Homepage war er auch international tätig. Demian S. Als Prostituierter hatte er seinen echten Vornamen benutzt und nur den Nachnamen abgekürzt. Er hatte nichts verschleiert. Seine Mutter war auf den Strich gegangen. Und er später ebenso, wenn auch auf höherem Niveau. Als Kind hat er Prostitution wahrscheinlich im Zusammenhang mit Drogen und Alkohol erlebt. Womöglich wurde er damals selbst missbraucht oder musste sich prostituieren. Vielleicht hatte es Gewalterfahrungen mit Freiern seiner Mutter gegeben. Vielleicht war sein Vater einer ihrer Freier gewesen. Oder sogar ihr Zuhälter.

»Ich hatte immer wieder in Miami zu tun«, sagt der Mann.

Leicht zitternd führt er sein Glas Whisky zum Mund. Aber er trinkt nicht. Er scheint es zu vergessen.

»Und da habe ich ihn getroffen. In einem Hotel auf den Bahamas. Es gab Zeiten, in denen wir alle zwei, drei Wochen zusammen waren.«

Welcher Überfluss, denkt Peter Stein. Sie befinden sich in einer der riesigen Nobelvillen oberhalb der Stadt. Luxus pur.

Geld in Hülle und Fülle. Und trotzdem, das letzte Hemd hat keine Taschen. Das Ambiente, die ganze Szene hier wirken so trostlos, so einsam. Der Mann ihnen gegenüber, höchstens Mitte sechzig, ist ganz offensichtlich schwer krank.

»Krebs«, sagt der Mann in dem Moment.

Bruckner muss ihn soeben danach gefragt haben. Er hat die Befragung des Zeugen übernommen. Stein hat nicht zugehört.

»Ich mach's nicht mehr lange«, fügt er hinzu.

Jetzt trinkt er endlich einen Schluck Whisky. Langsam. Konzentriert.

»Ein verdammt beschissenes Gefühl, wenn man es weiß. Dass es zu Ende geht. Vielleicht ist das auch der Grund, warum ich Sie kontaktiert habe. Wissen Sie, so etwas wie Scham, guter Ruf oder was auch immer, das spielt jetzt alles keine Rolle mehr.«

»Wir sind Ihnen sehr dankbar, dass Sie sich bei uns gemeldet haben«, sagt Bruckner. »Demian Sanders ist tot, wie Sie bereits wissen. Es gibt eine Frau. Sie ist das einzige seiner Opfer, das überlebt hat. Unsere einzige Zeugin bisher. Und jetzt Sie.«

»Sanders«, sagt der Mann leise. »Er hat mir nie gesagt, wie er mit Nachnamen heißt. Ich hätte auch nicht gedacht, dass sein Vorname wirklich Demian war. Aber es war schön mit ihm. Es war immer sehr schön mit ihm. Das ist alles so weit weg. Es kommt mir vor, als sei es Jahrzehnte her.«

»Das letzte Mal, dass Sie ihn getroffen haben, liegt aber gerade mal drei Monate zurück, richtig?«, fragt Bruckner.

Der Zeuge nickt. Er geht hinüber zu der aus dunklem tropischem Holz getäfelten Bar und schenkt sich Whisky nach.

»Sie wollen wirklich nichts?«, fragt er.

Peter Stein und Roland Bruckner lehnen dankend ab.

Der Mann setzt sich wieder zu ihnen. »Es war ein paar Tage nach der Diagnose. Da habe ich Demian das letzte Mal gesehen.«

»Wieder auf den Bahamas?«

»Ja. Es war immer dasselbe Hotel.«

Dann schweigt er. Sein Schweigen überträgt sich auf Bruckner und Stein. Plötzlich ist es sehr still in dem riesigen Haus. Der Mann scheint hier völlig allein zu leben. Und zu sterben.

»Acht Frauen«, sagt der Zeuge schließlich. »Ist es sicher, dass er sie umgebracht hat? Acht Frauen?« Er schüttelt den Kopf.

»Ganz sicher«, sagt Roland Bruckner.

»Sein letztes Opfer hat nur durch einen glücklichen Zufall überlebt«, fügt Peter Stein hinzu.

Der Zeuge sieht Stein an und lässt seine Finger langsam über den Rand des Glases fahren.

»Es ist nur Sex. Es geht um Geld. Um viel Geld. Demian war teuer. Man hat keine Ahnung, wer der andere ist. Man will es auch gar nicht wissen. Man will nur seinen Spaß.«

»Wie war er?«, fragt Stein.

Bruckner schaut seinen Kollegen irritiert an. Stein ist klar, dass seine Frage etwas komisch klingt.

»Demian war fantastisch. Er war unglaublich schön.«

Der Mann hält inne. »Und kalt«, fügt er dann nachdenklich hinzu. »Demian war unglaublich kalt. Wie ein Raubtier irgendwie. Manchmal hat er mir Angst gemacht, wenn wir zusammen waren. Aber das hat mich gleichzeitig unheimlich angemacht.«

Er dreht das Glas in seiner Hand und starrt ins Leere. Er wird nicht mehr lange leben, denkt Stein. Ein paar Wochen vielleicht noch. Die Gegenwart des Todes ist schon spürbar.

»Aber ich vermisse Demian. Sie können sich nicht vorstellen, wie sehr ich ihn vermisse. Was auch immer er getan haben soll, es ist mir ganz egal. Wie ich das alles vermisse. Die Tage mit ihm, den Sex, das ganze verdammte Leben.«

40

»Ein Mal war er da.«

»Wie meinen Sie das?«, fragt Peter Stein.

»Er war im Raum. Ich war bewusstlos von dem Gas. Aber ich habe gespürt, dass er da war.«

Dann sagt Solveig Jacobsen länger nichts mehr.

Peter Stein weiß, dass er sie jetzt nicht unterbrechen darf. Keine Fragen stellen. Das Schweigen aushalten.

»Es war nur ein Mal. Seinen Atem habe ich gespürt. Auf meiner Haut. Und gerochen. Er hatte einen schlechten Atem. Und dann war da der Geruch nach Seife oder Duschgel. Kokos. Es war Kokos. Früher mochte ich das. Aber jetzt nicht mehr. Jetzt ist es für immer sein Geruch. Der Geruch, wenn er mich gewaschen hat.«

Sie hält inne.

Peter Stein zwingt sich zur Ruhe.

»Ich bin nicht richtig aufgewacht. Nur kurz, ich weiß nicht wie kurz. Und da habe ich mitbekommen, wie er mich gewaschen hat. Ein einziges Mal. Irgendwann in der Zeit. Ob es am Anfang war oder erst später, kann ich nicht sagen. Er war dabei ganz ruhig. Sein Atmen war gleichmäßig. Ich glaube, dass er mich jeden Tag so gewaschen hat.«

Das Waschen der Opfer, denkt Peter Stein. Die Fotos. Alles nach Plan. Fast rituell. Und irgendwo muss es einen Ort gegeben haben, an dem er die Fotos der Frauen ansehen konnte, wann immer er wollte.

»Gleichmäßig und ruhig. Es war nicht grob, wie er mich gewaschen hat. Aber auch nicht sanft. Irgendwie neutral.«

Solveig Jacobsen atmet tief ein und starrt an Peter Stein vorbei auf die Wand. Dorthin, wo ein sehr kleines Foto in einem weißen Holzrahmen hängt. Ein glattes Meer vor einem wolkenlosen Horizont. Stein findet, dass es gut hierher passt.

»Da war seine Hand. An meiner Brust. Am rechten Arm. Er hat meinen Arm gewaschen. Ich glaube, es war Seife, kein Duschgel. Er hat meinen Arm gründlich mit Kokosseife eingerieben. Und dann abgewaschen.«

Das Foto in dem weißen Rahmen hat eine Freundin ihm geschenkt. Vor Jahren. Stein überlegt, wie die Freundin hieß. Ihr Name fällt ihm nicht mehr ein. Das erschreckt ihn.

Als würde die Vergangenheit immer mehr zerfallen. Namen, Gesichter, Ereignisse, die zu Fragmenten werden im Lauf der Zeit. Oder ist man nicht achtsam genug? Ist man zu gleichgültig seiner eigenen Geschichte gegenüber? Aber kann das Vergessen nicht auch eine Gnade sein? Er wünscht es der jungen Frau, denkt er plötzlich. Dass die Zeit ihre Wunden heilt. Dass sich die Erinnerungen an die Tage ihrer Gefangenschaft, an den erlebten Horror, mit der Zeit verflüchtigen. Oder wie Überbleibsel eines Albtraums werden, aus dem sie längst wieder aufgewacht ist.

Solveig Jacobsen betrachtet wieder das Foto hinter ihm an der Wand.

»Welches Meer ist das?«, fragt sie. »Es kommt mir irgendwie bekannt vor.«

»Die Nordsee. Aber ich weiß nicht, wo genau.«

In Wirklichkeit weiß Stein nicht einmal, ob es die Nordsee ist auf dem Bild. Aber er nimmt es an.

»Als Kind war ich an der Nordsee«, sagt sie.

Astrid war es, Astrid hieß sie. Sie hatte ihm eine Reise an

die Nordsee geschenkt. Zum Geburtstag. Dazu dieses kleine Foto vom Meer. Sie waren damals zusammen dorthin gereist. Aber wann war das? Vor 25 Jahren? 30? Wie mag es Astrid heute gehen?

»Vielleicht fahren Sie einmal wieder dorthin?«, sagt er.

Solveig Jacobsen schaut ihn verwundert an und fragt: »Wohin?«

»An die Nordsee.«

Sie lächelt. »Ja. Vielleicht. Das wäre schön.«

»Es würde Ihnen bestimmt guttun.«

»Vielleicht.«

Sie sieht ihn nachdenklich an und sagt dann: »Aber so, wie es war, ist es nicht mehr. Die Farben von früher, die Gerüche, und was man als Kind erlebt hat. Das sind alles nur noch Bilder im Kopf. Die schönen Erinnerungen. Ich habe Angst, etwas ganz anderes zu finden. Etwas, das die schönen Bilder in meinem Kopf zerstört.«

41

Ich sitze an Laras Bett.

»Schlaf, Kindlein, schlaf. Der Vater hüt die Schaf. Die Mutter schüttelts Bäumelein, da fällt herab ein Träumelein. Schlaf, Kindlein, schlaf ...«

Sie schaut mich mit großen Augen an. Dann lächelt sie. Sie wirkt völlig entspannt. Meine Kleine, denke ich. Mein Ein und Alles.

Aber das stimmt so nicht mehr ganz. Ich muss mir immer wieder sagen, dass ich ihr Vater bin. Dass sie meine Tochter ist. Dass ich sie sehr liebe. Aber ich fühle es nicht wie früher. Als wäre die Verbindung zwischen uns gerissen. Meine Kleine. Auch sie ist mir fremd geworden. Ich weiß, dass das traurig ist, aber ich kann die Trauer nicht spüren.

»Schlaf, Kindlein, schlaf. Am Himmel ziehn die Schaf. Die Sternlein sind die Lämmerlein, der Mond, der ist das Schäferlein. Schlaf, Kindlein, schlaf ...«

Das Schlaflied hat mehrere Strophen. Ich habe Lara immer nur die erste Strophe vorgesungen. Wie auch meine Mutter mir früher immer die erste Strophe vorgesungen hat. Aber gerade habe ich die zweite Strophe gesungen. Seit wann kenne ich die zweite Strophe dieses Liedes?

Plötzlich kommt es mir so vor, als würde nicht ich singen, sondern jemand anders.

Ich liege im Bett und werde in den Schlaf gesungen. Dann

ist da ein Feuer. Ich kann den beißenden Rauch riechen. Das Feuer. Die Flammen. Gierig fressen sich die Flammen in ihren Körper. Ich weiß, dass sie dem Feuer nicht entkommen kann. Ich weiß auch, dass sie das auch nicht will. Dass sie sich das Feuer gewünscht hat. Dass sie erlöst werden will. Das Feuer. Die Flammen. Der Rauch. Es ist gut. Alles ist gut, denke ich. Sie ist gerettet.

Diese plötzlichen Bilder und Gedanken, sie machen mir immer mehr Angst. Sie überfallen mich einfach. Ich habe immer mehr Mühe, sie zu steuern. Immer mehr Mühe, aus dieser sonderbaren Gedankenwelt wieder herauszukommen. Woher kommt das? Warum geht mir so etwas im Kopf herum?

Ich singe weiter. Um mich zu beruhigen. Lara, die Prinzessin, ist schon eingeschlafen. Es wirkt so friedlich, wie sie da liegt und schläft. Ihr kleines Gesicht. So zart und so unschuldig.

»Schlaf, Kindlein, schlaf,
und blök nicht wie ein Schaf,
sonst kommt des Schäfers Hündelein
und beißt mein böses Kindelein,
Schlaf, Kindlein, schlaf.«

*

Oft prägen Entführungsopfer sich die Geräusche der näheren Umgebung ein. Beispielsweise Flugzeuge. Oder das Rauschen von Wasser. Maschinen. Verkehrslärm. Glocken. Eine Sirene. Sie merken sich Besonderheiten. Das Geräusch eines Lastwagens, der jeden Tag zu einer bestimmten Zeit vorbeifährt. Ein tief fliegendes Flugzeug. Martinshörner. Je präziser sie später beschreiben können, was sie wann gehört haben, desto besser können sie dazu beitragen, den Ort zu finden, an den man sie verschleppt hatte.

Im Fall von Solveig Jacobsen ist das jetzt die Kernfrage. Wohin wurden sie und die anderen Opfer verschleppt?

Aber bis jetzt kann Solveig Jacobsen sich an kein Geräusch erinnern. Nichts, was ihnen weiterhilft.

An diesem Morgen wirkt sie müde und wenig motiviert. Vielleicht hatte sie eine lange Nacht. War auf einer Party. Oder hat einfach schlecht geschlafen.

»Sie haben mir vor ein paar Tagen erzählt, dass der Ort, an dem er Sie gefangen hielt, tief unter der Erde gewesen sein könnte.«

Sie blickt ihn teilnahmslos an.

»Ja. Tief unter der Erde.«

Sie scheint sich da sicher zu sein, stellt Peter Stein verwundert fest.

»Und wie kommen Sie darauf?«

Solveig Jacobsen überlegt. Sie hat offensichtlich Mühe, sich auf seine Fragen zu konzentrieren.

»Nur so ein Gefühl. Ich weiß nicht genau, wie ich darauf komme. Es war vielleicht diese Stille. Eine absolute Stille.«

Eine absolute Stille. Gibt es die?, fragt Peter Stein sich. Wie lässt sich ein Raum so dämmen, dass von draußen kein einziges Geräusch mehr eindringt. Wo kann es einen solchen Raum geben? Ein Studio tief unter der Erde? Ein Keller? Ein Bunker?

»Versuchen Sie doch noch einmal, sich daran zu erinnern, was Sie dort gehört haben. Auch wenn es Ihnen unwichtig vorkommt. Jedes noch so kleine Geräusch könnte uns schon weiterhelfen.«

Sie wirkt völlig übernächtigt. Aber sie strengt sich an, bei der Sache zu bleiben.

»Die Neonröhren. Die habe ich gehört. Immer. Es war ja immer hell. Und das Gas. Ich bilde mir ein, es gehört zu haben. Und ihn. Wenige Male und immer nur kurz. Wenn er mich gewaschen hat. Und wenn er fotografiert hat.«

»Wenn er fotografiert hat. Darüber haben Sie bisher noch nicht gesprochen.«

»Ja. Ich bin ziemlich sicher, dass es ein Fotoapparat war. Er muss die Fotos von mir ja irgendwann gemacht haben. Das Klicken. Foto für Foto. Und auch das Geräusch eines Blitzes.«

»Das ist beeindruckend, Frau Jacobsen. Wir haben nämlich festgestellt, dass er meistens mit Blitzlicht fotografiert hat. Und es gibt kein einziges Foto, das er durch das Glas hindurch aufgenommen hat.«

Sie ist ganz blass geworden. Warum hat er ihr das jetzt erzählt? Was soll sie mit dieser Information anfangen?

»Ja, fotografieren und waschen. Darum ging es. Und Töten. Am Ende ging es nur noch ums Töten«, sagt sie mit erstickter Stimme. Dann bricht sie in Tränen aus.

»Weinen Sie, Frau Jacobsen. Wehren Sie sich nicht gegen die Tränen.«

Sie schluchzt.

Wieder würde er sie am liebsten in den Arm nehmen. Es nicht mehr mitansehen müssen, wie sie leidet. An dem Horror, den sie erlebt hat. Aber er muss die Distanz wahren. Professionell bleiben. Sonst könnte er ihr nicht mehr helfen. Und sie würden ihre wichtigste Zeugin verlieren.

42

Ich bin hellwach. Rebecca neben mir ist eingeschlafen. Ich starre an die Decke. Das Licht einer Straßenlaterne fällt in unser Schlafzimmer. Uns macht das nichts aus. Wir mögen beide die Dunkelheit nicht. Ich sehe die Umrisse der Lampe, die Möbel, meine Kleidung, die ich über die Stuhllehne gelegt habe.

Wir haben miteinander geschlafen. Seit Wochen wieder einmal. Ich war es ihr schuldig – so sehe ich das. Ein Bedürfnis hatte ich nicht danach. So traurig es ist. Meine Libido ist eingeschlafen oder gar nicht mehr vorhanden. Die Medikamente und ihre Auswirkungen auf mein Sexleben. Aber ich glaube, dass es mehr ist. Ich habe Probleme mit Nähe. Und das Gefühl, dass die Zuneigung nicht mehr da ist. Zu Rebecca. Es ist nicht mehr so wie früher.

Aber wir haben immerhin miteinander geschlafen. Und es war gut. Gut für mich. Und gut für sie. Um einander wieder zu spüren – körperlich. Auch wenn es weniger leidenschaftlich war als all die Jahre zuvor. Aber es war ein Anfang. Ich will nicht, dass unsere Beziehung erkaltet und zu Ende geht. Wir müssen da durch. Ich will Rebecca nicht verlieren. Ich will meine Familie nicht verlieren. Ich will das alles hier nicht verlieren.

Aber was ich erlebt habe, während wir miteinander schliefen, hat mich zutiefst beunruhigt. Niemals würde ich es ihr erzählen. Unmöglich. Es war … pervers. Krankhaft. Vielleicht kann ich es dem Psychologen erzählen, Peter Stein. Wenn überhaupt.

Als ich in Rebecca eindringe, sehe ich plötzlich meine beiden Hände vor mir, die in eine Schüssel mit Wasser eintauchen. Es ist warm und seifig. Vor mir liegt eine nackte Frau auf einem Metalltisch. Sie schläft. Oder ist sie ohnmächtig? Sie kann jedenfalls nicht tot sein. Denn als ich mit meiner seifigen Hand über ihren Körper streiche, kann ich ihre Wärme deutlich spüren.

Es gefällt mir. Ich liebe ihre Haut. Ich weiß nicht, wer die Frau ist. Ich bin ihr noch nie begegnet. Trotzdem habe ich das Gefühl, sie sehr gut zu kennen.

So gut wie Rebecca. Die mich festhält und meine Stöße tief in sich aufnimmt. Ihre Fingernägel streifen meinen Rücken. Ich stöhne. Aber es ist nicht der Sex mit Rebecca. Es ist die Haut der fremden Frau, die mich erregt.

Ich wasche ihre Haut, ihren Nabel, mit einem weichen Schwamm. Dann tunke ich den Schwamm in ein anderes Gefäß, in dem nur Wasser ist. Ich wasche die Seife aus ihrem kleinen, herzförmigen Nabel heraus. Er ist ganz zart, ganz weich. Er ist wunderschön.

Rebecca beißt in mein Ohr. Sie atmet schwer. Sie stöhnt.

Ich seife ihre Brüste ein. Durch die Berührung mit dem Schwamm und durch die Wärme richten sich ihre Brustwarzen auf. Ich streiche mit meinem Zeigefinger leicht darüber.

Rebecca stöhnt lauter. Sie beißt mich in den Hals.

Ich hebe einen Arm der nackten Frau auf dem Metalltisch hoch und wasche ihre Achselhöhle. Ich gehe sehr sorgfältig vor. Zuerst der rechte Arm, dann der linke.

Rebecca kommt. Ihre Fingernägel bohren sich jetzt in meinen Rücken. Ich dringe schneller und härter in sie ein.

Ich will diese fremde Frau auf dem Tisch nicht sehen. Ich

will sie nicht waschen. Das bin nicht ich. Immer schneller und härter vögele ich Rebecca. Unrunder, hektischer. Verzweifelter. Ich spüre, dass sie sich verkrampft. Sie hält die Luft an. Aber ich will. Ich will jetzt kommen.

Es ist mehr Schmerz als Lust. Für sie, und für mich auch.

Noch einmal stoße ich tief in sie hinein. Dann kommt es mir – endlich!

Wir halten uns aneinander fest. Schwer atmend. Schweigend.

Ich finde lange keinen Schlaf in dieser Nacht.

43

»Ich habe darüber nachgedacht. Über die Geräusche. Weil Sie mich gefragt haben.«

Peter Stein hört auf, seinen Espresso umzurühren.

»Und?«, fragt er.

Ein Ersatzritual für die Zigaretten, in einem Espresso zu rühren, den man schwarz trinkt. Ohne Milch, ohne Zucker. Schon immer so. Und dazu die Zigarette. Bis vor acht oder neun Jahren. Da hat er endgültig aufgehört zu rauchen.

»Musik«, sagt Solveig Jacobsen.

Peter Stein führt die Tasse zum Mund.

»Da war Musik. Ich habe sie nur ein oder zwei Mal gehört. Gedämpft, leise. Irgendwo im Hintergrund. Vielleicht auch in einem anderen Raum.«

Stein setzt die Tasse wieder ab, ohne einen Schluck getrunken zu haben. Das Klirren, mit dem die Tasse auf den Unterteller trifft, lenkt ihren Blick kurz auf seine Hand und die Tasse, die er noch festhält.

»Klassische Musik.«

»Wissen Sie, was es war?«

»Ich habe keine Ahnung. Mit klassischer Musik kenne ich mich nicht gut aus.«

»Glauben Sie, es war beide Male dieselbe Musik?«

»Ja, ich bin mir fast sicher. Dasselbe Stück, und sogar dieselbe Stelle.«

Ein Musikstück, das er mehrmals gehört hat. Das ihm

etwas bedeutet hat. Das er vielleicht immer wieder gehört hat. Aber nicht, wenn er bei ihr war. Nicht, wenn er sie gewaschen, sie fotografiert hat. In einem anderen Raum, überlegt Peter Stein. Vielleicht seine Galerie? Diese Musik zu hören, diese und keine andere, wenn er sich die Fotos seiner Opfer anschaute. Wieder und wieder.

»Ich habe eine Geige gehört. Es bauschte sich irgendwie langsam auf. Im Hintergrund das Orchester. Dann setzte wieder die Melodie ein. Es ging hin und her. Wie ein Dialog.«

»Versuchen Sie, die Melodie zu beschreiben.«

»Sie war schön. So … filigran. Flirrend. Auch das Orchester. Dann aufgebauscht. Immer voller. Und lauter. Dramatischer. Vielleicht … Ja, es könnte auch eine Filmmusik gewesen sein.«

»Wie kommen Sie darauf? Kam Ihnen etwas bekannt vor? Haben Sie diese Musik vielleicht doch schon mal gehört?«

»Nein. Nein, bestimmt nicht. Aber sie hätte zu einem Film gepasst. Es ist schwer, Musik zu beschreiben.«

»Zu was für einem Film hätte sie denn gepasst?«

Sie denkt nach.

»Also nicht am Ende eines Films. Eher dann, wenn zwei Menschen zusammentreffen. Einander anschauen. Oder sich aneinander festhalten. Oder … wenn sie eine Landschaft anschauen.«

»Eine Landschaft? Wie könnte die aussehen?«

»Eine grüne Landschaft. Hügel. Darüber der Himmel. Die Wolken. Vielleicht wie in Schottland oder in Irland. Vielleicht aber auch das Meer. Die beiden könnten auch auf das Meer schauen. Und dann, wenn die Musik sich aufbauscht und lauter wird, dann könnte sie auch zu einem Abschied spielen.«

»Ein Abschied für immer?«, fragt Peter Stein und bereut

seine Frage sofort. Denn Solveig Jacobsens Augen füllen sich mit Tränen. Doch sie fängt jetzt nicht an zu weinen. Sie hat sich im Griff.

»Ja. Zu einem Abschied für immer würde diese Musik gut passen, sehr gut sogar«, sagt sie mit leiser Stimme.

Sie schaut auf ihre Schuhe, auf den Boden.

»Glauben Sie, Sie würden die Melodie wiedererkennen?«

»Ja, schon. Auf jeden Fall. Ich würde sie sofort wiedererkennen. Da bin ich ganz sicher.«

Ja, denkt er, und sie würde sie womöglich retraumatisieren. Natürlich könnte er ihr ein paar bekanntere Violinkonzerte vorspielen. Vielleicht hatten sie Glück, und was Solveig Jacobsen dort gehört hatte, wäre darunter. Das würde auf einen eher konventionellen Musikgeschmack ihres Peinigers schließen lassen. Ungleich mehr würde ihnen allerdings eine abseitigere, unbekanntere Musik über ihn erzählen. Aber die Chance, das herauszufinden, ging gegen null.

Aber einen Versuch wäre es wert, denkt er. Trotz der Gefahr, was es bei Solveig Jacobsen auslösen könnte. Aber man konnte jederzeit abbrechen. Die Situation wäre kontrollierbar. Er würde alles tun, um sie aufzufangen.

44

»Sie hat den Raum, in dem sie eingesperrt war, genau beschreiben können. Ein Käfig aus Glas, und von außen einsehbar. Er konnte seine Opfer rund um die Uhr beobachten, wenn er wollte. Von innen war das Glas verspiegelt. Seine Gefangenen haben die ganze Zeit nur sich selbst gesehen. Zu ihm hatten sie keinerlei Kontakt.«

»Glaubst du wirklich, dass er ihnen in der ganzen Zeit dort nichts getan hat? Körperlich, meine ich. Dass er sie nie angefasst hat?«, fragt Bruckner skeptisch.

»Ja, da bin ich ziemlich sicher. Warum sollte er mit Solveig Jacobsen anders umgegangen sein als mit den anderen?«

Psychopathen machen keine Experimente, denkt er. Sie gehen immer gleich vor. Stupide. Wenn sie einmal die Erfahrung gemacht haben, dass etwas funktioniert, dann tun sie das immer wieder.

»Also keine sexuellen Übergriffe? Keine Erniedrigungen?«

Peter Stein schüttelt den Kopf.

»Nichts. Nur die Fotos. Aber davon haben sie nichts mitbekommen. Bevor er sie fotografiert hat, hat er sie mit dem Gas betäubt.«

Roland Bruckner spielt mit einem Kugelschreiber. Er tippt ihn so an, dass er sich um die eigene Achse dreht.

»Der Horror für seine Opfer war, ständig damit zu rechnen und auch zu erwarten, dass er ihnen irgendwann etwas antut«, erläutert Stein.

»Das ist verrückt«, sagt Bruckner angewidert.

»Es war Folter. Psychoterror. Es war ganz entsetzlich für die Frauen.«

»Zumal einige wahrscheinlich geahnt haben, dass sie in der Gewalt des Fotografen waren. Die Geschichte über die Frauenleichen auf den Bahngleisen ging ja lange durch die Presse.« Bruckner schüttelt sich.

Eine unerträgliche Vorstellung, denkt Stein, in einer derartig ausweglosen Situation zu sein.

»Der Täter muss technisch versiert gewesen sein. Für so eine Art Studio braucht es einen guten Plan. Ich schätze, dass er mehrere Jahre daran gearbeitet hat. Es musste absolut perfekt sein.«

»Und du gehst davon aus, dass dieses Studio und seine Galerie nah beieinanderliegen?«

Stein nickt.

Wieder dreht sich der von Bruckner angestupste Kugelschreiber um sich selbst. Einmal, zweimal, dreimal. Sonderbarerweise macht Peter Stein das nicht einmal nervös.

»Bleibt nur die Frage, wo der Ort ist«, sagt Bruckner.

»Solveig Jacobsen hat ein wenig beschreiben können, was sie gehört hat. Ich hoffe, dass sie sich noch an mehr erinnern wird.«

»Das wäre ein Durchbruch«, sagt Bruckner. Aber besonders optimistisch klingt er nicht.

»Ich hoffe auch auf Nikolas Kober«, sagt Stein.

Bruckner schaut Peter Stein verwundert an.

»Kober?«

»Sein Herz.«

»Ich weiß. Aber geht das vielleicht etwas genauer?«

Es muss jetzt endlich auf den Tisch, denkt Stein, mag es sich auch noch so abgedreht anhören.

»Die Sache ist ziemlich schräg, Roland. Ich wollte es anfangs selbst nicht glauben. Aber es gibt da Parallelen …«

»Parallelen?«, unterbricht Bruckner ihn.

»Ja. Es gibt mehrere Aussagen von Solveig Jacobsen, die sich mit den Inhalten der Träume von Kober decken. Kober hat seit seiner Operation Träume, die ihn zunehmend beunruhigen, weil sie ihm ganz real vorkommen.«

»Peter!«

»Mir geht es genauso wie dir. Ich kann es nicht glauben. Aber sie erzählen über manches praktisch eins zu eins dasselbe.«

»Was denn zum Beispiel?«

»Ich habe unsere Zeugin den Raum beschreiben lassen. Also dieses Studio. In Kobers Träumen kommt derselbe Raum vor. Er sieht eine nackte Frau hinter dem Glas. In seinem Traum beobachtet er sie.«

»Das kann doch nicht …«

»Beide beschreiben den Tisch in diesem Studio, eine Art Seziertisch wie in der Pathologie oder in einem Labor. Der Tisch ist in den Boden hineingemauert und hat eine Platte aus Metall.«

Bruckner starrt ihn an, als zweifle er am Verstand seines Kollegen. Es ist in der Tat unglaublich. Aber vielleicht müssen sie sich damit abfinden, denkt Stein, dass es Dinge gibt, die man rational eben nicht erklären kann.

»Ist es nicht einfach nur Zufall?«, fragt Bruckner jetzt fast genervt.

»Ja, Roland. Das dachte ich zuerst natürlich auch. Und ehrlich gesagt wäre mir das auch lieber. Aber dazu sind es jetzt schon zu viele Zufälle. Es lässt sich nicht mehr einfach damit abtun. Solveig Jacobsen beschreibt das Studio von innen, Nikolas Kober beschreibt es von außen. Es ist absoluter Wahnsinn. Ich kann es mir nicht erklären. Aber es ist so.«

Bruckner hat sein Gesicht zu einer Grimasse verzogen.

»Gut, dass er tot ist. Stell dir den Prozess vor, mit uns als Zeugen. Täterüberführung durch Spenderherz. Wir würden hochkant rausgeworfen und wären im Handumdrehen unsere Jobs los!«

»Ja, da hast du sicher Recht. Aber verstehst du nicht, worauf ich hinauswill?«

Bruckner zuckt mit den Schultern. »Nein. Aber du wirst es mir sicher gleich erklären«, brummt er.

»Wenn Kober in seinen Träumen den Raum sieht, kann er uns möglicherweise bald dorthin führen.«

45

Sie sind alle da. Meine Familie. Alle, die sich um mich gesorgt haben. Mit mir gelitten haben. Mir den Rücken freigehalten haben. Als ich darniederlag zwischen Leben und Tod.

Wir sitzen alle zusammen an dem großen Tisch im Esszimmer und essen. Rebecca, ihr Bruder David, seine Frau Kerstin und ihre beiden Kinder, die Zwillinge, dann meine Tochter Lara und mein Geschäftspartner und Freund Christoph Lang.

Es ist das erste große Wiedersehen seit meinem Zusammenbruch. Wir haben es lange vor uns hergeschoben.

»Noch von dem Braten?«, fragt David mich.

»Nein, danke«, sage ich.

»Du hast kaum was gegessen«, sagt Rebecca mahnend.

»Ich habe keinen Hunger«, sage ich.

Sie macht sich Sorgen. Alle machen sich Sorgen.

»Ganz hervorragend«, lobt Christoph Lang mit vollem Mund.

Er wirkt heute fröhlich und unbeschwert. Was selten genug bei ihm vorkommt. Er ist ja eher der zurückhaltende Typ. Einer, der nicht viel aus sich herauslässt und auf andere oft unnahbar und kühl wirkt. Zusammen sind wir ein unschlagbares Team. Ich bin eher der jovialere Typ, der gut auf die Leute zugehen kann. Christoph ist dagegen mehr der Mann im Hintergrund, der Macher, der Organisator. Wir beiden haben uns immer perfekt ergänzt. Das hat den Erfolg von »Kober

& Lang« ausgemacht. Wie es weitergehen wird, steht in den Sternen. Christoph denkt, dass ich nur eine längere Auszeit brauche und in ein paar Wochen wieder ganz der Alte sein werde. Aber ich glaube das nicht.

Kerstin ist ziemlich aufgedreht. Sie albert mit den Kindern herum. Ich sehe hinüber zu meiner Tochter und schneide eine Grimasse. Aber sie bemerkt es nicht.

Kerstins und Davids Beziehung scheint gut zu funktionieren, was mich etwas wundert. David ist ja kaum noch zu Hause. Skandinavien, China ... Er ist ständig unterwegs. Er verdient viel Geld mit den Maschinen. Kerstin managt die Familie sozusagen alleine. Ab und zu springt ihre Mutter ein, sonst hat sie niemanden. Aber sie wirkt glücklich. Und David auch. Die Zwillinge kommen bald in die Schule. Wie die Zeit vergeht ...

Glück, Harmonie. Ein gemeinsames Leben. Etwas, das zwischen Rebecca und mir bröckelt.

Davon ahnt hier niemand etwas. Wie es um uns steht. Die Fassade passt, nach wie vor.

Ich stehe auf. Alle Blicke sind auf mich gerichtet.

»Ich brauche nur ein bisschen frische Luft«, sage ich.

Mein Teller ist noch fast voll. Als hätte ich vergessen zu essen. Natürlich fragen sie sich, was los ist mit mir.

Ich gehe durch die Küche und hinaus auf die Terrasse.

Draußen ist es bewölkt und kühl. Man hört die Autobahn lauter als sonst. Das monotone Rauschen. Wie eine Meeresbrandung, denke ich. Warum sind wir nicht ans Meer gefahren, Rebecca und ich? Oder in die Berge? Was hat uns daran gehindert?

Rebecca reißt mich aus meinen Gedanken. »Findest du das gut, Nikolas?«

Sie steht hinter mir.

»Darf ich nicht kurz mal frische Luft schnappen?«, frage ich gereizt.

»Sie sind alle deinetwegen da.«

In ihrer Stimme liegt Wut. Aber auch eine Traurigkeit, die mir einen schmerzhaften Stich versetzt.

»Ich weiß.«

»Aber du sitzt da und sagst kein Wort. Du sprichst mit niemandem. Du bist vollkommen abwesend. Was glaubst du, wie das auf die anderen wirkt? Alle haben sich auf das Zusammensein mit dir gefreut.«

»Ich mich auch.«

»Dann zeig es ihnen auch! Gib dir wenigstens ein bisschen Mühe«, sagt sie.

Ich sehe die Tränen in ihren Augen. Ich sollte sie jetzt einfach in den Arm nehmen, aber ich tue es nicht.

»Oh, sorry. Ich wollte euch nicht stören.«

Es ist Christoph.

»Du störst nicht«, sagt Rebecca.

Sie schluckt die Tränen hinunter und sieht uns beide an.

Und da habe ich das Bild von damals wieder vor mir. Unsere Tage zu dritt am Meer. Rebecca im weißen Bikini mit Muscheldesign. Aus dem Wasser kommend, lachend und braun gebrannt. Salzwassertropfen perlen an ihrer Haut ab. Wir sind jung, und das Leben liegt vor uns …

Warum hast du mich genommen, Rebecca? Warum nicht Christoph? Mit ihm wärst du sicher glücklicher geworden. Er hätte dir niemals angetan, was ich dir gerade antue.

Ich lasse die beiden stehen und gehe ins Haus zurück. Was nicht ist, kann ja noch werden, denke ich. Ich bin ersetzbar, nicht nur bei »Kober & Lang«. Das ist mir klar. Da mache ich mir nichts vor. Und Lara, die Prinzessin, würde mich schnell vergessen. Sie ist noch so klein.

Ich schaue hinaus auf die Terrasse.

Christoph und Rebecca unterhalten sich miteinander. Wirken vertraut miteinander. Fast intim.

Ich weiß, dass du sie willst, Christoph. Dass du Rebecca willst. Sie ist deine große Liebe. Ob sie es auch will, weiß ich nicht. Aber sie wird weich werden. Mit der Zeit.

Du und Rebecca. Ihr beide würdet ein wunderbares Paar abgeben.

46

Solveig Jacobsen wirkt fahrig und übermüdet. Zudem sieht sie heute Morgen etwas ungepflegt aus. Das ist neu.

»Ich sehe mich selbst. Es hallt in dem Käfig aus dickem, kaltem, hartem Glas. Ich schlage dagegen, bis meine Hände taub werden. Bis sie grün und blau werden. Wenn ich aufhöre, dagegen zu schlagen, hallt es trotzdem weiter. Das ist in meinem Kopf. Alles war laut da drinnen. Mein Atmen. Meine Schritte. Warum hat er mir das angetan?«

Peter Stein hat bis jetzt mitgeschrieben. Er schaut auf.

»Wie bitte?«, fragt er.

»Warum hat er mir das angetan?«

Sie ist so aufgekratzt, so nervös. Sie gefällt ihm überhaupt nicht heute Morgen.

»Wir wissen es nicht«, antwortet Stein.

Ob noch etwas anderes vorgefallen ist, das sie beschäftigt? Er weiß nur wenig über sie. Familie, Beziehungen, Berufliches … Über all das haben sie nicht gesprochen. Eigentlich handelt er fahrlässig, indem er sie nur als Zeugin sieht. Denn für Solveig Jacobsen ist das hier psychisch ein Tanz auf der Rasierklinge. Er überlegt, ob er das Thema wechseln soll. Etwas Unverfänglicheres, um sie zu schonen.

»Wissen Sie, wie sich das anfühlt?«, fragt sie mit zitternder Stimme.

»Was meinen Sie«, fragt er vorsichtig, »wie sich was anfühlt?«

»Zu leben und zugleich zu wissen, dass man gar nichts dafür kann, am Leben zu sein. Dass es reiner Zufall ist.«

»Sie haben Recht. Man kann das Leben als Zufall sehen. Aber auch als ein Geschenk.«

Sie sieht ihn an.

»Ein Geschenk? Vielleicht. Aber es gibt auch Geschenke, die nicht gut gemeint sind«, sagt Solveig Jacobsen.

»Lassen Sie uns noch einmal auf die Geräusche zurückkommen. Sie sagten vorhin, alles war laut da drinnen.«

»Ja. Mein Atmen, meine Schritte. Mein Weinen. Mein Schreien. Wenn ich gegen die Glaswand gehämmert habe. Und dann der Hall. Deshalb habe ich alles noch viel lauter gehört. Und dabei habe ich mich gesehen. Immer nur mich. Hundertfach gespiegelt. Und meinen Schatten auf den Fliesen. Es war ja immer hell, immer das Licht.«

Isolationshaft, denkt Stein. Es war Folter, was sie hat durchmachen müssen.

»Und Sie hörten niemals etwas von draußen? Nicht das geringste Geräusch?«

Sie denkt nach. Sie ist jetzt etwas entspannter und nicht mehr so fahrig. Das ist gut.

»Ein Vibrieren. Kein richtiges Geräusch. Ab und zu ein Luftzug, aber immer nur kurz. Und dann ein Geruch. Ich kann ihn nicht beschreiben, nur dass er irgendwie kühl war.«

Das ist neu, denkt Stein.

»Der Geruch war kühl? Oder der Luftzug?«

Vielleicht war sie ja gar nicht weit weg von der Zivilisation.

»Der Geruch. Das ist das Einzige, was mir dazu einfällt. Kühl. Ich weiß, dass das komisch klingt.«

»Nein, es klingt nicht komisch«, sagt Stein. »Aber könnten Sie sagen, wie oft das vorkam? Jeden Tag, oder seltener?«

»Mehrmals. Es war mehrmals am Tag. Vielleicht zehn Mal, oder sogar öfter.«

Es kann eigentlich nur unter der Erde sein, denkt er wieder. Ein Keller. Ein Verlies. Ein Bunker ... oder eine Fabrik?!, denkt er plötzlich. Es könnte unter einer Fabrik gewesen sein. Vielleicht kam das Vibrieren von einer Maschine, die jedoch nicht ständig in Betrieb ist.

»Wie lange hielten die Vibrationen an?«

»Immer nur kurz. Ein paar Sekunden vielleicht.«

Was kann das für eine Maschine sein, die nicht ständig, sondern nur etwa ein Dutzend Mal am Tag bedient wird?

47

Ich werde ihm nie sagen können, was es mit diesen Träumen, die wie Erinnerungen sind, auf sich hat, denkt Peter Stein. Obwohl sie Kober immer mehr belasten und existenziell beunruhigen. Aber das ist tabu. Keine Informationen über den Spender. Keine Namen, keine Erklärungen. Erklärungen, die vollkommen abwegig klingen würden.

»Hat es Sie erregt, die Frau zu berühren? Sie zu waschen?«

»Erregt?«

»Also ich meine sexuell erregt?«

Kober lässt sich Zeit mit der Antwort.

»Ich glaube nicht«, sagt er schließlich. »Es ist nichts Sexuelles.«

»Und warum, glauben Sie, tun Sie es dann? Ist es beruhigend? Oder ein Gefühl von Macht?«

»Macht?«, fragt Nikolas Kober.

Er wirkt gequält, denkt Stein.

Ich bin mächtig, denke ich plötzlich. Aber zugleich denke ich das nicht. Es ist nicht mein eigener Gedanke. Ich kann ihn nirgendwo einordnen. Er macht keinen Sinn. Jemand anders muss ihn denken, aber in meinem Kopf!

Kober schweigt. Peter Stein beobachtet ihn. Kalter Schweiß steht ihm auf der Stirn. Er wirkt nicht nur extrem gequält, sondern auch ziemlich verwirrt. Völlig überfordert mit dem, was sich in seinem Kopf abspielt. Seine innere Anspannung ist offensichtlich. Besser wäre es, das Gespräch hier abzubrechen, denkt Peter Stein. Er darf nicht zu weit gehen.

»Was haben Sie mich eben gefragt?«

Kober scheint seine Frage tatsächlich nicht mitbekommen zu haben. Mentale Ausfallserscheinungen. Mühe, sich auf ihr Gespräch zu konzentrieren.

»Warum waschen Sie diese Frau? In Ihren Träumen beziehungsweise Fantasien, meine ich. Sie haben gesagt, es sei nichts Sexuelles. Was, glauben Sie, ist es dann, Herr Kober?«

»Das sind keine Träume oder Fantasien«, erwidert Kober scharf.

Er klingt zornig. Peter Stein sieht ihn irritiert an. Woher kommt auf einmal dieser Zorn?

»Es ist die Realität. Ich habe es getan. Ich habe die Frauen gewaschen.«

»Die Frauen? Sind es mehrere Frauen?«

»Ja. Ich weiß aber nicht mehr, wie viele.«

Neun, denkt Stein, es sind neun Frauen. Aber das warst nicht du. Es war der, dessen Herz seit ein paar Wochen in deiner Brust schlägt. Irgendwann wirst du dich an jede einzelne erinnern …

»Es ist alles falsch in meinem Kopf«, sagt Kober und wischt sich den Schweiß von der Stirn. Jetzt klingt er kläglich. Verzweifelt. »Nichts stimmt mehr. Alles, was da ist, kann in Wirklichkeit gar nicht da sein.«

»Aber warum waschen Sie nun die Frauen?«

Kober sieht Stein mit einem eigenartigen Ausdruck an. Amüsiert fast, und ein wenig arrogant. Er scheint gerade ein Wechselbad der Gefühle zu erleben.

»Sie sollen sauber sein.«

»Warum?«

Stein sieht ihm an, dass Kober antworten will. Aber er kann nicht. Etwas in ihm stemmt sich dagegen. Er scheint nachzudenken. Fährt sich mit beiden Händen durchs Haar. Starrt ihn auf einmal unverwandt an. Ein Blick voller Verachtung. Stein beobachtet Kobers emotionale Achterbahnfahrt nicht ohne Faszination.

»Sie müssen sauber sein für die Fotos«, sagt Kober.

Seine Stimme ist plötzlich viel höher als vorher, und fast bellend.

Nicht ich habe das jetzt gesagt! Es ist vollkommen verrückt! Das war nicht ich! Drehe ich jetzt vollkommen durch? Wer ist das? Wer spricht da aus mir? Ich werde wahnsinnig! Dieser Psychologe sieht mich an, als hätte ich ihm gerade ins Gesicht gespuckt. Er muss es auch gemerkt haben. Dass das nicht ich war. Dass nicht ich das gerade gesagt habe.

48

Ich fahre durch die Gegend.

Auf einer Weide grasen Kühe. Eine Stromleitung zieht sich in leichten Bögen von Mast zu Mast über die Ebene. Eine Ebene, die leicht abfällt. Im Dunst am Horizont kann man ein paar Dörfer und die Ausläufer einer Stadt erkennen.

Durch die Gegend fahren. Das mache ich oft in letzter Zeit. Es tut mir gut. Im Haus wird es mir schnell zu eng. Mir fällt die Decke auf den Kopf. Und so gehe ich auch Rebecca aus dem Weg. Ihr, und unseren meist wortlosen Zusammentreffen.

Wenn ich fahre, vergesse ich die Zeit. Hinterher wundere ich mich oft, wie lange ich unterwegs war. Manchmal stundenlang. Ich kann auch später nicht sagen, wo ich gewesen bin. Ein bisschen wie in Trance. Aber es tut mir gut.

Die Straße steigt jetzt leicht an. Führt durch ein Stück Wald. Eine Schonung. Akkurat gepflanzte Buchen. Hinter mir ist niemand. Ich fahre langsamer. Durch die Reihen der Bäume hindurch sehe ich am Ende etwas milchig Helles. Ein Feld. Rechts von mir hört die Baumreihe auf. Ein Ortsschild. Ein Dorf. Eine Gaststätte, die geschlossen hat. Bergan ein paar Einfamilienhäuser. Es ist eher ein Weiler als ein Dorf. Den Namen auf dem Ortsschild habe ich nicht gelesen. Ich glaube nicht, dass ich hier schon einmal war. Links der Häuser, etwas unterhalb der Straße, ist eine große Fabrik. Ein gemauerter Schlot ragt in die Höhe. Aber hier scheint schon lange nicht mehr gearbeitet zu werden. Das Gebäude wirkt verfallen. Eingeschlagene Fensterscheiben. Drumherum wuchernde Pflanzen und Gestrüpp.

Ich gebe Gas und öffne das Fenster einen Spalt. Der Fahrtwind fühlt sich an wie kühlende Flüssigkeit. Am Ende einer langgezogenen Kurve ist auf einmal ein Traktor vor mir, und ich bremse ab. Er zieht einen Anhänger mit Baumaterial hinter sich her. Ich warte ab, bis die Straße wieder gerade verläuft. Dann überhole ich. Ansonsten ist hier kein Verkehr. Ich erhöhe das Tempo wieder. Eine Weile fahre ich gleichmäßig schnell geradeaus. Das Dahingleiten beruhigt mich, für Augenblicke kommt mir alles angenehm friedlich vor.

Irgendwann fahre ich rechts ran und halte am Straßenrand. Neben einer breiten, leicht abfallenden Böschung. Ich steige aus. Über mir fliegen ein paar Krähen. Das Gras hier ist braun und trocken. Es hat in den letzten Wochen viel zu wenig geregnet.

Aus der Ferne höre ich einen Zug, der näher kommt. Also sind hier irgendwo Bahngleise. Unterhalb der Böschung wahrscheinlich. Jetzt kann ich den Zug auch sehen.

Regionalexpress, 12.43 Uhr, schießt es mir da durch den Kopf, stündlich ab 4.43 Uhr.

Irritiert werfe ich einen Blick auf meine Armbanduhr.

Es stimmt auf die Minute.

Woher kenne ich den Fahrplan? Und wozu? Ich fahre seit Jahren nicht mehr Zug, sondern immer Auto.

Ich gehe ein Stück die Böschung hinunter. Sie wird Meter für Meter steiler.

Irgendwann bin ich unten. Nicht weit entfernt von mir sind die Bahngleise. Mein Auto kann ich von hier aus nicht mehr sehen.

Es ist sehr still. Und sonderbarerweise kommt der Ort mir bekannt vor. Als wäre ich schon mal hier gewesen. Was nicht sein kann. Was hätte ich auch hier unten bei den Gleisen machen sollen?

Ich muss eine ganze Weile an derselben Stelle gestanden haben. In Gedanken versunken. Die Dunkelheit der Nacht war inzwischen der Morgendämmerung gewichen, und ein neuer Tag brach an. Ich hörte den Zug erst, als er schon ziemlich nah war. Ich wich sofort zurück und sprang das erste Stück Böschung hinauf. Dann ging ich langsamer weiter. Unter mir hörte ich jetzt den Zug heranrauschen. Aber ich war bereits weit genug oben und in Sicherheit. Von den Gleisen aus würde mich niemand sehen. Dann das plötzliche Quietschen und Klirren. Eine Vollbremsung. Ein lautes Krachen. Ohrenbetäubend. Das letzte Stück rannte ich bis zu meinem Wagen am Straßenrand. Ich wollte nichts riskieren.

Was war das? Ich sitze wieder im Auto. Es hat zu nieseln begonnen. Feiner Nebel kommt auf. Wieder eine dieser falschen Erinnerungen? Sie überkommen mich ohne Ankündigung. Ich bin wehrlos gegen sie.

Ich lasse den Motor an und werfe einen Blick in den Rückspiegel. Die Straße ist leer. Ich lege den Gang ein und gebe Gas. Erde und ein paar Steine spritzen seitlich weg.

Felder, Wald, Häuser. Eigentlich sieht alles gleich aus. Ich fahre wie durch eine Kulisse. Die Landschaft lenkt mich von meinen düsteren Gedanken ab. Von meinen falschen Erinnerungen. Von meinem Leben und von meiner Beziehung mit Rebecca. Von dem Riss zwischen uns und wie man ihn wieder kitten könnte. Davon, wie es weitergehen soll mit uns.

49

Ich sitze am Küchentisch. Vor mir ein leerer Teller. Ein Glas Orangensaft. Ich habe eine Pizza gegessen. Rebecca kommt in die Küche. Ohne ein Wort zu sagen, setzt sie sich zu mir an den Tisch.

Schweigend sitzen wir einander gegenüber.

»Ich schätze, du hast dir gerade ein Fertiggericht gemacht«, sagt sie schließlich. Sie zeigt auf den leeren Teller.

»Eine Pizza«, sage ich.

»Sicher gut«, sagt sie.

Ich überhöre die Ironie.

»Aber du hast schon gesehen, dass vom Mittagessen noch Lasagne übrig war, oder? Und Tiramisu? Alles frisch gekocht und selbst gemacht.«

»Doch, das habe ich gesehen. Danke.«

»Nichts zu danken. Es freut mich, dass du die Lasagne und das Tiramisu wenigstens gesehen hast. Essen musst du sie natürlich nicht, denn es gibt ja die gute Fertigpizza.«

Ich will etwas darauf sagen, aber sie fällt mir ins Wort.

»So einen Mist isst du!«

Ich trinke einen großen Schluck Orangensaft.

»Wohl bekomms!«

»Danke.« Ich stelle das Glas wieder auf den Tisch.

Rebecca sieht mich an. Da ist nichts Böses in ihrem Blick. Nur Enttäuschung. Erschöpfung.

»Wir hatten Besuch heute. Das hast du wahrscheinlich vergessen, oder? Du warst ja unterwegs. Ich weiß nicht, wo du warst oder was du gemacht hast …«

»Es tut mir leid. Das habe ich total vergessen. Christoph, oder?«

»Ja, Christoph.«

Ich trinke wieder einen Schluck.

»Ist das der Preis, Nikolas?«, fragt sie.

»Welcher Preis?«

Ich spüre, wie es in ihr brodelt.

»Der Preis dafür, dass du dem Tod entronnen bist? Dass das alles hier vor die Hunde geht? Mit uns? Mit unserer Tochter? Mit allem, was uns wichtig war?«

Sie wendet sich ab.

»Wieso mit unserer Tochter?«, frage ich.

»Glaubst du, ich bekomme nicht mit, wie du mit ihr umgehst? So wie man mit einem Haustier umgeht. Aber Lara ist kein Haustier, Nikolas. Sie ist unser Kind!«

Ich lege meine Hand auf ihre. Und sie zieht ihre Hand nicht zurück. Sie sieht mich nur mit traurigen Augen an.

»Und du bist meine Frau, Rebecca. Ich will, dass alles wieder so wird wie früher.«

Ich streichle ihre Hand. Eher mechanisch als zärtlich. Schließlich zieht sie ihre Hand weg.

»Bist du dir da sicher? Ich glaube inzwischen nicht mehr, dass du das willst, Nikolas. Ich weiß nicht mehr, was du überhaupt willst. Ich weiß nur, dass wir so nicht weitermachen können.«

Sie fängt an zu weinen.

Wo ist eigentlich die Kleine?, frage ich mich plötzlich. Hat Rebecca das Gespräch hier etwa geplant? Um mich zu konfrontieren, mich zur Rede zu stellen? Das haben wir doch bislang ganz bewusst vermieden.

»Ist dir eigentlich klar, Nikolas, was ich in den letzten Wochen durchgemacht habe?«, fragt sie mich unter Tränen.

»Ich weiß«, sage ich. Ich fühle mich auf einmal ganz schäbig.

»Ach hör auf! Du hast doch keine Ahnung!«

»Ich ...«

»Ja, genau. Ich. Ich. Ich. Immer nur ich. Vielleicht könntest du langsam anfangen, die Menschen in deiner Umgebung wieder wahrzunehmen. Die für dich gekämpft haben. Die dich lieben!«

Rebecca ist jetzt ganz außer sich. Plötzlich sehe ich sie wie durch den Sucher einer Kamera. Das ist mir in den letzten Tagen schon einmal passiert. Eine sehr eigenartige Perspektive. Weitwinkel mit Zoom. Irgendwie surreal.

Diese Szene, meine weinende Frau ... Es erinnert mich an etwas anderes.

An eine andere Frau. Eine Frau hinter Glas.

Ich sehe, dass sie schluchzt. Aber ich höre es nicht.

Sie kann mich nicht sehen.

Nur ich kann sie sehen. Ich bin in Sicherheit.

Und sie ist es auch. Sie weiß es nur nicht. Deshalb weint sie. Dabei ist sie geborgen. Wie ein Embryo im Mutterleib. Denn das Studio ist ein großer Körper aus Glas ...

Ein lautes Krachen reißt mich zurück in die Gegenwart. Es war die Küchentür. Rebecca hat sie zugeschlagen. Dass sie vom Tisch aufgestanden ist, habe ich nicht bemerkt.

50

»Alles um mich herum scheint sich aufzulösen. Mein bisheriges Leben, verstehen Sie? Alles, was mir einmal wichtig war, was mir etwas bedeutet hat. Alles fällt zusammen wie ein Kartenhaus.«

Dabei ist gerade das Umfeld so wichtig für ihn, denkt Stein. Familie und Freunde. Er braucht sie, um genesen zu können.

»Ich finde keinen Kontakt mehr zu meiner Frau. Wir sind wie zwei Fremde, die im selben Haus wohnen. Meine Tochter sehe ich kaum noch. Und wenn, dann finde ich keinen Zugang zu ihr. Nur eine große emotionale Distanz, die ich mir nicht erklären kann.«

Alles, was ihn stabilisieren könnte, scheint also wegzubrechen. Der Mann tut ihm leid.

»Wie ist das mit Ihrer Frau? Sehen Sie denn da keine Möglichkeit einer neuen Annäherung?«

»Es ist dieselbe emotionale Distanz wie meiner Tochter gegenüber. Ich empfinde nichts mehr für Rebecca.«

»Wann hat es angefangen? Möchten Sie mir ein wenig mehr darüber erzählen?«, fragt Stein.

Kober schließt die Augen.

Er ist erschreckend blass, denkt Stein. Er gefällt ihm nicht. Er gefällt ihm ganz und gar nicht.

»Es begann, kurz nachdem ich aus dem Krankenhaus entlassen wurde. Nach der Operation.«

Kober kann nicht ruhig sitzen. Er ist ständig in Bewegung.

Rutscht nervös auf dem Sessel hin und her. Kratzt sich ständig am Kopf. Auch an den Armen und Beinen. Vielleicht sollte ich ihm etwas zur Beruhigung geben, denkt Stein. Um diesen Strudel, in den Kober gerade gerät, ein wenig abzustoppen. Ihm die Gelegenheit bieten, wieder aufzutauchen und Luft zu holen.

»Und diese emotionale Distanz ist in der letzten Zeit größer geworden?«

»Auf jeden Fall. Es ist wie tot. Alles ist wie tot. Mein früheres Leben … Ich kann mir gar nicht mehr vorstellen, dass ich das war. Dass es mein Leben war.«

»Haben Sie das Rebecca schon einmal erzählt? Haben Sie ihr Ihre Gefühle mitgeteilt?«

Kober richtet sich kurz auf und sackt dann wieder in sich zusammen.

»Wie soll ich ihr das denn mitteilen? Was soll ich ihr sagen? Du, es tut mir leid, aber ich bin ein anderer geworden und empfinde nichts mehr für dich? Auch für Lara nichts mehr? Nichts mehr für unsere Familie, für das, was wir uns geschaffen haben, für das Haus, sogar für meinen Beruf … Ich empfinde für nichts mehr etwas? Das soll ich ihr sagen?« Er schüttelt vehement den Kopf.

»Sie haben vollkommen Recht, es ist sehr schwierig«, räumt Peter Stein ein.

Er darf ihm nicht reinen Wein einschenken. Er darf Kober seine Vermutungen nicht verraten.

Dass in seiner Brust nicht nur ein fremdes Herz schlägt, sondern dass der, dem dieses Herz vorher gehörte, immer mehr Macht über Kober gewinnt. Darauf deutet alles hin. Es bleibt nicht dabei, dass sich in Kober Episoden aus dem Leben des Fotografen abspielen. Auch Kobers Gefühlswelt wird immer mehr von ihm durchdrungen, und er fängt offenbar an, dessen Verhaltensweisen zu übernehmen.

»Wir reden kaum noch miteinander, Rebecca und ich. Wir gehen uns aus dem Weg. Ich fahre seit einiger Zeit immer wieder stundenlang mit dem Auto in der Gegend herum. Es beruhigt mich irgendwie.«

Er kann Kober nichts sagen. Niemals.

»Und ich muss Rebecca nicht sehen. Ich muss nicht mit ihr reden.«

»Und wohin fahren Sie dann?«

Er darf sich jetzt nicht anmerken lassen, wie wichtig diese Frage für ihn ist.

Kober lehnt sich im Sessel zurück und verschränkt die Arme vor seiner Brust.

»Es gibt kein Ziel. Ich fahre einfach so durch die Gegend.«

»Also Sie fahren, sagen Sie. Auch länger. Aber vielleicht machen Sie zwischendurch auch mal eine Pause? Steigen aus? Gehen ein paar Schritte durch die frische Luft?«

»Doch, schon«, antwortet Kober.

Stein spielt nervös mit einem Bleistift in seiner Hand und zwingt sich, Ruhe zu bewahren.

»Könnten Sie einmal einen solchen Ort beschreiben, an dem Sie anhalten? Wie sieht es dort aus?«, fragt er.

»Wie es dort aussieht? Das ist eine komische Frage«, sagt Kober.

»Es geht dabei um Ihre Vorlieben. Wo entspannen Sie sich? Ist es am Ufer eines Sees? Schauen Sie aufs Wasser? Oder stehen Sie auf einer Anhöhe und haben einen weiten Blick über die Landschaft? Oder machen Sie lieber mitten in der Stadt eine Pause? Oder an einer Tankstelle? Auf einem Parkplatz? An einer Autobahnraststätte?«

Kober denkt jetzt länger nach.

»Nicht gern, wo es belebt ist«, sagt er dann.

»Gibt es noch mehr Gemeinsamkeiten?«, fragt Stein.

»Gemeinsamkeiten?«, fragt Kober verwirrt.

»Vorlieben, meine ich.«

Stein hält die Luft an. Kober wirft ihm einen sonderbaren Blick zu. Er wirkt jetzt wieder sehr ruhig. Konzentriert.

»Schienen«, sagt Kober.

»Schienen?«, fragt Stein. Im selben Moment bricht die Spitze seines Bleistifts ab.

»Ja. Bahngleise. Ich halte an und gehe ein paar Schritte. Dann sind da oft Schienen. Dort bleibe ich stehen. Es ist mir jetzt erst aufgefallen, weil Sie mich danach gefragt haben.«

Peter Stein notiert sich etwas.

»Ihr Bleistift ist kaputt«, bemerkt Kober.

Stein sieht ihn an.

»Kaputt, ja, natürlich, Sie haben Recht«, murmelt er. Er starrt die Linien, Druckstellen und winzigen Holzsplitter auf dem Papier an, das vor ihm liegt. Spuren, die der abgebrochene Bleistift hinterlassen hat.

51

Meine Fahrten ohne Plan und Ziel sind immer exzessiver geworden. Inzwischen täglich mehrere Stunden. Das Unterwegssein, das Herumfahren, in Bewegung zu sein – es beruhigt mich. Ich muss nicht nachdenken. Ich muss mich nur aufs Fahren konzentrieren. Zu Hause halte ich es nicht mehr aus. Vor allem nicht, wenn Rebecca da ist. Was immer seltener der Fall ist. Rebecca und ich gehen uns aus dem Weg. Wir meiden einander. Das funktioniert nicht immer. Unsere selten gewordenen Begegnungen laufen entweder mit eisigem Schweigen ab oder mit kurzen, harten Wortgefechten, mit Konfrontation. Ein ruhiger Umgang miteinander ist uns nicht mehr möglich. Wie soll das weitergehen? Die Situation ist extrem belastend. Bleibt nur noch die Frage, wer von uns beiden die Beziehung beendet. Dass ich ausziehen werde, liegt auf der Hand. Rebecca wird mit Lara im Haus wohnen bleiben.

Ich parke am Rand einer schmalen Straße. Es ist bewölkt. Aber es hat immerhin aufgehört zu regnen. Erst jetzt realisiere ich, dass ich hier schon mal war. Sogar öfter. Irgendwie zieht es mich in den letzten Tagen immer wieder hierher.

Ich steige aus. Die Luft ist frisch. Ich gehe an dichten Hecken entlang zu dem Eingang eines Grundstücks. Das Tor aus Holz ist morsch und schief, und das Vorhängeschloss ist so verrostet, dass es auch mit einem Schlüssel nicht mehr zu öffnen wäre. Muss es auch nicht, denn man kann mühelos über das Tor klettern. Aber ich gehe noch ein Stück weiter. Bis zu der Stelle, wo ein Loch im Zaun ist. Hier ist der Bewuchs nicht ganz so dicht. Ich zwänge mich hindurch. So wie die letzten Male auch. Und dann stehe ich in dem Garten.

Ich weiß nicht, was mich hierher zieht. Zu diesem Haus. Zu diesem Garten. Ein Garten, der sicher einmal gepflegt war. Man kann die Wege noch erkennen. Auch Rabatten und Beete. Es gibt ein paar alte Obstbäume, die allerdings einigermaßen aus der Form geraten sind und wahrscheinlich kaum noch tragen. Gras und Gestrüpp stehen fast überall sicher einen halben Meter hoch.

Auch das Haus ist überwuchert von Pflanzen. Es ist eigentlich schon eine Ruine. Die Natur hat sich ihren Platz zurückerobert. Im Haus muss es einmal gebrannt haben. Man kann zwischen dem Gestrüpp ein paar verkohlte Fensterhöhlen sehen. Auch angebrannte Holzstapel und Reste von Möbeln. Das Dach über dem hinteren Teil des Hauses ist eingestürzt. Aus einem Zimmer wachsen eine Birke und ein mächtiger Holunderstrauch. Ich gehe zwischen zerbrochenen Ziegeln umher.

Es ist kein großes Haus. Zwei bis drei kleine Zimmer, eine Küche. Das Klo ist draußen. Eine schiefe Holzkonstruktion, auch schon ziemlich brüchig. Das Waschbecken, das früher an der Außenwand des Verschlags befestigt gewesen sein muss, hat jemand herausgeschlagen. Es liegt im Gras. Das Wasser kam aus einem Brunnen, eine runde Öffnung im Boden, über die eine schwere Metallplatte gelegt wurde.

Dauerhaft bewohnt war das Haus hier wahrscheinlich nie. Eher eine Art Datscha, ein Sommerhäuschen. Für die Wochenenden. Mit Obst und Gemüse aus dem Garten.

Manchmal bilde ich mir ein, Stimmen und Gelächter zu hören. Dann riecht es nach Gegrilltem. Ich bin davon überzeugt, dass früher auch ein Hund durch den Garten getobt ist. Und Kinder. Dass es eine Familie war, die hier ihre Wochenenden verbrachte. Die Ruine betreten habe ich noch nie. Aus irgendeinem Grund weiß ich, dass es da nichts zu sehen gibt. Und dass das verfallene Haus auch nicht der Grund ist, warum es mich hierher zieht. Auch der Garten nicht. Was mich hierher zieht, liegt im Verborgenen. Es ist nicht sichtbar. Das soll auch so bleiben. Niemand soll es sehen. Niemals.

Es ist tief unter der Erde verborgen, was mich hierher zieht. Diese Erkenntnis kommt mir ganz plötzlich in den Sinn.

Tief unter der Erde? Was soll das bedeuten? Wieder habe ich den Eindruck, dass jemand anders als ich in meinem Kopf denkt. Durch meine Gedanken spukt.

52

Bahngleise. Das Wort hatte Peter Stein sofort elektrisiert. Dass Nikolas Kober, wenn er scheinbar ohne Ziel durch die Gegend fährt, immer wieder an Bahngleisen anhält, so wie er es in ihrer letzten Sitzung erzählte, das hatte Stein nicht mehr losgelassen. Ist es denn möglich, dass Kober unbewusst Orte aufsucht, an denen der Fotograf gewesen war?

Deshalb hatte er kurzerhand beschlossen, Kober zu folgen. Das erste Mal vor zwei Tagen.

Er hatte in der Nähe von Kobers Haus im Auto abgewartet. Er hatte beobachtet, wie Kobers Frau Rebecca mit ihrer kleinen Tochter nach Hause gefahren kam, in der Garage parkte und mit dem Kind ins Haus ging. Keine zehn Minuten später hatte Kober das Haus verlassen, war in seinen Wagen gestiegen und losgefahren. Stein war ihm in sicherem Abstand gefolgt. Doch er hatte den Abstand aus lauter Vorsicht zu groß gelassen und Kober schon in der Stadt verloren.

Das ist ihm heute nicht passiert.

Was er in den letzten drei Stunden gesehen hat, raubt ihm fast den Atem. Es ist einfach nicht zu fassen!

Wo ist Bruckner? Verdammt! Die ganze Zeit schon versucht er, ihn zu erreichen. Er hat ihn in seinen Plan, Kober zu verfolgen, vorerst absichtlich nicht eingeweiht, um erst einmal selber zu sehen, was dabei herauskommt. Ob Kober wirklich eine Schlüsselrolle für ihre Ermittlungen spielt.

Jetzt klopft Stein nervös mit dem Handy aufs Lenkrad.

Kober hat vor ungefähr drei Minuten auf dem Seitenstreifen an einer Landstraße angehalten, ist ausgestiegen und ein paar Schritte weitergegangen. Und dann hat Stein ihn aus dem Blickfeld verloren. Kober ist wie vom Erdboden verschluckt.

Stein fährt langsam an Kobers Auto heran und bis zu der Stelle, an der er verschwunden ist.

Und dann gab es keinen Zweifel mehr. Es gab verdammt nochmal keinen Zweifel mehr!

Stein hatte die kleine Öffnung in der Hecke sofort entdeckt. Den Einstieg zu dem Trampelpfad, der von der Landstraße aus durch dichtes Gestrüpp ziemlich abschüssig hinunter zur Bahnstrecke führt. Es war seine dritte Tat. Dort unten auf den Bahnschienen, wo Kober jetzt sein muss, hatten sie Vanessa Gerlach gefunden, oder besser gesagt das, was der Zug von der jungen Frau übrig gelassen hatte.

Endlich hat er Bruckner an der Strippe.

»Natascha Oleg und Vanessa Gerlach.« Stein flüstert, obwohl er am liebsten schreien würde.

»Was meinst du?«, fragt Bruckner.

»Er hat mich an die beiden Orte geführt, wo der Fotograf Natascha Oleg und Vanessa Gerlach abgelegt hat. Innerhalb von nicht mal zwei Stunden!«

»Wer hat dich dahin geführt?«

Peter Stein hält die Luft an. Er sieht Nikolas Kober zu seinem Wagen zurückgehen.

»Kober.«

»Kober?«

»Er kommt zurück.«

»Du verfolgst ihn?«

»Ich muss Schluss machen!«

Kober setzt sich ins Auto und fährt los.

Im Gegensatz zu den ersten beiden Stunden seiner Tour wirkt die Fahrt nun zielgerichteter. Auf jeden Fall ist Kober deutlich schneller unterwegs. Vielleicht hat er für heute genug und fährt nach Hause. Allerdings stimmt die Richtung ganz und gar nicht. Es wäre ein riesiger Umweg. Kober will noch woandershin. Anders als vorher scheint er jetzt ein konkretes Ziel zu haben. Offenbar kennt er die Strecke auch sehr gut. Er hat es plötzlich eilig. Stein hat immer wieder Mühe, ihm zu folgen. Er muss auch wieder genügend Abstand einhalten, denn es ist jetzt kaum mehr Verkehr. Kober darf auf keinen Fall merken, dass er verfolgt wird. Stein will Kober aber auch auf keinen Fall verlieren.

Die Fahrt führt über schmale Landstraßen durch ein paar Dörfer, in denen Stein noch nie gewesen ist. Obwohl sie nicht weit von der Stadt entfernt liegen. Das sieht er auf dem Navi. Dann erreichen sie wieder einen der großen Zubringer, die in die Stadt führen, ausgebaut wie eine Autobahn. Sie nähern sich der Stadt aus einer anderen Richtung als der, aus der sie gekommen sind.

Kober bleibt nicht lange auf dem Zubringer. Er nimmt die erste Ausfahrt rechts ab. Durch ein Waldstück. Links und rechts kommen Felder. Umgegrabene Äcker. Im Hintergrund sieht man schon wieder die Silhouette der Stadt. Ein Meer von Lichtern. Es hat bereits zu dämmern begonnen. Er wird Kober verlieren, wenn es dunkel ist. Er fährt jetzt wieder Richtung Stadt, allerdings über eine Art Feldweg. Ist das eine Abkürzung? Kurz danach endet der Weg, und Kober biegt in eine Landstraße ein. Stein kann sich kaum noch orientieren. Sie sind jetzt wieder in einem Außenbezirk der Stadt.

Gärten sind hier. Keine Schrebergärten, sondern ziemlich große Grundstücke, von hohen Hecken und Büschen umgeben. Hin und wieder sieht man Häuser dahinter. Meistens kleinere Garten- oder Sommerhäuser. Es scheint jedenfalls kein Wohngebiet zu sein. Dann sieht Stein rechts eine Einfahrt. Er bremst scharf und biegt dort ein. Er ist Kober jetzt viel zu nahe gekommen. Außer ihnen beiden ist hier niemand mehr unterwegs. Kober darf auf keinen Fall Verdacht schöpfen. Er soll denken, dass es ein Anrainer ist hinter ihm, der zu seinem Garten will. Die Straße verläuft geradeaus weiter. Kober vor ihm wird langsamer, dann hält er an. Hat er etwas bemerkt? Doch Kober schenkt dem Wagen hinter ihm in der Einfahrt keine Beachtung.

Er geht an einem Tor vorbei und weiter an einer dichten Hecke entlang, die ein Grundstück umgibt. Plötzlich bückt er sich und verschwindet in der Hecke.

Ob dahinter ein Loch im Zaun ist oder ein zugewachsener zweiter Eingang? Jedenfalls ist offensichtlich, dass Kober sich hier auskennt.

Stein vergrößert den Kartenausschnitt auf seinem Navi, um zu eruieren, wo genau sie sich überhaupt befinden.

Es ist eine Anhöhe im Osten der Stadt, ungefähr zwischen Autobahn und Eisenbahndamm gelegen. Hinter dem Garten, wo Kober jetzt sein muss, geht es steil hinunter bis zu den Gleisen.

Ein Grundstück ganz in der Nähe von Gleisen.

Inzwischen ist es zwar dunkel, aber Stein kann trotzdem die Umrisse eines Hauses in dem Garten erkennen. Er würde am liebsten aussteigen und Kober folgen, aber das wäre zu riskant. Er muss warten, bis Kober zurückkommt und wieder wegfährt. Danach wird er sich auf dem Grundstück ein wenig umsehen.

Doch wo bleibt Kober? Was macht er dort so lange?

Peter Stein notiert sich die Koordinaten, damit sie auf jeden Fall später hierher zurückfinden.

Leichter Nieselregen versprüht sich über die Windschutzscheibe. Nebel zieht auf, und der Mond ist nicht zu sehen.

Jetzt ist Kober schon über eine halbe Stunde weg. Ob er doch gemerkt hat, dass er verfolgt wurde? Oder ist er etwa zu Fuß weitergegangen? Wollte er fliehen? Aber warum sollte er? Dass er auf den Spuren eines Mörders wandelt, ist ihm ja nicht mal im Ansatz bewusst.

Wenn überhaupt, dann führt er uns nur unabsichtlich zu den Tatorten, denkt Stein. Und wer weiß, vielleicht hat er das hiermit sogar schon getan. Vielleicht ist hier tatsächlich das Studio des Fotografen. Der Käfig aus Glas und Spiegeln.

Bruckner und er müssen sich den verwilderten Garten und das Haus darin morgen bei Tageslicht ansehen. Stein kramt im Handschuhfach. Er hat nicht mal eine Taschenlampe dabei. Es macht also wenig Sinn, jetzt hier im Dunkeln herumzuirren.

Der Regen ist stärker geworden.

Da sieht er Kober kommen, endlich. Er geht zu seinem Wagen, steigt ein und fährt langsam davon.

Stein folgt ihm jedoch nicht. Es ist genug für heute. Er lauscht dem Prasseln des Regens aufs Autodach. Es macht ihn schläfrig. Außerdem stellt er fest, dass er Hunger hat. Sein Magen knurrt.

Vielleicht ist das hier der Durchbruch im Rahmen ihrer Ermittlungen. Studio, Galerie, Tatort ... Ob wir jetzt gefunden haben, wonach wir seit Jahren erfolglos suchen?

Stein greift zum Handy und ruft erneut Bruckner an.

53

Regen. Den ganzen Abend schon.

Peter Stein steht im Erker seiner Wohnung und blickt auf die Straße hinunter. Er kann hören, wie der Regen durch die Rinne vom Dach in den Hof hinunterrauscht. Gut für die Pflanzen, dass es regnet. Die vergangenen Wochen war es sehr trocken. Und viel zu kühl. Dafür, dass laut Kalender bald der Sommer beginnt.

Unten fährt ein Auto vorbei. Es zieht eine rote Lichtschliere hinter sich her.

Aus der Küche meldet sich sein Handy. Es ist fast elf. Bruckner oder seine Schwester. Sonst kann es eigentlich niemand um diese Zeit sein.

Er geht in die Küche. Er torkelt schon ein wenig vom Rotwein. Er hat zu schnell getrunken. Und zu viel in der letzten Zeit. Der Rest in der Flasche auf dem Küchentisch reicht nicht mal mehr für ein Glas. Die Kartoffeln auf dem Herd hätte er wahrscheinlich vergessen, wenn sein Handy nicht geläutet hätte.

»Ja?«

»Hier ist Solveig Jacobsen.«

Er hatte ihr ganz zu Beginn ihrer Sitzungen, die ja eigentlich Verhöre waren, seine Handynummer gegeben. Für alle Fälle – und so ein Fall schien jetzt eingetroffen zu sein.

»Kann ich zu Ihnen kommen? Mir ist noch etwas eingefallen, ich glaube, es ist wichtig.«

So wichtig, um ihn zu dieser späten Stunde anzurufen?

»Wo sind Sie jetzt, Frau Jacobsen?«

Irgendein Lärm ist da im Hintergrund.

»Am Bahnhof. Ich wollte zu meinen Eltern fahren. Raus aus der Stadt.«

»Warum sind Sie dann nicht gefahren?«

»Bitte? Ich verstehe Sie ganz schlecht. Es ist so laut hier.«

»Warum sind Sie nicht zu Ihren Eltern gefahren?«

Man hört jetzt deutlich einen Zug einfahren. Stimmen, Gelächter. Eine Durchsage.

»Das ist eine lange Geschichte. Kann ich kommen? Es ist wirklich wichtig.«

»In Ordnung«, sagt er.

»Wohnen Sie in dem Haus, wo auch Ihre Praxis ist?«

»Ja. Ein Stockwerk höher. Haben Sie schon gegessen?«

»Nein«, antwortet sie nach einem kurzen Schweigen.

»Es gibt Kartoffeln. Bis gleich«, sagt Stein.

Er ist verwirrt. Fühlt sich überrumpelt. Es ist eigentlich gar nicht in Ordnung, dass sie einfach so bei ihm auftaucht. Noch dazu fast mitten in der Nacht. Wenn er nüchtern gewesen wäre, hätte er ihr das ausgeredet und sie auf den nächsten Tag vertröstet. Er hat sich überfahren lassen von ihr. Seiner Patientin. Ihrer Zeugin. Ihrer wichtigsten Zeugin.

Er legt das Handy auf den Küchentisch und schenkt sich den Rest ein. Nicht mal mehr ein halbes Glas.

Dann nimmt er die Kartoffeln vom Herd. Sie sind längst weich genug. Er gießt sie ab. Der Dampf des heißen Wassers beschlägt die Gläser seiner Brille. Ein Blick in den Kühlschrank. Es ist noch Quark übrig, ein Bund Schnittlauch, etwas Käse. Es reicht für zwei. Sogar eine Flasche Weißwein steht kalt.

»Guten Abend«, sagt sie ein wenig verlegen.

Sie tropft vor Nässe. Ihre Haare. Die Kleider. Ihre Schuhe sind völlig verdreckt, und sie fröstelt.

»Frau Jacobsen! Was ist passiert? Kommen Sie erst mal rein.«

Sie schaut auf ihre Schuhe. »Soll ich sie ausziehen?«

Er nickt. »Wäre besser.«

Am besten alles, denkt Stein. Und dann ein heißes Bad.

»Wo sind Sie denn gewesen?«

»Am Bahnhof.«

»Von dort haben Sie angerufen. Aber mit den Schuhen meine ich?«

Solveig fährt sich mit beiden Händen durch ihr nasses Haar. Wischt sich die Hände an ihrem Mantel ab.

»Ich bin spazieren gegangen.«

»Bei diesem Wetter?«

»Ja, oben bei der alten Ziegelei. Kennen Sie sie?«

Er nickt. Er kennt die Gegend. Von der Ziegelei aus führt eine Straße den Bahndamm entlang. Ihm wird heiß und kalt. Es ist gut möglich, dass sie suizidgefährdet ist. Warum hat er daran noch nicht gedacht? Ob sie sich von einem Zug überfahren lassen wollte?

»Ich musste einfach nur raus«, sagt sie. »Dann bin ich gelaufen. Immer weiter. Immer an den Schienen entlang. Es hat meinen Kopf gelüftet. Und dann ist mir plötzlich klar geworden, was das war. Was ich da wahrgenommen habe, als ich gefangen war. Das Vibrieren. Der Luftzug und dieser kühle, metallische Geruch.«

Noch immer steht sie im Mantel zwischen Tür und Angel.

»Kommen Sie doch erst mal rein.«

Er lässt sie eintreten, schließt die Wohnungstür und nimmt ihr den nassen Mantel ab. Dann führt er sie in die Küche.

»Es war ein Zug«, fährt sie atemlos fort. »Ich habe dort Züge gehört. Ich bin ganz sicher. Es wurde mir sonnenklar, als ich an den Gleisen entlangging und immer wieder ein Zug an mir vorbeifuhr. Das war es, was ich gehört habe, mehrmals jeden Tag!«

Eine Bahnstrecke! Warum um Himmels willen sind sie da nicht schon viel früher draufgekommen? Es liegt doch auf der Hand! Er hat seine Opfer irgendwo in der Nähe von Bahnschienen eingesperrt. Irgendwann hat er sie dann auf die Gleise gelegt und von einem Zug überfahren lassen. Der verwilderte Garten und das Haus, wohin er Kober heute gefolgt ist. Es ist ganz in der Nähe eines Bahndamms.

»Mehrmals am Tag?«

»Was?«

»Fuhr ein Zug vorbei?«

»Ja.«

Sie setzen sich an den Küchentisch. Im Schein der Lampe wirkt Solveig Jacobsen ganz blass. Sie sieht ihn jetzt unsicher an. Wahrscheinlich merkt sie, dass er schon einigermaßen betrunken ist. Sie zeigt auf den Topf neben dem Herd.

»Sind das Kartoffeln?«, fragt sie.

Peter Stein nickt geistesabwesend. Das verwilderte Grundstück, der Garten. Das Haus. Dort muss tatsächlich sein Studio sein!

»Kann ich mir etwas davon nehmen?«

»Wie bitte?«

»Kann ich mir von den Kartoffeln etwas nehmen?«

»Aber natürlich. Im Kühlschrank sind Quark und Schnittlauch. Bitte bedienen Sie sich«, sagt er. »Und wenn Sie wollen, Weißwein gibt es auch.«

Sie steht auf, räumt die Sachen aus dem Kühlschrank und stellt sie auf den Tisch.

»Danke. Ich habe den ganzen Tag noch nichts gegessen.«

Peter Stein beobachtet schweigend, wie sie die Flasche Weißwein entkorkt.

54

Ich habe sie gewaschen.

Ein letztes Mal. Die Zeit des Abschieds ist gekommen. Auch wenn ich mich immer noch nicht sattsehen kann an ihr. Nackt und rein liegt sie vor mir. Auf dem Metalltisch.

Sie ist so unglaublich schön in ihrem tiefen Schlaf.

Was ist das? Wo bin ich? Ich komme wieder zu mir. Aber etwas stimmt nicht. Ich bin in einem Raum. Ein Studio. Ich bin bei der Frau, die auf dem Metalltisch liegt. Sie ist nicht bei Bewusstsein. Und ich habe eine Maske auf. Eine Art Gasmaske. Ich sehe mich dutzendfach gespiegelt – an den Wänden, an der Decke. Ich atme durch die Maske. Die Luft kommt aus einer kleinen Flasche, die ich auf dem Rücken trage. Es muss etwas im Raum sein, was die Frau betäubt hat. Gas. Ein Narkosemittel. Denn sie ist nicht tot. Das weiß ich. Ihr Körper ist warm. Ihr Herz schlägt. Sie atmet ganz normal. Sie schläft nur. Ich kann jetzt ganz deutlich spüren, wie der künstliche Atem in meinen Mund strömt. Ich presse ihn in die Lunge. Und atme langsam wieder aus. Dann wieder ein. Aus. Ein. Aus …

Die Spiegelbilder überall. Von diesem Mann mit der bizarren Maske, der nicht ich sein kann. Ich bin Nikolas Kober, 38 Jahre alt. Verheiratet mit Rebecca Kober. Der Vater von Lara Kober. Architekt. Ich bin Nikolas Kober, jüngst genesen von einer Herztransplantation. Nikolas Kober. Ich befinde mich im Bad. Ich stehe vor dem Waschbecken. Ich blicke in den Spiegel. Und ich bin im Begriff mich zu rasieren. Das bin ich.

Ich kann es nicht fassen, wie schön sie ist. Wie perfekt. So besonders ist sie. Die Ähnlichkeit ist unglaublich. Dass es so etwas geben kann! Würde man das Bild, das ich von ihr habe, jetzt neben sie legen – man würde meinen, die beiden wären Zwillinge.

Ich sehe auf die Uhr. Gleich wird sie aufwachen. Aber das soll sie nicht. Nicht heute.

Ich streiche ihr zärtlich über das Gesicht.

Ich habe das Gefühl, dass sie in den letzten Tagen ruhiger geworden ist. Und das ist gut. Dass sie losgelassen hat. Dass sie sich nicht mehr wehrt gegen das Gas. So wie vorher. Dass sie sich leicht macht, wenn es kommt und sie hinwegträgt.

Nur noch dieses eine Mal lasse ich das Gas in den Raum strömen. Und es wird sie viel weiter wegtragen als sonst.

Das Gas wird dich bereitmachen.

Für deine letzte Reise. Sie wird wunderbar sein.

Eine Reise ins Licht. Deine Heimkehr.

Du bist ein Wesen für das Licht. Du bist für das Licht gemacht. Nicht für die Dunkelheit.

Bald wird das Licht dich empfangen!

Unser Abschied macht mich nicht traurig. Er macht mich froh. Weil ich dich liebe. Vor mir auf dem Metalltisch liegst nicht mehr du selbst. Es ist nur noch dein Körper, von dem ich dich in den letzten Wochen hier unten in meinem Studio befreit habe. Ich bin zu deiner Essenz vorgedrungen. Zu dem, was die Menschen Seele nennen. Man kann sie auffangen, diese Essenz. Wie eine Flüssigkeit.

Ich habe sie aufgefangen.

Tropfen für Tropfen.

Fotografie für Fotografie.

Ich sehe wieder auf die Uhr. Es wird langsam Zeit. Nur noch ein paar Sekunden, bis du das Bewusstsein wiedererlangst.

Und ich will nicht, dass du noch einmal aufwachst. Ich will, dass du sanft in die andere Welt hinübergleitest.

Deine Essenz ist nun ganz in den Fotografien. Für immer. Das ist alles, was zählt. Ich habe dich geborgen. Du bist jetzt in meiner Galerie. Ich habe dich unsterblich gemacht.

Was vor mir auf dem Metalltisch liegt, ist nur noch deine Hülle. Nutzloses Fleisch. Gewebe, Knochen, Muskeln, Wasser. Chaotisch wuchernde Zellen. Der Zug wird alles zerstören. Der Zug wird dich befreien.

Der Mann mit seiner bizarren Maske. Dutzendfach gespiegelt. Er geht jetzt von der Frau weg und verlässt schnell das Studio. Dann zieht er sich die Maske vom Kopf.

Ein stechender Schmerz reißt mich zurück. An meinen Händen ist Blut. Auch in meinem Gesicht ist Blut. Ich habe mich geschnitten. Ich lege den Rasierer weg und drehe den Hahn auf. Warte bis das Wasser warm ist. Dann halte ich meinen Kopf unter das Wasser. Ich lasse es übers Gesicht laufen. Wasche das Blut weg. Eine ganze Weile. Es beruhigt mich, das warme Wasser. Das Rauschen. Dann greife ich nach dem Handtuch neben mir. Ich richte mich auf und trockne mich ab.

Ein Blick in den Spiegel. Ich blute nicht mehr.

Aber es ist auch nicht mehr mein Gesicht. Der Fremde im Spiegel ist jünger als ich. Bestimmt zehn Jahre. Er hat ein scharf geschnittenes Gesicht. Androgyn, denke ich plötzlich. Nicht Mann, nicht Frau. Etwas dazwischen. Sein Gesicht ist ebenmäßig. Kalt. Und sehr schön.

55

Das Läuten reißt ihn unsanft aus dem Schlaf.

Peter Stein kriecht unter der schweren Decke hervor. Er muss sich erst orientieren. Er liegt im Wohnzimmer auf der Couch. Weil … Solveig Jacobsen. Genau, sie liegt in seinem Bett.

Wer kann das so früh sein? Peter Stein tastet neben sich nach seiner Uhr.

Wieder läutet es.

Es ist schon nach acht. Er hat verschlafen. Bruckner hatte ja angekündigt, ihn kurz vor acht abzuholen.

Stein steht auf, geht zur Tür und betätigt die Gegensprechanlage. »Hallo?«

In dem Moment klopft es an seiner Wohnungstür. Stein öffnet. Es ist Bruckner.

»Guten Morgen. Unten war offen.«

»Morgen. Komm rein.«

»Was ist los? Es ist schon nach acht.«

So etwas passiert Stein äußerst selten. Sie haben noch lange zusammengesessen. Er und Solveig Jacobsen. Letzte Nacht. Sie hat gegessen, er hat sich an den Weißwein gehalten. Das Brummen in seinem Schädel spricht sehr dafür, dass er die Flasche mehr oder weniger alleine geleert hat.

»Ich hab verpennt.«

Kaffee, Aspirin …

»Das sehe ich.«

»Tut mir leid.«

»Kater?«

»Nein«, antwortet Stein mit gedämpfter Stimme und deutet mit dem Kopf Richtung Schlafzimmer.

»Besuch?«

Stein nickt.

Bruckner wirft einen Blick ins Wohnzimmer und geht dann zielstrebig in die Küche.

»Hätte mich sonst auch gewundert, warum du auf der Couch übernachtest«, sagt er. Deutlich leiser als zuvor. »Du gehst dich jetzt mal duschen, und ich setze Kaffee auf. So wie du aussiehst, brauchst du dringend einen.«

In dem Moment öffnet sich die Schlafzimmertür.

Sie trägt nur einen Slip und darüber ein kurzes T-Shirt, durch das sich ihre Brustwarzen deutlich abzeichnen.

»Guten Morgen«, sagt sie gähnend.

»Guten Morgen«, antworten Bruckner und Stein wie aus einem Munde.

Sie verschwindet ins Bad.

Kurz danach hören sie das Wasser rauschen.

»So viel zum Thema Dusche«, sagt Stein.

Bruckner lässt sich auf einen der Stühle fallen.

»Sehe ich das richtig? Ist das Solveig Jacobsen? Sag mal, bist du eigentlich noch zu retten?«

»Es ist nicht so, wie du denkst«, beeilt Stein sich zu sagen.

»Peter! Mir reicht, was ich sehe. Das kann doch nicht dein Ernst sein!«

»Es ist ...«

»Hör auf! Das interessiert mich nicht. Ich habe nur gesehen, dass unsere wichtigste Zeugin gerade aus deinem Schlafzimmer gekommen ist. Praktisch unbekleidet.«

»Da ist nichts gewesen ...«

»Das spielt keine Rolle. Wie kannst du so unprofessionell sein? Du lässt sie bei dir übernachten? Ich fasse es nicht!«

Es gibt darauf nichts zu sagen.

Stein schweigt nun und setzt umständlich den Kaffee auf. Währenddessen hören sie Solveig Jacobsen duschen.

SIE

56

Er ist oben. Ich weiß, dass er dort ist. Sie hat nur mit dem Kopf in Richtung der Treppe gezeigt. Sie mag es nicht, wenn er sich verkriecht. Sich in sein Schneckenhaus zurückzieht. Ich gehe Stufe für Stufe hinauf. Bis ins Dachgeschoss. Weil er dort ist. Ganz allein. Im Dunkeln. Und mit seinem Teleskop die Sterne beobachtet. Den Mond. Ich will bei ihm sein. Deshalb gehe ich Stufe für Stufe hinauf. Die Treppe knarrt unter meinen Füßen. Das Geländer ist rau, es kratzt an den Händen. Es riecht leicht nach Moder, nach Feuchtigkeit. Die Treppe ist sehr steil.

Keine nackten Frauen. Kein gläserner Käfig. Diesmal ist es meine eigene Erinnerung. Sie ist richtig. Eine Szene, wie ich sie erlebt habe. Immer wieder, wenn ich die steile Treppe hinauf ins Dachgeschoss gestiegen bin. Zu ihm. Das ist mein Leben. Meine Vergangenheit. Das bin ich als Kind. Das oben ist mein Vater.

Am Ende der letzten Stufe gibt es einen Absatz. Man muss eine Luke hochstemmen, um in das Dachgeschoss zu gelangen. Von unten höre ich meine Mutter in der Küche mit dem Geschirr hantieren. Sie ist zornig. Sie hasst es, wenn er hier oben ist. Und keinen hereinlässt. Niemanden außer mir. Ich darf zu ihm. Wann immer ich will. In der Küche unten zerbricht etwas. Ich höre meine Mutter fluchen. Dann weinen.

Aber nicht lange. Sie weint nie lange. Sie hat sich schnell wieder im Griff.

Ich bin gerne bei ihm im Dachgeschoss. Ich schaue mir den Mond an. Die Sterne. Den Himmel. Die Lichter der Stadt. Mit ihm. Ich stehe jetzt unter der Luke. Gebückt. Es ist niedrig. So kann ich mit der Schulter die Luke hochdrücken. Wenn ich mich aufrichte, ist sie offen. Mit den Händen kann ich sie auf die andere Seite drücken. Bis sie fest ist. Dann klettere ich ganz hinauf.

Unten läutet das Telefon. Ich höre meine Mutter aus der Küche hinausgehen. Ich schließe die Luke wieder. Jetzt höre ich das Läuten nur noch gedämpft. Dann hört es ganz auf. Meine Mutter hat den Hörer abgenommen. Ich höre ihre Stimme. Aber ich höre nicht, was sie sagt. Wenn der Anruf für meinen Vater ist, wird sie sagen, er sei nicht da.

Ich gehe zu ihm. Meine Augen brauchen eine Weile, bis sie sich an die Dunkelheit hier oben gewöhnt haben. Ich setze vorsichtig einen Schritt nach dem anderen.

Dann sehe ich ihn. Am geöffneten Fenster. Die Luft ist frisch und kalt. Aber da ist noch etwas. Ein sonderbarer Geruch. Den ich nicht kenne.

»Hallo!«, sage ich.

Er dreht sich zu mir um, und ich erstarre vor Schreck.

Es ist eine Frau.

Du schon wieder! Was willst du?

Wer ist sie? Wo ist mein Vater?

Zu dir. Kuscheln.

Zu mir? Jetzt auf einmal?

Ich kann das Gesicht der Frau nicht erkennen. Es ist zu dunkel. Ihre Stimme ist böse. Und überall dieser komische Geruch. Wo bin ich?

Stopp! So nicht!

Wer ist die Frau?

Du stinkst. Du bist nicht gewaschen. Das ist ja ekelhaft!

Plötzlich ist alles um uns herum gleißend hell. Ich schließe die Augen. Als ich sie wieder öffne, sehe ich das Gesicht der Frau vor mir. Ein blasses, hässliches Gesicht. Ihre Augen sind weit aufgerissen und blutunterlaufen. Ihr Mund ist seltsam verzerrt, und Speichel tropft heraus. Ihr Haar ist fettig und wild durcheinander. Sie hat getrunken. Ich weiß, dass sie getrunken hat. Sie fuchtelt mit einer Taschenlampe herum. Ich habe Angst, dass sie die Lampe nach mir wirft oder mich damit schlägt.

Du bist eine Sau!

Sie lallt.

Wenn sie betrunken ist, darf ich nicht in ihr Bett. Dann darf ich nicht mit ihr kuscheln.

Die Frau greift zu der Zigarette, die auf dem Rand des Aschenbechers liegt, und zieht heftig daran. Sie flucht. Die Zigarette ist aus.

Plötzlich weiß ich, dass das der Geruch ist. Zigarettenrauch. Er hat nicht geraucht. Mein Vater hat nie geraucht.

Die Frau schreit jetzt herum und sucht nach ihrem Feuerzeug. Ihre Arme und Hände scheinen nur aus Haut und Knochen zu bestehen. Alle möglichen Gegenstände fallen auf den Boden, während sie nach dem Feuerzeug tastet. Auch die Taschenlampe fällt herunter. Etwas zerbricht. Es ist ihr egal.

Du Sau!

Das Gesicht der Frau ist nun wieder im Dunkeln.

Eine Flamme wird entzündet. Sie hat das Feuerzeug gefunden.

Dreckige Sau!

Jetzt sehe ich die rote Glut einer Zigarette. Ich höre und

sehe dann, wie sie gierig daran saugt. Den Rauch ausbläst. Zieht. Abhustet. Flucht. Ausbläst. Einatmet, ausspuckt, ausatmet.

Mama …

Das bin nicht ich. Das ist nicht meine Stimme. Ich erschrecke fast zu Tode.

Ich komme langsam zu mir. Was war das? Ein Albtraum. Ein furchtbarer Albtraum. So einen schlimmen Traum hatte ich noch nie. Der anfängt wie eine echte Erinnerung und dann plötzlich zu einer Art Horrorfilm wird.

Ich sitze auf der Couch. Ich bin zu Hause. In unserem Zuhause. Es ist absolut still. Rebecca und Lara sind offenbar nicht da.

Ich muss eingenickt sein. Und dann kam dieser Traum.

Wer war die Frau?

Ich stehe auf und gehe in die Küche. Ich habe Durst. Ich brauche dringend ein Glas Wasser.

57

»Da vorne ist es«, sagt Stein.

Bruckner hält an.

Rechts ist die schmale, dicht bewachsene Einfahrt zum Nachbargrundstück. Jetzt bei Tageslicht sieht Stein, dass es ebenso verwildert ist wie das andere.

Bruckner wendet und fährt rückwärts in die Einfahrt. Zweige schrammen über die Karosserie. Ihr Wagen ist jetzt von der Straße aus kaum zu sehen. Nur wenn man direkt daran vorbeifährt.

Bruckner will aussteigen, doch Stein hält ihn zurück.

»Warte ein bisschen. Ich will sicher sein, dass er nicht da ist.«

Bruckner blickt ihn unwillig an. »Da ist kein Mensch. Wenn doch, sind wir eben Nachbarn. Oder Spaziergänger, die zufällig vorbeikommen«, sagt er.

»Du vielleicht, aber mich kennt er doch«, erwidert Stein.

Sie warten eine Weile schweigend. Beobachten die verwilderte Hecke, die das benachbarte Grundstück begrenzt. Tatsächlich scheint niemand dort zu sein. Ihre Anspannung und die Neugierde sind zu groß, um noch länger im Wagen herumzusitzen und Däumchen zu drehen.

Aus der Entfernung und durch das Dickicht hindurch sieht das Haus intakt aus. Aber je näher sie herankommen, desto mehr entpuppt es sich als Ruine. Es wirkt alles wie verwunschen hier, und zugleich unheimlich. Der verwilderte Garten, das verfallene Haus. Es ist kühl und feucht. Überall wächst Moos. Abfall liegt herum.

»War früher sicher mal schön hier«, sagt Bruckner. Er klingt enttäuscht.

Stein fragt sich, warum Kober sich hier so lange aufgehalten hat? Was suchte er hier?

Es muss irgendetwas sein, sie sehen es nur nicht.

»Vielleicht war es auch rein berufliches Interesse«, sagt Bruckner da, als hätte er Steins Gedanken gelesen. »Er ist Architekt, oder? Und hat Probleme mit seiner Frau? Vielleicht will er aus dem Garten hier was machen. Sich ein Refugium schaffen oder so. Kann doch sein. Die Datscha restaurieren oder einfach abreißen und sich eine schicke Villa hinstellen. Womöglich hat er sich die Wildnis hier gekauft. Das nötige Kleingeld dafür wird der ja haben.«

Stein sagt nichts dazu.

Bruckner tritt ungeduldig von einem Fuß auf den anderen. Es hat angefangen zu nieseln und ist viel zu kalt für diese Jahreszeit.

»Du kannst ihn in eurer nächsten Sitzung doch einfach fragen«, sagt Bruckner.

Dazu sagt Stein erst recht nichts.

Seine Enttäuschung ist mindestens so groß wie Bruckners. Aber er ist noch nicht bereit aufzugeben. Er will nicht unverrichteter Dinge wieder gehen.

Kober scheint in das Leben des Mannes einzutauchen, dessen Herz jetzt in seiner Brust schlägt. Er wandelt auf dessen Spuren, ohne sich darüber im Klaren zu sein. Er sucht Orte auf, die für ihre Ermittlungen relevant sind, da ist Stein sich ganz sicher. Diese Datscha hier, der Garten, die Nähe zum Bahndamm. Das kann doch alles nicht nur Zufall sein. Es muss einen Zusammenhang geben.

»Ich glaube, wir sehen es nur noch nicht«, sagt er leise.

Bruckner verdreht genervt die Augen.

»Und selbst wenn. Wir können die Spurensicherung nicht damit beauftragen zu finden, was wir hier vielleicht nicht sehen.«

Womit er zweifellos Recht hat.

Bruckner dreht sich auf dem Absatz um und geht auf die Stelle zu, wo Kober laut Stein am Vortag durch die Hecke das Grundstück betreten hat.

Stein beschließt, sich das Haus vorzunehmen. Er geht durch den Garten auf die Ruine zu. Gras und Gestrüpp reichen ihm fast bis zur Hüfte.

Plötzlich tritt er auf etwas Weißes im Gras. Er erschrickt. Es ist ein Arm. Stein bückt sich. Es ist kein menschlicher Arm. Er hebt ihn auf. Er ist aus hartem Plastik. Nass und moosbewachsen. Es ist der Arm einer Schaufensterpuppe. Ein kleines Stück weiter liegt auch der Torso der Puppe. Die Beine fehlen. Sie sind nirgends in Sicht. Der Kopf ist mit Draht am Stamm eines Baumes befestigt. Ein einigermaßen schauerliches Bild. Stein sieht sich den Kopf genauer an. Die Augen wurden ausgestochen. In den Höhlen wuseln Ameisen herum.

Stein wendet sich angewidert ab und geht weiter vor bis zu der Ruine. Wäre sie nicht so überwuchert von Grünzeug, so wäre sie wahrscheinlich längst eingestürzt. Die Pflanzen halten sie zusammen.

Hier war schon lange niemand mehr. Er geht näher heran. Irgendwann muss es hier gebrannt haben. Er entdeckt Spuren der Verkohlung an den rahmenlosen Fenstern. Er sieht hindurch. Auch der Abfall, der sich dort aufgehäuft hat, muss gebrannt haben. Holzstapel, Scherben, Schutt, kaputte Fensterrahmen, zerbrochene Ziegelsteine. Das rostige Federkerngerippe einer Matratze.

Im hinteren Teil des Hauses ist das Dach eingestürzt. Aus einem der Zimmer wachsen eine Birke und ein riesiger Holunderstrauch hinaus. Weiter ins Haus hineinzugehen ist Stein zu riskant. Zudem wird er hier weder ein Studio noch eine Galerie finden, da ist er sicher. Er lehnt sich weit durch eine der Fensterhöhlen. Auf dem Boden liegt der Rest einer toten Krähe, fast vollständig skelettiert. Vom Kopf ist nur ein winziges Stück übrig. Stein zuckt erschrocken zurück. Dabei stößt er sich den Kopf und wendet sich fluchend ab.

Das hier ist kein Ort, wo man sich gern aufhält, denkt er. Vielmehr will man so schnell wie möglich wieder weg. Es ist unheimlich hier. Das Haus, der verwilderte Garten. Es macht einem Angst. Allerdings muss man hier keine ungebetenen Gäste fürchten, so gesehen ein hervorragendes Versteck …

»Peter! Komm mal her!«, ruft Bruckner in dem Moment.

Stein schaut auf. Bruckner ist offenbar hinter dem Haus. »Es gibt ein Loch in der Hecke«, sagt Bruckner, als Stein auf ihn zukommt. »Da ist er durch. Es gibt Spuren im Garten, die führen bis hierher. Und sieh mal dort.« Er zeigt in den Garten. Stein erkennt einen Schuppen, ein Stück weit vom Haus entfernt. Sie schlagen sich quer durchs Gestrüpp bis zu einer windschiefen Holzkonstruktion.

»Er muss hier gewesen sein«, sagt Bruckner.

Ein altes Klohäuschen. An der Außenwand war offensichtlich früher ein Waschbecken befestigt, das abgeschlagen und im Gras liegen gelassen wurde.

»Was wollte er hier bloß?«, fragt Stein.

»Keine Ahnung«, sagt Bruckner.

Er bückt sich hinunter zu einer schweren Metallplatte, die auf dem Boden liegt, und hebt sie an. Darunter befindet sich ein Brunnen oder Sammelbecken für Regenwasser. Man kann nicht bis zum Grund sehen.

Stein bricht einen Zweig von einem ausladenden Strauch ab und stochert damit im Wasser herum.

»Es ist nicht tief. Vielleicht einen halben Meter«, sagt er.

Bruckner antwortet etwas, das Stein nicht versteht, und lässt die Metallplatte wieder über das Loch fallen.

»Ob Kober auch auf dem Nachbargrundstück war? Genug Zeit hatte er ja.«

Bruckner schüttelt den Kopf. »Die Spuren führen von dem Loch in der Hecke dort drüben genau bis hier und auch wieder zurück. Ansonsten nichts. Nirgendwo. Auch nicht zum Haus.«

Stein hat selber festgestellt, dass im Haus in letzter Zeit niemand gewesen sein kann.

»Vielleicht steht Kober auf Schauerromantik«, sagt er achselzuckend. Er will sich seine Enttäuschung nicht anmerken lassen.

58

Erstaunlich, wie er sich verändert hat, denkt Peter Stein. Dabei ist es gerade mal zwei Wochen her, dass ihm ein erschöpfter und zutiefst beunruhigter Mann gegenübersaß. Jetzt sieht Kober richtig gut aus. Längst nicht mehr so blass, erholt, entspannt und fast fröhlich.

Was ist geschehen?

Kober wohnt nach wie vor in dem Haus mit seiner Frau und seiner Tochter. Er unternimmt nach wie vor seine täglichen Ausflüge mit dem Auto. Inzwischen hat er alle acht Leichenfundorte aufgesucht, einige sogar mehrmals. Das wissen sie, weil sie seit ein paar Tagen sein Handy überwachen.

»Ich bin in letzter Zeit ruhiger geworden«, sagt Kober.

»Das freut mich«, sagt Stein.

»So ähnlich wie ein Fahrstuhl, der sich im freien Fall befand und jetzt endlich zum Stehen gekommen ist.«

»Das klingt sehr gut.«

Vielleicht ist es aber auch nur eine Episode, denkt Peter Stein. Der Fahrstuhl kann wieder in Bewegung geraten. Und weiter in die Tiefe stürzen.

»Ein Grund ist sicher So…«

Er bricht ab. Stein sieht ihn an. Kober weicht seinem Blick nicht aus. Er lächelt.

»Sonja.«

Sonja? Warum Sonja? Sie heißt nicht Sonja. Wer in mir veranlasst, dass ich Sonja sage. Was soll das? Warum sage ich dem Psychologen nicht ihren richtigen Namen?

»Eine Frau also«, sagt Stein.

Plötzlich wirkt Kober, als wäre er wieder abgetaucht. Irgendetwas scheint ihn plötzlich sehr zu vereinnahmen. Er ringt mit sich.

»Herr Kober?«, sagt Stein, doch er dringt nicht zu ihm durch.

»Herr Kober?«, sagt er, diesmal laut.

»Ja?«, antwortet Kober verwirrt. Er starrt Stein sekundenlang an, als käme er von einem anderen Stern. »Diese Frau, Herr Kober. Sonja. Möchten Sie mir von ihr erzählen?«

Kober wirkt nun wieder klar und ganz bei der Sache.

»Ja. Sonja. Sie tut mir gut. Wir kennen uns erst seit ein paar Tagen. Sie ist sehr …«

Ich möchte sagen »fotogen«. Aber ich sage es nicht.

»Sie ist sehr …? Was ist sie, Herr Kober?«

Er lächelt, wenn er von ihr spricht, denkt Peter Stein.

»Nett. Sie ist sehr nett.«

Ist das alles?, fragt Stein sich. Oder ist er nur zu schüchtern? Vielleicht ist es ihm zu früh, über die neue Frau in seinem Leben zu reden. Oder zu intim.

»Ich freue mich für Sie, Herr Kober.«

Aber wie komme ich auf »fotogen«? Das Wort passt überhaupt nicht zu mir. Ich käme nie auf die Idee, sie zu fotografieren. Warum auch? Ich fotografiere nicht. Ich will sie nicht fotografieren.

»Wie bitte?«

»Ich sagte, ich freue mich für Sie, Herr Kober. Es ist schön. Die neue Frau in Ihrem Leben. Das wird Sie stabilisieren.«

»Ja. Ja, vielen Dank«, sagt Kober.

Er will nicht über sie reden, denkt Stein. Er weicht mir aus. Die ganze Zeit schon.

59

Bis zur nächsten Sitzung hat Stein noch eine knappe Dreiviertelstunde Zeit. Er beschließt, ein paar Kleinigkeiten einzukaufen. Lebensmittel. Und Wein. Oder ob er den Wein besser mal einen Abend auslässt?

Er bricht sofort auf, denn der kleine Supermarkt um die Ecke hat über Mittag zu und öffnet erst wieder um drei. Zum Glück hat es wieder aufgehört zu regnen. Und es kommt ihm auch wärmer vor als in den letzten Tagen. Eilig überquert er die Straße. Im Vorbeigehen wird er von einem Mann gegrüßt. Stein erkennt ihn nicht, grüßt aber trotzdem zurück.

Er erledigt seine Einkäufe im Supermarkt. Die Frau an der Kasse wirkt genervt. Sie sieht ihn nicht an, sondern an ihm vorbei. Sie sagt auch kein Wort, sondern zeigt nur auf den Betrag, der vor ihr an der Kasse grün aufleuchtet. Stein versucht demonstrativ, einen Blickkontakt mit ihr herzustellen. Keine Chance. Wie eine Puppe, denkt er. Wie ein Automat. Während Stein abgepackte Salami, Schinken und Lachs zwischen die drei Weinflaschen schiebt, damit die Flaschen nicht gegeneinanderschlagen, sagt die Frau plötzlich »Vielen Dank und einen schönen Tag noch«. Irritiert sieht Stein sie an, sagt »Auf Wiedersehen« und verlässt kopfschüttelnd den Supermarkt. Zügig geht er jetzt zurück. Für einen kurzen Espresso in dem kleinen Café gleich nebenan reicht die Zeit nicht mehr. Mit Bedauern wirft er einen Blick durchs Fenster.

Und erstarrt. Um ein Haar wäre ihm die Einkaufstüte aus

der Hand gefallen. Die Weinflaschen schlagen klirrend gegeneinander. Er schaut weg und dann sofort wieder hin. Kein Zweifel, sie sind es. An dem Stehtisch gleich hinterm Eingang am Fenster. Stein geht langsam weiter und hofft, dass sie ihn nicht bemerkt haben.

Nikolas Kober und Solveig Jacobsen. Ins Gespräch vertieft. Diese Innigkeit zwischen ihnen – nicht zu übersehen. Sie ist es, Solveig! Sie ist die neue Frau in Kobers Leben!

Aber warum hat er dann im Gespräch vorher »Sonja« gesagt? Warum einen anderen Namen? Warum hat Kober ihn angelogen? Stein ist alarmiert.

Sein Herz, und sein letztes Opfer, denkt er plötzlich. Solveig Jacobsen, die einzige der neun Frauen, die noch lebt. Das Herz des Täters, das in Kobers Brust schlägt. Kobers Träume. Die Erinnerungen, die er sich nicht erklären kann. Die Wesensveränderungen. Und all das soll Zufall sein?

Was, wenn das Zusammentreffen von Nikolas Kober und Solveig Jacobsen Teil eines perfiden Plans ist? Seines Plans. Um sein Werk zu vollenden. Mit Kober als Marionette. Die er gewissermaßen fernsteuern kann. So hat es Kober einmal beschrieben. Dass er sich manchmal wie ferngesteuert fühle. Was, wenn sie tatsächlich immer mehr eins werden, der Organspender und der Organempfänger? Wenn der Fotograf mehr und mehr Macht über Kober gewinnt?

So unwahrscheinlich und im Grunde jenseitig das auch klingen mag, Stein hält es inzwischen für immer realistischer. Und er hat das bedrohliche Gefühl, dass Solveig Jacobsen in großer Gefahr schwebt.

60

Ein langer Kuss. Wir stehen eng umschlungen. Vor uns der Fluss. Ein Lastkahn, der sich träge stromaufwärts schiebt. Ihr Gesicht ganz nah an meinem. Ich kann mich nicht sattsehen an ihr. Sie ist wunderschön. Sie ist wie sie. Wie ich sie in mir habe. Sie könnten Zwillinge sein.

Aber wer ist sie? Welche Frau soll Solveig gleichen? Das sind wieder diese falschen Gedanken. Sie gehören nicht mir.

Plötzlich taucht vor meinem inneren Auge ein kleines gerahmtes Foto auf. Ich weiß, dass es das einzige ist, das ich von ihr habe. Sie ist darauf noch sehr jung. Und sehr schön. Der goldfarbene Rahmen ist schon ziemlich abgeblättert.

Ihr Gestank umgibt mich. Ich halte ihn kaum aus. Zigarettenrauch. Schweiß. Alkohol. Sie lässt sich gehen. Sie wäscht sich nicht mehr.

Sie will, dass ich sie erlöse.

Ich nehme das Bild aus dem Rahmen und stecke es vorsichtig in die Innentasche meiner Jacke. Eine dicke Winterjacke. Denn es ist kalt draußen. Sehr kalt. Es hat geschneit. Auf den Scheiben der Fenster haben sich Eisblumen gebildet.

Ich werde sie erlösen.

Die Eisblumen werden verschwinden. Die Hitze wird sie wieder in Wasser verwandeln. Die Blumen werden verdampfen. Nur das Bild von ihr bleibt. Der Körper, der Bauwagen, unser gemeinsames Leben – das alles soll den Flammen gehören.

Ich werde sie erlösen.

Ich spüre ihre Hand auf meiner Haut. Ich bin schon wieder wie abwesend gerade. In Gedanken versunken. Aber in wessen Gedanken?

»Woran denkst du?«, fragt Solveig mich.

Wie sehr du ihr gleichst.

»Ich weiß es nicht. Ich genieße es, hier zu sein. Mit dir.«

Wir küssen einander wieder.

»Lass uns gehen, mir wird es zu kühl ohne Jacke.«

Ich hänge ihr mein Sakko um die Schultern. Dieser kalte Sommer.

Wir gehen zu meinem Wagen zurück.

Wie Zwillinge. So sehr gleichen sie sich. Solveig und sie.

*

»Warum sagt Kober nicht die Wahrheit?«

»Weil er es noch für sich behalten will. Weil es ihm noch zu früh ist, drüber zu reden.« Bruckner sträubt sich dagegen, Steins Sorge um Solveig Jacobsen zu teilen.

Damit hat Stein gerechnet, und er kann seinen Kollegen auch verstehen. Diese ganze Geschichte ist und bleibt abstrus. Irgendwie zieht es einem den Boden unter den Füßen weg.

»Warum sagt er Sonja? Warum sagt er mir einen falschen Namen? Er hätte doch einfach gar keinen Namen nennen müssen.«

Bruckner zuckt mit den Schultern und rollt in seinem Bürostuhl rückwärts, bis er leicht gegen die Wand stößt.

»Sie hat sich ihm gegenüber als Sonja ausgegeben, und das Ganze ist nur ein Missverständnis ...«

»Nein, das ist es nicht. Ich habe sie gefragt. Kober kennt ihren richtigen Namen. Er ist mit ihr zusammen. Und er weiß, dass sie Solveig heißt, und nicht Sonja.«

»Dann will er eben einfach mit dir nicht drüber reden. So sehe ich das. Und nicht anders. Das ist alles, Peter.«

So sieht er das? Und nicht anders? Er will es so sehen, denkt Stein. Weil er sich nicht traut, hinter den Vorhang zu blicken. Aber genau das müssen wir. Wir müssen den Vorhang herunterreißen. Die verschwimmenden Grenzen akzeptieren. Zulassen, dass es mehr gibt, als wir zu wissen glauben.

»Vielleicht hängst du die ganze Sache auch einfach zu hoch«, sagt Bruckner jetzt. »Ich hab das Gefühl, es hat vor allem etwas mit der Person Solveig Jacobsen zu tun, oder liege ich da falsch?«

»Wie meinst du das?«

»Nun ja, eine Zeugin, die bei dir übernachtet hat …«

»Zwischen Solveig Jacobsen und mir war nichts, verdammt!« Stein ist sauer, dass Bruckner offenbar beabsichtigt, ihn auflaufen zu lassen. »Das hab ich doch schon mehrmals gesagt.«

Bruckner steht achselzuckend auf. Steins Beteuerung und sein Ärger prallen an ihm ab. Er stellt sich vors Fenster und sagt: »Aber sie liegt dir am Herzen. Ein bisschen zu sehr vielleicht.«

Die Luft im Büro ist stickig. Stein versucht, Ruhe zu bewahren. Sie kommen keinen Millimeter weiter. So nicht.

»Solveig Jacobsen ist unsere wichtigste Zeugin. Und ich glaube, dass sie in Gefahr ist.«

»Glaubst du denn im Ernst, dass dieser Architekt jetzt loszieht und ihr was antut? Er ist nicht unser Täter, Peter. Unser Täter ist tot.«

»Das weiß ich so gut wie du, Roland. Aber er hat sein Herz!«

»Na und?«

»Wir wissen beide, dass dies in Kober irgendetwas ausgelöst und in Gang gesetzt hat. Und ich glaube inzwischen, dass er immer weniger kontrollieren kann, was da in ihm abläuft. Wenn er überhaupt noch Kontrolle darüber hat. Deshalb mache ich mir Sorgen um Solveig Jacobsen und halte diese für absolut berechtigt.«

Bruckner sieht ihn an. »Du glaubst also ernsthaft, der Fotograf hat zunehmend Macht über den Architekten?«

Stein nickt. Als wenn er nicht selber wüsste, wie abstrus das alles ist.

»Aber der Fotograf ist tot«, sagt Bruckner.

Aber auf eine sonderbare Weise lebt er noch, denkt Stein.

»Er kann keine Macht über Kober haben!«

»Doch, Roland. Er kann.«

Sie müssen da jetzt irgendwie durch, denkt Stein. Er und Bruckner.

»Alsdann. Was schlägst du vor? Die beiden beobachten lassen? Ein harmloses Liebespaar beschatten?«

Stein fürchtet inzwischen nicht mehr nur, dass sie kein harmloses Liebespaar sind, sondern er glaubt es auch nicht mehr. Hier läuft eine ganz andere Geschichte ab, und die hat etwas mit dem Fotografen zu tun.

»Ja. Denn wir können im Augenblick nichts mit Gewissheit ausschließen«, antwortet er. »Es wäre meiner Ansicht nach fahrlässig, jetzt nichts zu tun. Auch wenn das alles noch so unwahrscheinlich klingt.«

Stein spürt, dass Bruckner im Grunde ebenso nervös ist wie er selbst.

»Na schön«, sagt Bruckner. »Dann machen wir es so. Wir behalten die beiden im Auge.«

Den Vorhang herunterreißen, denkt Stein. Schauen, was sich dahinter verbirgt.

61

Wie schön sie ist. Ihre blasse Haut. Ihr nackter Körper vor mir. Das Teelicht auf dem kleinen Tisch neben dem Bett flackert.

»Komm«, sagt sie und zieht mich zu sich herunter.

Sie will, dass wir es tun. Jetzt. Ich würde sie viel lieber weiter anschauen. Sie streicheln. Nicht mit ihr schlafen.

Meine Lust auf Sex hat sich verloren. Seit ich ein neues Herz in mir habe. Die Lust kommt auch jetzt nicht zurück.

Aber ich muss so tun als ob. Schließlich sind wir verliebt ineinander. Solveig und ich. Da ist es normal, Sex miteinander zu haben.

Ich habe heute Morgen mit allem abgeschlossen. Mit Rebecca, Lara, unserem Haus. Mit meiner Familie. Auch mit Kober & Lang. Christoph weiß noch nichts davon. Aber er hat sicher schon geahnt, dass ich nicht zurückkommen werde. Ich habe das Interesse an meinem Beruf inzwischen vollständig verloren. Begonnen hat auch das mit dem neuen Herzen in meinem Körper. Die Architektur bedeutet mir nichts mehr. Meine Vergangenheit, mein altes Leben. Heute Morgen habe ich das alles endgültig über Bord geworfen.

Ich musste Rebecca nichts erklären. Sie hat damit gerechnet. Sie hat es erwartet – das Gefühl hatte ich. Sie hat nicht geweint. Sie hat kein Wort gesagt. Sie wirkte völlig emotionslos.

Ich habe die Hausschlüssel auf den Küchentisch gelegt.

Sie hat sie angesehen. Nicht mich, sondern die Schlüssel auf dem Tisch. Dann hat sie sie an sich genommen und die Küche verlassen.

Und ich bin gegangen.

Auf ihrem nackten Po spiegelt sich das Licht der Kerze. Ich streichle sie. Nähere mich dabei dem weichen Mund zwischen ihren Beinen.

Solveig atmet schneller und beginnt leise zu stöhnen.

Ich bin frei.

Und ich habe sie.

Ich muss mich überwinden. Aber es funktioniert. Ich spüre, wie sie langsam kommt. Das ist gut. Ich will, dass es ihr gefällt. Dass sie kommt. Und dass es bald vorbei ist. Ihr Stöhnen wird lauter.

Sie waschen. Nur so geht es. Nur das erregt mich. Ich spüre den Schwamm, als hätte ich ihn wirklich in der Hand. Ich kann die Temperatur des Wassers fühlen, wenn ich ihn eintauche. Ich kann die Seife riechen, den milden Duft nach Kokos.

Ihre Haut.

Ihre Weichheit.

Ihre Zartheit.

Ich gehe behutsam vor. Ich wasche ihre Finger. Die Hände. Bewege den nassen Schwamm ihre blassen Arme hinauf bis zu den Schultern. Die Wärme des Wassers. Ihre zarte Haut. Der Geruch. Es ist perfekt. Dann wasche ich ihre Beine. Die Innenseiten ihrer Schenkel. Hinab bis zu ihren Waden. Die Füße. Ich wasche ihre kleinen Zehen.

Sie stöhnt. Tiefer jetzt, und rauer.

Ihre Brustwarzen richten sich auf, als ich mit dem Schwamm darüber streiche. Dann wasche ich ihren Bauch. Ich wringe den Schwamm in dem Gefäß aus und lasse ihn sich dann wieder mit Wasser vollsaugen. Ich lasse warmes Wasser in ihren kleinen, herzförmigen Nabel tropfen.

Ihr Atmen.
Ihr Stöhnen.
Dann kommt sie. Endlich.
Es ist vorbei.
Ich halte sie fest.
Wir sind eins.

62

Ich bin wieder bei der Frau. Sie schläft. Sie wird nicht aufwachen, das weiß ich. Sie hat viel zu viel getrunken. Selbst wenn ich mich zu ihr legen würde, würde sie nicht aufwachen. Aber ich will mich nicht zu ihr legen. Weil sie stinkt. Und weil ich kein Kind mehr bin. Ich möchte mich nie mehr zu ihr legen.

Ich leuchte mit der Taschenlampe über ihr Gesicht. Im grellen Licht ist ihr Gesicht noch hässlicher, noch blasser. Sie sieht aus wie eine Leiche. Aber sie ist keine. Sie atmet. Und ihr rasselnder Atem vermischt sich mit lautem Schnarchen. So wie immer. So wie fast jede Nacht. In den Nächten bin ich sicher vor ihr. Sie kann mir nichts tun, wenn sie getrunken hat. Mich nicht anschreien. Mich nicht schlagen. Mich nicht anfassen. Sie kann mir nichts tun. Denn sie hat einen tiefen Schlaf.

Sogar wenn sie schläft, sieht man ihr an, dass sie böse ist, denke ich plötzlich. Und der Gestank, der von ihr ausgeht: kalter Rauch, Schweiß, Urin. Alkohol. Ihr schlechter Atem. Ich kann ihn fast nicht ertragen. Auch nicht, wenn ich mir die Nase zuhalte und die Augen schließe.

Sie wirft sich herum. Brabbelt etwas Unverständliches im Schlaf. Zieht die Nase hoch. Ihr fettiges Haar. Teigige, alte Haut. Rotz, der ihr im Gesicht hängt. Und getrockneter Speichel. Sie ist ekelhaft. Sie ist nicht mehr meine Mama.

Auf dem Foto, das ist meine Mama. Ich streiche über den

Stoff meines Wintermantels. Das Foto in der Innentasche. Ich habe es von der Wand genommen. Jetzt habe ich sie ganz nah bei mir. Für immer.

Als das Foto aufgenommen wurde, war ich noch sehr klein.

Damals hat sie mir noch nicht wehgetan. Nie. Damals war sie lieb zu mir. Und sie roch gut. Sie wusch sich. Sie hat mich geküsst. Gestreichelt. In den Arm genommen. Ich durfte zu ihr ins Bett, wann immer ich wollte, und mit ihr kuscheln.

Die stinkende, schnarchende Frau hier ist nicht meine Mama. Ich will sie nicht mehr haben.

Ich drehe den Verschluss des Kanisters auf. Ich gieße Benzin über die Frau. Sie wirft sich wieder herum. Brabbelt irgendetwas. Ich verstehe nicht, was sie sagt. Der Geruch des Benzins. Es riecht intensiv. Der Geruch überdeckt alles andere. Jetzt muss ich sie nicht mehr riechen. Aber ich muss mich beeilen. Das Benzin brennt in meinen Augen. Ich werfe den noch halb vollen Kanister hinter das Bett und höre, wie sich das Benzin glucksend über den Boden verteilt.

Dann zünde ich die Frau an.

Sie schreit. Sie zittert. Sie bäumt sich auf.

Die Frau brennt.

Ich habe geschrien.

Solveig hat sich neben mir aufgerichtet und eine Hand auf meine Stirn gelegt.

»Ruhig. Ganz ruhig.«

Es ist so gut, dass sie da ist.

»Ich …«

Sie küsst mich auf den Mund.

»Du hast nur geträumt, Nikolas.«

Ich bin völlig verschwitzt. Wieder einer der Albträume.

Warum wiederholen sie sich nur immer wieder? Wer ist die Frau, die ich im Traum »Mama« nenne?

»Es hat gebrannt. Lichterloh. Überall war Feuer. Ich war das. Ich habe es getan«, sage ich.

Solveig streicht mir liebevoll über den Kopf. Durch mein feuchtes Haar.

»Es war nur ein Traum. Ich glaube, du hast Fieber. Deine Stirn ist ganz heiß«, sagt sie.

Sie legt ihre Arme um mich. Sie hält mich ganz fest.

Ich zittere. Ich friere.

Ich möchte mich in Solveig verkriechen.

Und ich möchte, dass es aufhört. Die Träume, diese Frau, das Feuer.

63

Das Bad in Solveigs Wohnung ist klein und schmal. Wenn ich meine Arme ausstrecke, kann ich fast die Wände berühren.

Ich durchwühle erneut meinen Kulturbeutel nach den Medikamenten. Ich habe jetzt alle Packungen auf die Ablage über dem Waschbecken gestellt. Aber eine oder sogar zwei fehlen. Ich bin ganz sicher. Ich muss sie im Haus vergessen haben.

Das ist nicht gut. Das ist überhaupt nicht gut. Aber ich habe keine Lust, dorthin zu fahren und sie zu suchen. Ich will Rebecca jetzt nicht begegnen. Lieber gehe ich zum Arzt und lasse sie mir neu verschreiben.

Anhand meiner Pillenbox sehe ich auch, dass ich die Fächer »Nacht« und »Abend« nicht eingenommen habe. Das ist mir noch nie passiert. Ich muss aufpassen. Ich muss das ganze Zeug regelmäßig nehmen. Diese Pillen sorgen dafür, dass ich am Leben bleibe. Dass das fremde Herz in meiner Brust weiterschlägt. Wie leicht der Tod sich austricksen lässt, zumindest für einige Zeit. Wenn man all diese Medikamente regelmäßig einnimmt.

Ich öffne die Tür zum Bad.

»Solveig?«

Aber sie hört mich nicht. Sie ist in der Küche. Ich rufe sie noch einmal.

»Ja?«

»Schau mal bitte auf dem Tisch, wo meine Sachen sind. Liegen da irgendwelche Medikamente herum?«

Sie geht in das Zimmer.

Ihre Wohnung besteht nur aus diesem großen Zimmer, dem Bad und einer kleinen Küche. Für uns beide wird das hier auf Dauer zu eng sein, denke ich. Ich starre mein Spiegelbild an. Bin ich dünner geworden?

Da taucht ihr Gesicht hinter meinem im Spiegel auf.

Sie sieht ihr so unglaublich ähnlich.

Wem soll Solveig ähnlich sehen? Ich kenne keine, die ihr ähnlich sieht. Wieso denke ich das dann?

»Da sind keine Medikamente«, sagt sie.

Ich drehe mich zu ihr um. »Dann fehlt etwas.« Ich zeige auf die Ablage über dem Waschbecken.

»Das musst du alles nehmen?«

Ich nicke und halte ihr die Box mit den Pillen hin.

»Ist das, was fehlt, denn wichtig?«

»Es ist alles wichtig«, antworte ich.

Auch wenn ich nicht auf der Stelle tot umfalle, weil ich gestern meine Abend- und Nachtpillen nicht eingenommen habe. Und mir das, was ich jetzt nicht habe, neu verschreiben lasse. Ich muss heute Nachmittag zum Arzt gehen.

*

»Alles völlig normal. Ein frisch verliebtes Pärchen. Vollkommen unauffällig«, sagt Bruckner.

Bis jetzt ja, denkt Stein. Aber es sind erst zwei Tage.

»Spazierengehen am Fluss, Café, Bäcker, Supermarkt, Apotheke, und Kober beim Arzt«, fährt Bruckner fort. »Nichts Besonderes. Es bringt rein gar nichts, und wir sollten das abbrechen, Peter.«

Sollten wir nicht, denkt Stein. Irgendetwas in ihm sagt, dass sie dranbleiben sollten.

»Nur noch ein, zwei Tage, Roland«, sagt er. »Was ist so

schlimm daran? Kein Mensch weiß, was wir hier tun. Wir müssen uns niemandem gegenüber rechtfertigen.«

»Wo bleibt dein gesunder Menschenverstand, Peter? Jemand hat nach einer Transplantation das Herz eines Mörders in sich und soll deshalb selbst zum Mörder werden? Der Spender oder besser gesagt sein Herz soll jetzt Macht über den Empfänger haben? Wie soll das gehen bitte? Komm, Peter! Das macht alles keinen Sinn. Es ist einfach hanebüchen. Du … Entschuldigung! Wir. Wir haben uns da in was reingesteigert. Lass uns damit aufhören. Lassen wir Solveig Jacobsen und Nikolas Kober in Frieden. Die sind verknallt ineinander, das ist alles.«

Das glaubt Peter Stein nicht. Aber er ist es müde geworden, mit Bruckner darüber zu diskutieren.

Solveig ist ganz sicher in Kober verliebt. Und Kober wird auf jeden Fall glauben, dass er in sie verliebt ist. Aber da ist noch jemand in ihm. Und der hat etwas anderes mit ihr vor. Der will sein Werk vollenden.

»Zwei Tage. Wenn dann nichts Auffälliges passiert, brechen wir die Sache ab.« Stein hält Bruckner seine Hand hin.

Der ziert sich.

»Es gab Aussagen von Angehörigen einiger Opfer. Demnach hatten sie den Täter schon eine Zeit lang gekannt, bevor sie entführt wurden.«

»Gut. Und?«, fragt Bruckner und trommelt mit seinen Fingern nervös auf dem Lenkrad herum.

»Sie kannten ihn. Sie vertrauten ihm. Sie fühlten sich sicher in seiner Gegenwart. Das lässt doch auf eine nähere, wenn nicht gar intimere Beziehung schließen. Eine Affäre zum Beispiel.«

Bruckner schweigt und blickt zu dem Haus, in das Solveig Jacobsen und Nikolas Kober vor etwa einer Stunde hineingegangen sind und aus dem sie allem Anschein nach auch vor morgen früh nicht wieder herauskommen.

»Ein solches Vertrauen hat man doch nicht zu einem wildfremden Menschen. Das herzustellen, das dauert eine gewisse Zeit.«

»Gut. Zwei Tage. 48 Stunden« sagt Bruckner schließlich. »Aber dann ist Schluss! Dann ist endgültig Schluss!«

»48 Stunden«, wiederholt Stein.

64

»Es hat schon kurz nach der Operation angefangen«, sage ich.

Wir liegen auf ihrem riesigen Bett. Ich auf dem Bauch, Solveig auf dem Rücken. Es ist spät am Abend, draußen ist es längst dunkel.

Ich erzähle ihr über meine Erinnerungen, die gar nicht meine sein können. Die sonderbaren Träume, die so real wirken.

Sie dreht sich auf die Seite und tippt auf meine Brust. Dorthin, wo das Herz schlägt.

»Und du glaubst, es hängt mit der Operation zusammen?«

Ich sehe sie an. »Ich weiß es nicht wirklich. Aber es könnte doch sein. Ich habe jedenfalls sonst keine Erklärung dafür.«

»Aber das ist schon eine ziemlich gruselige Vorstellung, findest du nicht?«

»Es ist nun mal kein neues Herz. Es ist gebraucht. Jemand anders hatte es vorher. Eine fremde Person. Diese fremde Person ist gestorben. Nur deshalb habe ich jetzt ein Herz.«

»Würdest du denn gerne wissen, wer der Spender war?«

»Nein«, antworte ich, ohne lange darüber nachzudenken.

»Und warum nicht?«, fragt sie nach.

»Es ist nur ein … Organ«, antworte ich.

Ich bin nicht ganz ehrlich zu ihr. Ich weiß auch gar nicht mehr, warum ich angefangen habe, davon zu erzählen.

Mit dem Psychologen darüber zu reden war schon schwer genug für mich. Wobei ich froh bin, dass ich es getan habe. Viel besser, als wenn ich es nur für mich behalten hätte. Es ist so belastend.

Aber es reicht, wenn es mich belastet. Ich will Solveig da nicht mit hineinziehen. Sie nicht auch noch damit belasten.

Wenn all das, was seit der Operation mit mir passiert, wirklich etwas mit dem Spenderherzen zu tun hat, will ich lieber nicht wissen, wer diese Person war. Es ist sehr beunruhigend. Es macht Angst.

»Es ist unheimlich«, sagt Solveig in dem Moment.

»Es ist nicht unheimlich«, sage ich, »es ist moderne Medizin.«

Ich will sie beruhigen. Sie soll das alles so schnell wie möglich wieder vergessen.

»Das Organ, ja klar. Aber dass es mehr sein könnte als nur dieses Herz. Dass etwas von der anderen Person jetzt in dir sein könnte. Zu einem Teil von dir wird ... Das ist doch unheimlich.«

Sie rollt wieder auf den Rücken und starrt an die Decke.

»Welche Vorlieben?«, fragt sie plötzlich.

Ich würde am liebsten das Thema wechseln, aber ich kann unser Gespräch jetzt nicht einfach so abwürgen.

»Du hast vorhin erzählt, dass du Vorlieben an dir entdeckt hast, die du vorher nicht hattest. Welche denn zum Beispiel?«

Ich möchte dich wahnsinnig gerne fotografieren.

Das ist wieder nicht mein Gedanke, verflucht! Ich habe nie viel fotografiert. Ich habe kein Interesse daran. Auch Solveig will ich nicht fotografieren. Was soll das? Wer ist es, der das in mir denkt? Diese Gedanken kommen immer wieder, und ich kann sie immer weniger steuern. Sie machen mir Angst!

»Nikolas?«

Sie streichelt mir über den Rücken.

»Welche Vorlieben zum Beispiel?«

Ich bin ganz durcheinander.

»Ich habe keine Lust mehr zu laufen, seit ich das neue Herz habe. Dabei könnte ich. Ich bin fit genug dazu. Es würde mir sogar guttun. Aber ich kann mich nicht mehr aufraffen. Früher bin ich täglich durch den Wald gejoggt, manchmal richtig weite Strecken. Es hat mir einen Riesenspaß gemacht.«

Ich richte mich auf und gehe in den Schneidersitz.

»Und Orangensaft. Das ist wirklich schräg.«

»Orangensaft?«

»Früher habe ich ihn gehasst. Schon als ich noch ein Kind war und auch als Erwachsener. Und jetzt stehe ich plötzlich total drauf. Ich könnte literweise Orangensaft trinken.«

Sie lächelt mich an. »Stimmt«, sagt sie, »das ist wirklich schräg. Aber hängt das nicht eher mit den Medikamenten zusammen? Die können sich ja auch auf den Geschmackssinn auswirken. Wäre doch nicht so abwegig.«

»Das ist es wahrscheinlich, daran wird's liegen«, pflichte ich ihr bei.

Das Joggen. Der Orangensaft. Darum geht es nicht. Das sind Peanuts im Vergleich zu dem, was in mir vorgeht. Mein Innenleben. Was mit mir passiert, seit sie mir das andere Herz eingepflanzt haben.

Ich liege auf der Seite. Solveig ist eingeschlafen. Ich betrachte ihr Gesicht. Ihren Körper. Wie sich ihre Brust mit jedem Atemzug gleichmäßig hebt und senkt.

Es soll für immer sein, denke ich auf einmal. Das mit Solveig und mir. Es soll nie enden.

Ich will nie wieder über all das sprechen. Ich will sie auf keinen Fall beunruhigen.

Ich taste nach meinem Handy. Dabei merke ich, dass ich stark geschwitzt habe. Mich fröstelt. Das Bettlaken unter mir ist ganz feucht.

Das Display des Handys leuchtet auf. 3.45 Uhr. Das geisterhafte Licht verteilt sich über meine Hand und das Bett. Auf sie. Ich schalte es wieder ab.

Die Frau, die in dem Feuer verbrannt ist. Ich habe ihre gellenden Schreie gehört. Und wie sie verstummt ist. Ich habe das verbrannte Fleisch gerochen. Das verbrannte Haar. Ihr Gesicht war nur noch eine groteske Fratze, nachdem das Feuer gelöscht worden ist. Verkohlte Knochen. Mit Hautresten daran, dunkelrot, violett, schwarz. Es war schaurig.

Eine hässliche Blume. Das habe ich gedacht, als sie mich wegbrachten. Und dass sie geschrumpft ist. Die Flammen haben sie in eine Puppe verwandelt, nicht viel größer als ich selbst.

Ich weiß, dass ich es war, der den Bauwagen angezündet hat. Es tut mir nicht leid. Ich habe es absichtlich getan. Sie wollte es so. Ich habe sie gerettet.

Das sage ich den Männern und Frauen, die mich ausfragen. Ich sage es immer wieder, tagelang. Dann bringen sie mich weg. In ein Haus, wo viele andere Kinder sind. Auch an das Haus kann ich mich erinnern. Wie es dort aussah. Wie es roch.

Dann das Mädchen. Sara. Sie ist lieb. Sie ist schön. Sara und ich gehen miteinander. Daran kann ich mich erinnern.

Es gab aber keine Sara in meiner Kindheit. Es gab auch kein Heim. Es muss ein Kinderheim sein, das ist mir klar. Aber ich war nie in einem Heim. Ich hatte einen Vater, eine Mutter, eine Schwester. Ich habe das alles nicht erlebt. Ich bin das nicht. Trotzdem kann ich mich nicht gegen diese Bilder wehren …

4.10 Uhr.

Ich will endlich schlafen.

Aber ich kann nicht.

65

»Wow, was für ein Wetter!«, ruft Solveig aus.

Sie steht am Fenster. Sie ist nackt. Im Licht der Sonne sieht ihre Haut wie sehr helles Papier aus.

Ich blinzle. Ich fühle mich gerädert. Aber zum Glück bin ich doch irgendwann eingeschlafen. Und es war ein traumloser Schlaf. Jedenfalls erinnere ich mich an keinen Traum.

»Wir sollten irgendwohin fahren. Raus aus der Stadt«, sage ich zu ihr.

Solveig nickt.

Ich betrachte ihren Rücken. Wirbel für Wirbel hinunter zu ihrem kleinen, runden Po. Ich fühle mich ihr so nah. Obwohl wir uns erst seit ein paar Tagen kennen. So geht es mir, seit ich sie zum ersten Mal gesehen habe. Als ob wir uns einmal gekannt hätten, in einem anderen Leben. Vielleicht ist es ja auch so. Viele Menschen glauben an eine Wiedergeburt.

Das Sonnenlicht auf ihrem Körper.

Nah und vertraut ist sie mir. Ist ihr Körper mir. Immer wenn ich sie ansehe. Als hätte ich ihn … *gewaschen,* schießt es mir plötzlich durch den Kopf. Wie die Körper dieser Frauen in den verstörenden Träumen.

Als ob Solveig eine dieser Frauen gewesen wäre. Ich sie auch *gewaschen* hätte. Viele Male. Ist mir ihre Nacktheit etwa deshalb so vertraut?

Ein wenig benommen stehe ich auf. Ich gehe in die Küche, nehme ein Glas, drehe den Hahn auf und lasse es mit

Wasser volllaufen. Ich trinke es in einem Zug leer. Warum bin ich jetzt am frühen Morgen so durstig? Was wir gestern Abend gegessen haben, war weder besonders scharf noch besonders salzig.

Ich trinke sofort noch ein Glas Wasser.

»Es gibt auch Orangensaft im Kühlschrank«, sagt Solveig da. Sie steht hinter mir und grinst mich an.

Ich grinse zurück.

Plötzlich weiß ich, wohin wir beide heute gehen sollten. Weil das ein herrlicher Tag dafür ist. Und weil ich will, dass sie es sieht.

»Zieh dich an. Ich will dir etwas zeigen, Solveig«, sage ich.

*

So ein herrlicher Tag, und sie sitzen hier und starren auf den Bildschirm, auf dem sich ein blauer Punkt über eine virtuelle Stadt- und Landkarte bewegt. Es wäre ein Tag, um im Freien zu sein. In der Natur. Endlich Sonne, Sommer …

Stein steht am Fenster und schaut auf den Park hinunter. Es ist so hell, dass er blinzelt.

»Peter?«

Bruckner hat ihn vor ein paar Minuten abgelöst. Stein geht zu ihm hin.

Bruckner zeigt auf den blauen Punkt.

»Kannst du das ein bisschen ranzoomen?«, fragt Stein.

Bruckner macht ein paar Klicks.

Na endlich! Das erste Mal, dass Nikolas Kober wieder Kurs einschlägt in Richtung Datscha, die er bevorzugt aufgesucht hatte, bevor er auf Solveig traf. Das Sommerhaus in dem verwilderten Garten. Oberhalb der Gleise.

»Da, er ist abgebogen. Es ist die Straße zu dem Grundstück!«

»Ganz genau«, sagt Bruckner. Er wirft einen Blick auf die Uhr. Dann vergrößert er die Karte noch einmal.

»Da ist er. Und in ein paar Minuten wird er dort sein.«

»Er und Solveig Jacobsen«, sagt Stein.

»Vielleicht ist er ja allein unterwegs«, wendet Bruckner ein.

»Das glaube ich nicht«, sagt Stein.

Er ist wie elektrisiert. Sein Gefühl sagt ihm, dass sie jetzt wieder näher dran sind. Dass sie diesmal etwas finden, was ihnen bislang verborgen geblieben war.

»Komm Roland, lass uns fahren!«, sagt er.

*

Was will er mir zeigen?, fragt Solveig Jacobsen sich. Und warum tut er so geheimnisvoll?

Sie betrachtet sein Profil. Er konzentriert sich auf die Straße. Sie ist sehr schmal. Links und rechts sind Hecken. Dahinter Gärten. Auch das eine oder andere Haus ist zu erkennen. Aber es wirkt nicht so, als ob hier in der Gegend viele Leute wohnen würden.

»Gleich sind wir da«, sagt Nikolas.

Er wirft ihr einen kurzen Blick zu.

Fast die ganze Fahrt über hat er kein Wort gesagt. Wie lange sind sie jetzt unterwegs? Sie schaut auf die Uhr. Fast eine halbe Stunde schon. Und sie sind immer noch in der Stadt. Am Stadtrand, besser gesagt. In einem der Außenbezirke. Die sie nicht kennt. Sie kennt überhaupt wenig von der Stadt. Eigentlich nur ihre täglichen Wege: zur Uni, zum Markt, zu ein, zwei Kneipen, zu den wichtigen Geschäften. Und zu ein paar WGs, weil dort immer mal Partys stattfinden oder Bekannte aus dem Studium da wohnen.

»Hier ist es«, sagt Nikolas.

Was meint er? Eines der Grundstücke hier?

Nikolas fährt jetzt im Schritttempo. Dann biegt er rechts in eine Einfahrt ein. Sie ist fast zugewachsen mit Pflanzen. Zweige scharren am Wagen. Es quietscht leise. Nikolas fährt auf ein altes, verrostetes Tor zu, so weit, bis er es mit der Stoßstange berührt. Er zieht die Handbremse. Öffnet die Tür.

»Komm mit«, sagt er zu ihr.

»Ich weiß nicht recht. Was ist das hier?«

»Das wirst du gleich sehen«, antwortet er.

Diese Gegend hier, wo niemand ist. Es ist ihr zwar nicht unheimlich. Aber sie findet es sonderbar, dass er sie hierherbringt. So wie er selbst sonderbar wirkt heute Morgen.

66

Sie folgt Nikolas durch den verwilderten Garten.

Das Gras ist fast hüfthoch und nass. Sie streicht mit den Händen über die Halme. Sie kann diese Nässe sogar riechen. Die Feuchtigkeit. Das Moos. Obwohl die Sonne scheint.

Ein Stück weiter sieht sie ein verfallenes Gartenhaus. Nikolas geht darauf zu.

Solveig bleibt stehen. Lauscht der Stille. Der Einsamkeit. Es wirkt ganz verwunschen. Wie eine Szene aus einem Märchen. Auch ein wenig unheimlich. Kein Vogelzwitschern, kein Wind. Man hört nur den eigenen Atem. Die eigenen Schritte. Ansonsten diese Stille. Überall.

Wo ist Nikolas eigentlich?

Plötzlich unterbricht ein Geräusch die Stille. Eine Art Rauschen. Metallisch, zerrend, schleifend. Es wird lauter. Immer weniger von ihr entfernt, hinter einem dichten Vorhang aus Bäumen, Büschen und Hecken. Es zieht unterhalb von ihr vorbei. Ein Zug.

Ein Schaudern erfasst sie. Die Bahn führt hier entlang. Ganz in der Nähe.

Aus dem tiefsten Inneren droht etwas in ihr aufzusteigen.

Aber sie will es nicht zulassen. Nicht jetzt. Nicht hier. Nicht vor Nikolas. Sie geht zügig weiter durch das hohe Gras. Auf die Ruine zu.

»Nikolas!«, ruft sie. »Ni-ko-las!«

Keine Antwort.

Die Stille hat sich wieder über alles gelegt.

Eine Totenstille. Sie ist unheimlich.

Es gibt auch hässliche Märchen. Solche, die schlecht ausgehen. Die man Kindern nicht erzählt. In denen Dinge geschehen, die man nicht wissen will.

»Nikolas!«

Wieder keine Antwort.

Sie stampft mit dem Fuß fest ins Gras, nur um etwas zu hören. Um wenigstens für einen Moment lauter zu sein als diese Stille.

»Nikolas!«

Nichts.

Wo ist er?

Als ich die Treppe hinuntergehe, sehe ich das Mädchen. Sie ist dort, wo sie mich hingebracht haben. Nach dem Brand. Sara. Sie heißt Sara. Sie hat mich lieb. Und ich habe sie lieb. Wir gehen miteinander.

Stufe für Stufe gehe ich weiter hinunter in die Tiefe.

Ich habe Sara fotografiert. Einer der Lehrer hat mir einen Fotoapparat gegeben. Weil er gesehen hat, dass ich es gerne tue. Und dass ich es gut kann. »Vielleicht wird mal ein Fotograf aus dir«, hat er zu mir gesagt. Ich sehe Sara so gerne. Und jetzt kann ich sie sehen, wann immer ich möchte. Auf den Fotos. Als würde sie mir gehören.

Wo bin ich? Was tue ich hier?

Ich taste nach der Wand neben mir. Sie ist nass und glitschig. Die Treppen sind aus Metall. Es ist eine Wendeltreppe. Von oben dringt etwas Licht herein. Genug, um sich orientieren zu können. Aber was will ich da unten? Ich merke auf einmal, wie sehr mich der Abstieg anstrengt. Ich bin erschöpft. Halte mich an dem Geländer fest. Auch das ist nass. Ich lausche. Das Einzige, was man hier unten hört, ist ein ständiges Tropfen. Wasser. Es tropft hinunter in die Tiefe.

Dann sehe ich Sara wieder. Es muss viel Zeit vergangen sein. Sie steht dort, ein Stück von mir entfernt. Sie will nicht bei mir sein. Da sind noch andere Jungen und Mädchen. Doch die interessieren mich nicht. Ich habe nur Augen für Sara. Ich gehe auf sie zu. Aber sie geht weiter. Sie will nicht mit mir sprechen. Sie ist böse auf mich.

Wir und die anderen, wir warten. Auf den Zug. Dann sehe ich ihn. Hinter Sara taucht er auf. Er wird immer größer, je näher er kommt. Sie geht den Bahnsteig entlang. Von mir weg und dem Zug entgegen. Ich folge ihr. Hole sie ein.

»Hau bloß ab!«, zischt sie mich an.

Es ist eine böse, eine hässliche Stimme. Ich habe Sara noch nie mit einer so bösen, so hässlichen Stimme sprechen gehört. Sie sagt noch irgendetwas. Aber da rollt der Zug heran. Ich kann sie nicht verstehen.

Ich sehe nur, wie ihre Lippen sich bewegen.

Sie strauchelt. Weil ich sie gestoßen habe. Sie dreht sich um sich selbst. Jetzt schaut sie nicht mehr böse drein. Sondern angstvoll. Der Zug hinter ihr ist jetzt riesengroß. Ganz nah. Ein Monster. Es kreischt.

Ich stoße Sara noch einmal.

Und sie verschwindet unter dem Zug.

Unter mir ist eine Lichtquelle. Ich gehe sehr langsam.

Später fragen sie mich, warum ich das getan habe. Tagelang fragen sie mich das. Es sind Männer und Frauen. Warum ich ihr wehgetan habe. Ob ich das gewollt habe, dass sie jetzt tot ist. Ob ich nicht traurig darüber bin.

Sie verstehen nichts. Warum sollte ich traurig sein? So ist es besser für sie. Für uns beide. Dass ich sie gestoßen habe und sie deshalb jetzt tot ist, spielt keine Rolle. Denn sie ist doch bei mir. Für immer. Für alle Zeit. Ich habe die Fotos.

Das ist sie. Sara.

Nicht die, die vor den Zug stürzte.

Es ist ein Erschrecken. In mir. Es ist das Herz. Das fremde Herz in meiner Brust. Erst jetzt wird mir das klar. Es schlägt. Aber es schlägt nicht mehr regelmäßig. Es setzt ab und zu aus. Wie ein Uhrwerk, das plötzlich nicht mehr stimmt. Es stoppt. Setzt aus. Schlägt nicht. Dann schlägt es wieder. Schneller. Der Rhythmus verändert sich ganz kurz. Dann ist er wieder normal. Daher kommt das Erschrecken. Es überfällt mich zeitverzögert. Aber es bleibt.

Solveig ist einmal um das ganze Haus herumgegangen. Nikolas ist nirgends zu sehen. Wo ist er denn bloß?

Soll das ein Scherz sein? Eine Art Spiel?

Ihn zu rufen bringt offenbar nichts. Vielleicht will er sie einfach nicht hören. Langsam nervt sie die ganze Situation.

Es mag ja verwunschen sein, der verwilderte Garten, das verfallene Haus. Aber auf die Dauer ist es nur noch unheimlich. So still. Nicht einmal Vögel hört man.

Vielleicht ist er ja längst wieder zum Wagen zurückgegangen. Vielleicht geht es ihm nicht gut. Er hat sich ja schon in der Früh müde und zerschlagen gefühlt.

Durch das Gestrüpp und die Hecke hindurch kann Solveig sein Auto sehen. Aber dort ist er nicht. Dort ist niemand.

Die alten Obstbäume werfen graue Schatten. Es ist kalt,

obwohl die Sonne scheint. Klamm. Die Nässe im Gras glitzert. Wie Tau. Ein düsteres Flackern.

Plötzlich krampft sich in ihr alles zusammen. Ein Zug naht. Er wird immer lauter. Dann schlagartig leiser. Zu schnell. Das Geräusch bricht nicht ab, aber man hört es nur noch gedämpft. Dann ist es vorbei.

Ein Tunnel. Der Zug verschwindet in einem Tunnel. Er muss ganz in der Nähe sein.

Sie zittert. Es liegt nicht nur an der feuchten Kälte hier. Es ist Panik. Sie lauert. Die Erinnerung an das Entsetzen. Übelkeit steigt in ihr auf …

Solveig gibt sich einen Ruck und geht durch das Gestrüpp zurück zum Auto. Dort drinnen zu warten ist auf jeden Fall besser als hier. Hoffentlich hat Nikolas es nicht abgeschlossen.

*

Stein hält Bruckner am Arm zurück und zeigt durch das Dickicht hindurch. Da ist jemand. In der Nähe der alten Datscha.

Bruckner nickt. »Das ist sie wahrscheinlich. Solveig Jacobsen«, flüstert er.

Von der Statur her kann das sein. Kober ist es jedenfalls nicht.

»Aber wo ist Kober?«, flüstert Bruckner.

Sie scheint alleine zu sein. Sie steht da wie angewurzelt.

»Keine Ahnung.«

Bruckner duckt sich und wagt sich noch etwas weiter in das Gestrüpp hinein Richtung Garten. Stein folgt ihm so leise wie möglich.

Wo ist Kober? Hat er sie womöglich bemerkt? Und sich deshalb versteckt?

»Stopp!«, zischt Bruckner. Es war eine Spur zu laut.

Aber sie scheint nichts gehört zu haben. Sie kommt ihnen entgegen. Solveig Jacobsen.

*

Dann sehe ich sie wieder.

Ihr Gesicht.

Das Foto zeigt nur einen Ausschnitt. Ihr Auge, der Schwung ihrer Nase. Eine Wange. Ihre Lippen. Der Mund ist geschlossen. Wie wunderschön ihr Mund ist. Wie ein halbes Herz sieht er aus. Ihr Kinn und der Hals darunter verlieren an Tiefenschärfe.

Ich weiß jetzt, warum ich hier bin. Und was ich zu tun habe. Ich bin zurückgekehrt. Mein Reich ist hier, tief unter der Erde. Ich gehe hindurch wie durch einen Tempel. Mein Tempel, in dem sie sind. Sie alle.

Für immer und ewig.

Ich sehe ihren Nabel. Stark vergrößert. Auch er hat die Form eines Herzens. Ihr Bauch, eine Landschaft. Einzigartig und wunderschön. Ich kann mich nicht sattsehen an der Haut. An ihrer Struktur. An dem Muttermal rechts des Nabels.

Für immer und ewig.

Ich bin bis zu ihrer Essenz vorgedrungen. Bis zu dem, was die Menschen Seele nennen. Denn man kann sie auffangen, diese Essenz. Wie eine Flüssigkeit.

Das habe ich getan. Sie aufgefangen. Tropfen für Tropfen.

Aufnahme für Aufnahme.

Ihre Essenz ist jetzt in den Fotos. Das ist alles, was zählt. Ich habe sie geborgen. In meiner Galerie. Ich habe sie unsterblich gemacht. Sie und die anderen Frauen.

Deshalb bin ich hierher zurückgekehrt. In mein Reich tief unter der Erde. In das Studio, die Galerie.

Ich muss mein Werk vollenden.

Ich muss sie bereit machen.

Für ihre letzte Reise.

Für die Schienen.

67

»Solveig?«

Sie dreht sich um.

Er kommt wie aus dem Nichts hinter einem kleinen Schuppen hervor.

»Wo warst du?«, ruft sie ihm entgegen.

Er geht auf sie zu.

»Für kleine Jungs«, antwortet er und lächelt sie an.

»So lange?«, fragt sie. Sein Lächeln. Es ist komisch. Unecht. Ein solches Lächeln kennt sie von ihm nicht. Noch nicht?

»Ja. Ich habe es am Magen. Ich muss mir etwas eingefangen haben.«

Sein Lächeln irritiert sie immer mehr. Sein Ausdruck ist dabei starr. Wie eingefroren.

Es erinnert sie an irgendetwas. Sie kennt dieses Lächeln irgendwoher ...

Kober nimmt jetzt ihre Hand und zieht sie sanft aber bestimmt zu dem Schuppen hin. Was soll das? Was hat er vor? Sie will nicht zu dem Schuppen. Sie versucht, sich loszumachen, aber er hält sie fest.

»Lass das, Nikolas!«, sagt sie knapp.

Er sieht sie überrascht an.

»Was ist denn?«

Er hält ihre Hand noch immer fest.

»Was soll das alles? Warum sind wir hierhergefahren?«

Wieder sein unechtes Lächeln. Wie tiefgefroren. Sein Gesicht ähnelt jetzt einer Maske.

»Gefällt es dir hier nicht?«

»Doch. Aber ich habe alles gesehen. Lass uns fahren.«

Doch er zieht sie weiter hinter sich her.

Mit einem Ruck reißt sie sich endlich los und weicht ein paar Schritte zurück.

*

»Da sind sie!«, sagt Stein.

Bruckner und er ducken sich tiefer.

Nicht allzu weit weg von ihnen entfernt stehen Solveig Jacobsen und Nikolas Kober. Sie unterhalten sich miteinander.

»Wo kommt er denn jetzt plötzlich her?«, fragt Bruckner.

»Ich weiß es nicht«, antwortet Stein.

Ein Zweig sticht ihn in die Seite. Der Boden unter ihm nass und matschig. Der dauernde Regen und die abwesende Sonne in der letzten Zeit haben ganze Arbeit geleistet. Seine Schuhe werden ruiniert sein.

»Sollen wir näher ran?«

Stein schüttelt den Kopf.

Von hier aus haben sie einen guten Überblick und können sofort eingreifen, falls etwas passieren sollte. Aber was sollte passieren? Man versteht zwar nicht, worüber die beiden dort drüben reden, aber es wirkt alles ganz normal.

Jetzt bewegen sie sich langsam auf den Schuppen zu. Er hält ihre Hand. So sieht es von hier aus zumindest aus. Der Schuppen. Das Toilettenhäuschen. Das aus der Wand gerissene Waschbecken. Weiter war da nichts. Nicht an der Stelle.

Stein hört einen Zug aus der Ferne näher kommen. Das Rauschen wird lauter. Dann ist es plötzlich vorbei. Wie verschluckt.

»Hast du das auch gehört?«, fragt er Bruckner.

»Den Zug?«, fragt dieser zurück.

»Ja. Aber da muss ein Tunnel sein. Ganz nah beim Grundstück«, sagt Stein.

Vielleicht führt er unter dem verwilderten Garten durch. Warum ist ihnen das beim letzten Mal nicht schon aufgefallen? Unter diesem Garten. Unter dem Haus. Tief unter der Erde. Da muss etwas sein.

»Sie sind weg«, sagt Bruckner.

Sie starren dorthin, wo die beiden gerade noch standen. Auf einmal sind sie wie vom Erdboden verschluckt.

Weil sie, Stein und Bruckner, abgelenkt waren durch den Zug. Den Tunnel.

Aber wo sollen die zwei schon sein? Vielleicht haben sie eine trockene warme Stelle im Garten entdeckt. Ein Schäferstündchen im Gras. Warum denn auch nicht? Sie sind frisch verliebt. Und es ist endlich Sommer …

*

»In letzter Zeit hat es mich immer wieder hierhergezogen. Ist doch schön hier, oder?«

Sie antwortet nicht. Sie findet es nicht schön hier. Sie versteht nicht, warum er ihr das hier zeigen wollte.

»Oder gefällt es dir nicht?«

»Nein.«

Sie sieht ihn an. Er wirkt nicht gekränkt. Nur etwas verwirrt. Der Blick, den er ihr zuwirft.

Gut, denkt sie. Dann können wir ja jetzt wieder fahren. Wenn er nur endlich aufhören würde zu lächeln.

Und da plötzlich wird ihr klar, woher sie dieses Lächeln kennt. Sie unterdrückt einen Schrei. Es durchfährt sie heiß und kalt, und sie merkt, wie sie zu zittern beginnt.

»Was ist?«, fragt Nikolas in dem Moment.

»Nichts«, antwortet sie tonlos.

Als es regnete. Und sie mit Jan in dem Auto saß. Da war es. Das Lächeln. Genauso lächelt Nikolas jetzt. Schon die ganze Zeit.

Er nimmt jetzt wieder ihre Hand.

»Ist dir kalt?«

Sie nickt.

Nikolas nimmt sie zärtlich in den Arm.

Aber es ist gar nicht zärtlich. Es ist hart. Er tut ihr weh. Und … Sie kann es nicht glauben. Sie will es nicht glauben. Der süßliche Geruch. Etwas Nasses, das er ihr plötzlich aufs Gesicht drückt.

Sie kann sich nicht wehren. Sie kann nicht schreien, nicht um sich schlagen. Sie kann sich überhaupt nicht bewegen. Sie ist gelähmt vor Entsetzen.

Es ist wie in dem Auto. Mit Jan. Nikolas – was tut er mir an?

Die Hand auf ihrem Gesicht tut ihr weh.

Er tut ihr weh.

Dann beginnt sie zu fallen.

Alles um sie herum und in ihr wird weich.

Und dann ist es dunkel.

68

Ich halte sie unter den Armen fest und ziehe und zerre sie hinunter, Stufe für Stufe. Ihre Beine schlagen hart auf dem Metall auf. Es geht nicht anders. Ich habe keine Kraft, sie zu tragen. Was besser wäre. Und schneller gehen würde. Aber es ist so schon schwer genug. Ich bleibe immer wieder kurz stehen. Atme ein und aus. Die Luft hier unten ist stickig. Ein feuchter, modriger Geruch steigt mir in die Nase. Ich lausche dem Wasser, das gleichmäßig von oben heruntertropft. In dem Schacht hier unten tropft es immer.

Ich bin nass geschwitzt. Kalter Schweiß auf der Stirn. Aber ich muss es schaffen. Also ziehe ich sie immer weiter mit in die Tiefe. Der Absatz ihres Schuhs bricht ab. Er rollt ein paar Stufen weiter nach unten. Dann bleibt er liegen.

Ich muss mich beeilen. Sie wird bald wieder zu sich kommen. Wenn sie sich wehrt, um sich schlägt, mich kratzt und beißt … Ich fürchte, dass ich keine Kraft mehr habe, sie zu bändigen.

Ich kicke den abgebrochenen Absatz von ihrem Schuh zur Seite. Wir haben es jetzt fast geschafft.

Dann stehe ich vor der Tür. Ich lasse sie los. Betrachte ihren jetzt wie leblos daliegenden Körper. Noch ist sie weit weg. Schläft tief und fest.

Ich öffne die massive Tür. Die trockene warme Luft des Studios. Geschafft. Wunderbare Musik empfängt uns. Eine einzelne Violine, die sich dunkel und bebend gegen das Orchester aufschwingt. Wie Gischt, die auf einer riesigen Welle tanzt. Max Bruch, Konzert für Violine und Orchester Nr. 1 g-Moll.

Ich greife Solveig unter die schlaffen Arme und ziehe sie in den Raum hinein.

Es ist, als würde ich endlich wieder nach Hause kommen.

*

»Siehst du sie?«, fragt Bruckner.

»Nein. Sie müssen da irgendwo hinter dem Schuppen sein«, antwortet Stein.

Bruckner verlagert sein Gewicht von einem Bein aufs andere. Die gebückte Haltung in dem Gebüsch, in dem sie sich verstecken, wird auf die Dauer immer unangenehmer.

»Und was machen wir jetzt?«, fragt er.

»Ich frage mich, warum sie nicht zurückkommen«, sagt Stein.

Wenn unter ihnen wirklich der Tunnel ist? Tief unter der Erde. Vielleicht ist er mit Solveig dort. Dann schwebt sie vielleicht in großer Gefahr. Oder hat er sich da schon die ganze Zeit über in etwas hineingesteigert? Ist letztendlich doch seine Fantasie mit ihm durchgegangen?

»Wir geben ihnen fünf Minuten«, sagt Bruckner.

Wenn man wenigstens irgendetwas hören würde.

»Und was machen wir, wenn die fünf Minuten um sind?«, fragt Stein.

»Dann gehen wir näher ran. Ich will sehen, wo sie sind. Und was sie machen«, antwortet Bruckner.

»Alles klar«, sagt Stein.

Und wenn wir sie beim Vögeln stören, denkt Stein, jetzt bringen wir das Ding hier zu Ende.

Bruckner richtet sich vorsichtig auf. Er schiebt ein paar

Zweige zur Seite, um die Einfahrt zu sehen. Kobers Wagen. Es wäre ja möglich, dass sie zum Auto zurückgegangen sind.

»Und?«

»Nichts.«

69

Solveig kommt wieder zu sich. Sie spürt etwas Kaltes auf ihrer Haut. Und grelles Licht. Ihre Beine tun weh. Sie fühlt sich wie gelähmt.

Langsam gewöhnen ihre Augen sich an das grelle Licht.

Und dann sieht sie Körper und Gesichter. Dutzende von Körpern und Gesichtern. Überall um sie herum sind sie.

Ihr ist kalt. Sie liegt auf etwas Kaltem. Hartem. Nicht auf dem Boden, sondern erhöht. Auf Metall, weiß sie plötzlich, und im selben Augenblick wird ihr klar, dass sie nackt ist. Deshalb ist ihr kalt. Deshalb friert sie.

Das kann nicht wahr sein. Es muss ein Albtraum sein. Die Gesichter um sie herum starren sie an. Mühsam versucht sie, sich aufzurichten. Die Körper bewegen sich jetzt genauso wie sie.

Da begreift sie, dass sie ihren eigenen Körper sieht. Ihr eigenes Gesicht. Dutzendfach gespiegelt. Um sie herum das Glas. Der Käfig. Sie ist wieder dort, wo er sie eingesperrt hatte. Aber das kann doch nicht sein. Er ist tot. Er hatte einen Unfall und ist in dem Wagen gestorben, aus dem man sie gerettet hat. Also ist das hier ein Traum. Ein schrecklicher Albtraum. Sie muss nur aufwachen. Dann ist alles wieder gut.

Sie schlingt die Arme um ihren Oberkörper. Ihre Nacktheit. Sie will nicht, dass er sie so sieht. Aber er kann sie nicht sehen. Er ist tot. Es gibt ihn nicht mehr.

Die Panik. Sie steigt und steigt und bewegt sich dann in Wellen durch ihren Körper. Ihr Mund ist trocken.

Nichts wird gut. Das hier ist kein Traum. Sie ist wieder in seinem Käfig aus panzerdickem Glas. Es gibt kein Entrinnen.

Plötzlich reißen alle Gesichter um sie herum den Mund auf und schreien. Es ist ein einziger, verzweifelter Schrei.

Dann ist es wieder da. Das Kühle. Es riecht nicht. Es ist wie ein leiser Windhauch. Das Gas. Es zieht sie hinunter, immer tiefer. Um sie herum wird alles weich. Und finster.

*

Sie irren noch immer auf dem Gelände in der Nähe des Schuppens herum. Im Schuppen war niemand. Aber auch sonst nirgends.

»Die können sich doch nicht in Luft aufgelöst haben!«, flucht Bruckner. Er macht sich nicht mehr die Mühe zu flüstern. Wozu auch? Es ist ja kein Mensch da. Solveig Jacobsen und Nikolas Kober haben sich in Luft aufgelöst. Was natürlich nicht sein kann.

Irgendetwas müssen sie also übersehen haben. Eine verborgene Tür. Einen Zugang. Irgendwie muss man nach unten gelangen können. Unter die Erde. Der Tunnel. Ein Schacht … Stein kickt den Unterarm einer Schaufensterpuppe zur Seite.

»Peter, komm mal her!«, hört er Bruckner da rufen. Es kommt aus dem Schuppen.

Die windschiefe Tür ist halb offen. Bruckner steht im Halbdunkel dahinter.

»Schau dir das an! Ich hab die Toilette da weggeschoben«, sagt er.

Es ist ein Loch. Eine Öffnung im Fußboden.

Peter Stein geht näher heran und sieht hinein.

Es ist eine Wendeltreppe, die in die Tiefe führt.

70

Ich öffne die Tür. Grelles, kaltes Licht und abgestandene Wärme empfangen mich. Der Geruch ihres Körpers. Ich sehe mich x-fach gespiegelt. Ich sehe mir dabei zu, wie ich sie vorsichtig von der Seite auf den Rücken drehe. Wie ich ihre Beine gerade ziehe. Ihr zärtlich übers Gesicht streiche.

Dann fange ich an, sie zu waschen. Das Wasser ist warm. Ihre Lider zittern leicht, als der nasse Schwamm ihre Haut berührt.

Ich kann kaum fassen, wie schön sie ist.

Wie perfekt!

Ich wasche sie.

Ihre Lippen. Die Nase. Ihre Wangen. Die Stirn.

Endlich kann ich Solveig bereit machen. Für die Schienen.

Für ihre letzte Reise. Sie hat so lange darauf gewartet.

Endlich kann ich mein Werk vollenden!

Aber leicht ist es nicht. Die Arbeit verlangt mir alles ab. Es ist eine einzige Tortur. In mir ist Müdigkeit, unglaubliche Erschöpfung. Meine Stirn glüht. Ich glaube, ich habe Fieber. Ich bin nass geschwitzt.

Ihre Schultern. Die blassen Arme. Ihre Hände. Sehr behutsam wasche ich Finger für Finger.

Das Schlimmste ist der Schwindel. Er ist plötzlich da, ohne Vorwarnung. Um mich herum wird alles unscharf und beginnt, sich zu drehen. Eine heftige Übelkeit steigt auf. Ich bin kurz davor, mich zu übergeben. Doch dann lockert der Schwindel seinen Griff. Er lässt nach. Nach und nach wird um mich herum alles wieder klarer.

Und ich kann weitermachen.

Ihre Beine. Die Schenkel. Die Füße. Ich wasche ihre kleinen Zehen.

Bald hast du es geschafft, Solveig!

Deine Reise ins Licht. Deine Heimkehr. Du bist für das Licht gemacht, Solveig, nicht für die Dunkelheit.

Ihre Brustwarzen richten sich auf, als ich mit dem Schwamm darüberwische. Ihr Bauch. Der kleine, herzförmige Nabel. Ich wasche den weichen Mund zwischen ihren Beinen.

Deine Essenz ist jetzt in den Fotos.

Und das ist alles, was zählt.

Ich habe dich geborgen, Solveig.

In meiner Galerie.

Ich habe dich …

Schon wieder packt mich der Schwindel. Dieses Mal, das spüre ich, werde ich ihm nicht standhalten können.

Ich habe dich …

Er wird immer stärker.

… unsterblich …

Ich kann mich nicht mehr auf den Beinen halten.

Ich habe dich unsterblich gemacht.

Ich stürze.

71

Kober liegt zusammengekrümmt auf dem Boden neben einem Metalltisch. Seine Hand umklammert einen Schwamm. Er trägt eine furchterregende Maske im Gesicht.

Auf dem Tisch liegt Solveig Jacobsen. Sie ist nackt und offenbar nicht bei Bewusstsein. Am Rand des Tisches steht eine Schüssel mit Wasser und Seife. Es riecht nach Kokos.

»Krankenwagen und Rettung sind unterwegs«, vermeldet Bruckner. Er steht im Türrahmen. Er kommt nicht herein.

Stein ist allein hier drinnen. In diesem absurden Studio.

Er geht zu Solveig hin und fühlt ihren Puls.

»Und?«, fragt Bruckner.

»Der Puls ist gleichmäßig. Normal«, antwortet Stein.

»Und er?«

»Er lebt.«

Stein sieht Kober an. Kober? Diese Maske! Er sollte sie ihm abnehmen. Er könnte darunter ersticken. Doch in Stein sträubt sich alles dagegen. Er will sie dem Mann dort auf dem Boden nicht abnehmen.

»Er atmet. Ich glaube, er fiebert.«

Von oben hört er leise die Martinshörner.

»Ein Schlaganfall oder Infarkt. Oder es ist was mit seinem Herzen. Möglich dass sein Körper es abgestoßen hat.«

Dann geht alles sehr schnell. Stimmen. Schritte. Schwere Stiefel, die die Treppe hinunterpoltern.

In dem Augenblick kommt Solveig Jacobsen zu sich. Sie richtet sich auf. Er nimmt sie in die Arme und hält sie fest.

Sie zittert am ganzen Körper.

Er hält sie ganz fest.

»Es ist vorbei«, sagt er, »jetzt ist alles wieder gut.« Als wäre sie ein kleines Kind, das er trösten muss.

Dabei weiß er genau, dass nichts gut ist. Dass es nicht um Trost geht. Sondern darum zu überleben.

Kober, wenn es überhaupt Kober ist, wird notversorgt. Die Tragbahre wird angehoben, und zwei Sanitäter tragen ihn aus dem Raum hinaus die Treppe hoch. Bruckner und Stein schauen ihnen nach.

Einer der Ärzte kümmert sich um Solveig. Er hat ihr ein Beruhigungsmittel gespritzt. Mehr kann man im Moment nicht tun. Vorerst nicht. Und danach wird es immer nur um den nächsten Schritt gehen. Stein wird den Weg mit ihr gemeinsam gehen. Er wird sie nicht im Stich lassen – das hat er sich geschworen.

Er und Bruckner gehen durch den Raum. Seine Galerie. Die Frauen auf den Fotos. Hier sind sie alle. Aufgenommen, bevor ihre Körper von den Zügen überfahren wurden. Zerfetzt. Auseinandergerissen.

»Er war also fertig mit ihr«, sagt Bruckner und zeigt auf ein Foto, das Solveig abbildet. »Er wollte es wieder tun.«

»Aber wer? Wer ist er?«, sagt Stein kopfschüttelnd.

Sie gehen weiter. Der Raum ist ein langer, schmaler Schlauch. Eine Tunnelröhre. Das wird ihnen jetzt klar. Vermutlich ein lange verlassener Eisenbahntunnel neben der Untertunnelung der neuen Bahnstrecke. Tief unter der Erde. Seine Galerie. Sein unterirdisches Reich. Damit lagen sie also ganz richtig. Darüber das verwaiste Grundstück, der überwucherte Garten, das verfallene Haus.

Deshalb konnte Solveig Jacobsen Züge hören.

Plötzlich fällt Stein auf, dass Musik läuft. Sehr leise. Es ist Max Bruch, Konzert für Violine und Orchester Nr. 1 g-Moll. Stein kennt das Stück. Und Solveig Jacobsen auch. Sie hat es hier gehört. Das hat sie ihm in einer ihrer Sitzungen erzählt.

Hier ist der Täter also herumgegangen, so wie jetzt Bruckner und er. Hat sich die Fotos der Frauen angesehen und diese Musik dazu gehört.

Auf einmal sind die Wände in dem Schlauch auf beiden Seiten leer. Bis zum Ende der Röhre jedoch, noch mehrere Meter weit, sind sie perfekt ausgeleuchtet.

»Da ist noch viel Platz«, sagt Bruckner tonlos.

»Er hätte immer weitergemacht«, sagt Peter Stein.

Platz für unzählige weitere Fotos.

Unzählige weitere Opfer.

Dieses Violinkonzert von Max Bruch. Stein kennt es gut. Er hat es so oft gehört. Doch von jetzt an wird er es nie wieder hören können, ohne diese Galerie des Grauens vor Augen zu haben.

72

Rebecca sitzt neben seinem Bett.

Er wirkt so friedlich, wie er da liegt. Und so schwach. Hilflos. Verletzlich.

»Es war sehr knapp, Frau Kober. Eine akute Abstoßungsreaktion.«

Sie hört nur mit halbem Ohr auf das, was er sagt. Der Arzt. Doktor Jahnke.

Dass sie das jetzt durchstehen werden, denkt sie. Er und sie und Lara. Sie alle drei gemeinsam. Was passiert ist in der letzten Zeit, das zählt nicht. Es hat keine Bedeutung mehr. Sie werden es schaffen.

»Wir haben die Situation zum Glück wieder im Griff. Wir haben sein Herz retten können. Ihr Mann ist auf dem Wege der Besserung.«

Sie sind eine Familie. Und sie will, dass das so bleibt. Sie wird nicht noch einmal zulassen, dass etwas zwischen sie kommt. Sie wird nicht zulassen, dass diese Krankheit sie besiegt.

»Er reagiert positiv auf das Methylprednisolon. 500 Milligramm. Wir werden diese Dosis noch ein bis zwei Tage beibehalten. Dann müsste er endgültig über den Berg sein.«

Wir werden kämpfen. Er und ich. Für uns beide. Für unser Kind. Unsere Familie. Unser gemeinsames Leben.

»Gleichzeitig habe ich die Basis-Immunsuppression erhöht. Frau Kober?«

»Ja?«

Wie blass er ist. Sein Gesicht wirkt fast wie eine Maske.

»Seine Werte sind wieder stabil«, sagt Jahnke. »Er ist noch sehr schwach. Aber er ist ansprechbar. Er wird jeden Moment aufwachen. Ich lasse Sie beide jetzt besser alleine.«

Nikolas wird jeden Moment aufwachen. Was jetzt kommt, das werden wir gemeinsam durchstehen.

Sie spürt einen Luftzug im Rücken. Jemand hat die Tür zum Krankenzimmer geöffnet. Sie dreht sich um. Es ist Christoph.

»Nicht jetzt«, sagt sie leise.

Und Christoph schließt die Tür wieder.

Er wacht auf.

Nikolas wacht auf.

Der Ausdruck in seinem Gesicht verändert sich.

Ich öffne die Augen.

Wer ist die Frau an meinem Bett?

»Nikolas.« Sie nimmt meine Hand.

Was will sie von mir? Warum hält sie meine Hand? Ich will nicht, dass sie das tut. Sie soll meine Hand loslassen.

Ich versuche, meine Hand wegzuziehen. Aber es geht nicht. Ich kann mich nicht bewegen. Ich bin zu schwach.

Was ist los mit mir? Was ist passiert?
»Jetzt wird alles gut, Nikolas«, sagt die Frau.
Was redet sie da? Wer ist sie?
Und wer ist Nikolas?
Ich bin Demian.
Wo ist Solveig? Wo ist sie?
Ich versuche wieder, meine Hand wegzuziehen.
Und diesmal schaffe ich es.

Rainer Würth,

geboren 1967, schreibt Romane, Erzählungen, literarische Reisebücher und Gedichte. Der gelernte Journalist hat mehrere literarische Auszeichnungen erhalten. Seine Reportagen und Reisefeuilletons liest man u. a. in *Die Welt, Neue Zürcher Zeitung, taz, Der Tagesspiegel, abenteuer und reisen, Stuttgarter Zeitung* oder in *Die Presse*. Nach den beiden regionalen Kriminalromanen »Krötenwanderung« und »Wildwechsel« hat er mit »Das tote Herz« einen fesselnden Psychothriller vorgelegt.

GOLDMANN
Lesen erleben

Unsere Leseempfehlung

440 Seiten
Auch als E-Book
und Hörbuch
erhältlich

Ein abgelegenes Bauernhaus in Somerset wird zum Schauplatz eines brutalen Mordes: Zwei Frauen, Mutter und Tochter, werden eines Nachts von einem skrupellosen Mörder hingerichtet. Chief Superintendent Ronnie Cray bittet den erfahrenen Psychologen Joe O'Loughlin um Hilfe, der gleich mit mehreren verdächtigen Personen konfrontiert ist, die alle ein Motiv hätten. Spätestens aber, als eine weitere Leiche gefunden wird, auf deren Stirn der Buchstabe „A" eingeritzt ist, weiß O'Loughlin, dass er es mit einem verstörten und gefährlichen Täter zu tun hat. Jemand, der sich rächen will, für etwas, das ihm einst angetan wurde. Jemand, der vor niemandem haltmacht, auch nicht vor O'Loughlins Familie

Unsere Leseempfehlung

416 Seiten
Auch als E-Book erhältlich

In jeder Ehe gibt es dunkle Geheimnisse – das muss auch Adam Price erfahren, seit vielen Jahren glücklich verheiratet mit der scheinbar perfekten Corinne. Bis ihn ein Fremder anspricht. Ein Fremder, der Dinge weiß über Corinne, die Adam in einen Zwiespalt stürzen: Soll er seine Frau mit dem konfrontieren, was er erfahren hat? Oder soll er schweigen? Und warum will dieser geheimnisvolle Fremde Adams Familie zerstören? Dann verschwindet Corinne spurlos. Und während Adam sich auf eine verzweifelte Suche macht, wird aus einer Familienangelegenheit ein düsteres Komplott, bei dem eine einfache Wahrheit Leben kosten kann ...

Um die ganze Welt des
GOLDMANN Verlages
kennenzulernen, besuchen Sie uns doch
im Internet unter:

www.goldmann-verlag.de

Dort können Sie
nach weiteren interessanten Büchern ***stöbern***,
Näheres über unsere ***Autoren*** erfahren,
in ***Leseproben*** blättern, alle ***Termine*** zu Lesungen und
Events finden und den ***Newsletter*** mit interessanten
Neuigkeiten, Gewinnspielen etc. abonnieren.

Ein ***Gesamtverzeichnis*** aller Goldmann Bücher finden
Sie dort ebenfalls.

Sehen Sie sich auch unsere ***Videos*** auf YouTube an und
werden Sie ein ***Facebook***-Fan des Goldmann Verlags!